Diogenes Taschenbuch 24428

de
te
be

MARCO BALZANO, geboren 1978 in Mailand, ist der Sohn von Süditalienern, die ihr Glück im Norden suchten. Er schreibt, seit er denken kann: Gedichte und Essays, Erzählungen und Romane. Neben dem Schreiben arbeitet er als Lehrer für Literatur an einem Mailänder Gymnasium. *Das Leben wartet nicht* ist sein bisher erfolgreichster Roman. Er lebt mit seiner Familie in Mailand.

Marco Balzano

Das Leben wartet nicht

ROMAN

Aus dem Italienischen
von Maja Pflug

Diogenes

Titel der 2014 bei Sellerio editore, Palermo,
erschienenen Originalausgabe: ›L'ultimo arrivato‹

Die deutsche Erstausgabe
erschien 2017 im Diogenes Verlag
Covermotiv: Gemälde von Ben McLaughlin,
›Sunday July 18 2004‹ (Ausschnitt)

Veröffentlicht als Diogenes Taschenbuch, 2018

www.diogenes.ch
15/20/36/3
ISBN 978 3 257 24428 1

Für Caterina

Ich glaube, dass die Grundschullehrer
sehr viel mehr bewirken können
als Polizei und Justiz.

Gesualdo Bufalino

Er erschien plötzlich im Gefängnishof und überquerte ihn, als sei es eine Straße von San Cono. Er ging mit seinem schweren Schritt, stampfte mit den Füßen, als zerträte er Weintrauben. In der Hand hielt er immer noch seine alte, abgewetzte Ledertasche. Als ich ihn dort unten sah, blieb mir der Rauch meiner Zigarette im Hals stecken, zusammen mit den Worten, die ich ihm hätte zurufen wollen: »Herr Lehrer! Erinnern Sie sich noch an mich? Ich bin Ninetto Pelleossa!«, worauf ich ihm ein nikotingelbes Lächeln geschenkt hätte. Stattdessen habe ich keinen Laut von mir gegeben, und er ist eilig hinter einem Gittertor verschwunden, das ein Wärter ihm geöffnet hat. Mit offenem Mund betrachtete ich den menschenleeren Platz, unsicher, ob es Traum oder Wirklichkeit gewesen war. Ich blieb am schmalen Fensterspalt stehen, bis die Dunkelheit alles verschluckt hatte. Erst dann legte ich mich auf die verrottete Matratze, die Hände hinter dem Kopf verschränkt, und so, mit geschlossenen Augen, begann ich.

1

Bevor sie mich *pelleossa* nannten, Hautundknochen, nannten sie mich Schreihals, die Kinder aus der Grundschule an der Via dei Ginepri. Ich erinnere mich an alle vierunddreißig, aber Peppinos Gesicht habe ich noch am deutlichsten im Kopf, mit seinen wie elektrisiert zu Berge stehenden Haaren. Gemeinsam machten wir uns einen Spaß daraus, Ettore Ragusa, dem Sohn des Metzgers, das Pausenbrot mit Mortadella zu klauen. Wenn er es merkte, schrie er noch lauter als ich und heulte wie ein Schlosshund. Dann gingen Peppino und ich mit noch fettigem Mund zu ihm hin und taten so, als würden wir es bedauern, »aber nicht doch, Toruccio … man weint doch nicht wegen so einer Kleinigkeit!«, »ist ein Brötchen gegessen, macht man ein neues, komm schon!«, solche tröstlichen Sätze sagten wir zu ihm. Ab und zu bekam ich Gewissensbisse und fragte Peppino, ob wir nicht ein wenig übertrieben.

»Von wegen! Dieser Kerl ist doch breiter als hoch

und kriegt daheim jeden Tag Pasta, so viel er will. Was gibt es bei dir?«

»Sardellen«, antwortete ich.

Bis ich neun war, habe ich von Sardellen gelebt. Oder vielmehr, von einer Sardelle pro Tag. Die fischte mir meine Mama morgens aus einem Glas, an dem ranziges Salz klebte. Sie strich sie glatt auf eine Scheibe »Kastenbrot«, wie sie es nannte, und meinte dann, bis zum Abend solle ich mich nicht mehr in der Küche blicken lassen.

»Raus hier, marsch«, wiederholte sie im Ton eines Generals.

Nach ein paar Stunden spitzte ich die Ohren, weil mein Bauch seltsame Geräusche von sich gab. Gluckern, Grummeln, Knurren, was auch immer.

Wenn mir daher jemand mit den gleichen Kalorien im Leib wie ich vorschlug, etwas zu klauen, war ich sofort dabei. Am einfachsten war es, Obst aus den hölzernen Steigen zu stibitzen, die die alten Frauen auf der Schwelle stehen hatten. Peppino lenkte die Alte ab, und ich stopfte Pfirsiche unters Hemd oder in die Unterhose. Komplizierter war der Trick mit den Wohnungen der Leute, die nicht mehr ganz richtig im Kopf waren. Da ich ein aufgewecktes Bürschchen war, stand ich gewöhnlich Schmiere, und Peppino oder Ciccillo oder Berto oder ein anderer Hungerleider schlüpften hinter mir hinein, um aufs Geratewohl in allen Schubladen zu wühlen. Manchmal war die Beute gar nicht übel, aber meistens kratzten wir nur armseliges Zeug zusammen. Brotkanten, Torroncini, gelegentlich ein Ei zum Ausschlürfen. Am schwierigsten aber war es, in Turuzzus Lebensmittelgeschäft zuzuschlagen, zum einen, weil der Laden stank und man am liebsten sowieso keinen Fuß reingesetzt hätte, und zum anderen, weil Turuzzo sehr fix war, und wenn er einen erwischte, setzte es Fußtritte. Um sich bei ihm hineinzutrauen, musste man so kaltblütig sein wie eine Eidechse, sonst machte man besser einen Bogen.

Mit der Zeit habe ich begriffen, dass sich in San Cono viele von der gleichen Kost ernährten wie ich, und das hat mich getröstet. Alle haben wir uns früher oder später damit abgefunden. Eine Sardelle? Sei's drum, eine Sardelle! Als kleiner Knirps lässt man sich doch von so was nicht entmutigen. Gewiss, solange ich zur Schule ging, fiel es mir leicht. Ich saß den ganzen Morgen in der Bank, hörte dem Lehrer Vincenzo zu, und das war's, mehr hatte ich nicht zu tun. Als meine Mutter jedoch in der Nacht vom 10. Oktober 1959 einen Schlaganfall erlitt und für immer behindert war, da sah die Sache anders aus, weil ich von der Schule abgehen und mit meinem Vater als Tagelöhner auf dem Feld arbeiten musste.

Zwar habe ich ihm das nie gesagt, aber der Mensch, den ich nach Peppino am liebsten hatte, war mein Lehrer Vincenzo. An ihm hing ich mehr als an meinem Vater Rosario. Nicht nur, weil er nie langweilig war und keine Schläge austeilte, wenn ich mit zerrissener Jacke oder aufgeschlagenen Knien daherkam, sondern wegen der Gedichte, die er uns vorlas. Zum Beispiel die von Giovanni Pascoli. Er fand nicht, dass man sie gleich verstehen musste. Erst mal ging es um die Musik.

»Mit dem Sinn beschäftigen wir uns später!«, wiederholte er, wenn wir kleinen Bengel verständnislose Gesichter machten.

Hatte er, zwischen den Bänken auf und ab marschierend, ein Gedicht rezitiert, befahl er uns, es ins Heft zu schreiben, denn »Abschreiben heißt Lernen!«, sagte er, mit erhobenem Stock, damit wir den Mund hielten.

Der Lehrer Vincenzo war wie ein Freund für mich, daran gibt es nichts zu rütteln. Schon allein deshalb, weil wir uns auch außerhalb der Schule trafen. Ich war nämlich der erste Mensch, dem er morgens begegnete, da wir gegenüber wohnten. Wir trafen uns immer an der Ecke der Via Archimede um halb acht. Wenn ich ihn von weitem sah, klopfte ich mir mit den Händen die Katzenhaare von den Hosenbeinen und lief ihm entgegen. Und ich sagte ihm gleich, dass ich die Nacherzählung nicht gemacht hätte, weil es mir unsinnig schien, ein Gedicht in Prosa zu verwandeln. Der Lehrer erwiderte nichts, er fragte mich nur, ob ich es auswendig gelernt hatte.

»Ja, natürlich. Soll ich es Ihnen aufsagen?«

»Nicht jetzt.«

»Und geben Sie mir dann eine schlechte Note?«

»Wenn du es nicht kannst, ja.«

Aber es lief wie am Schnürchen, und ich bekam wie immer »Lobenswert«! Beim Heimkommen schwenkte ich mein Heft, um seine mit Rotstift geschriebenen Bemerkungen herzuzeigen, und wollte zur Belohnung ein Stück Schokolade oder genug Kleingeld, um mir welche zu kaufen. All das, wie schon gesagt, bis zum 10. Oktober 1959, denn danach gab es nichts mehr zu wollen.

Nach dem Zeitungskiosk ließ der Lehrer sich von mir führen. Hatte er erst *L'Unità* gekauft, redete er kein Wort mehr und ging, ganz ins Lesen versunken, ohne aufzublicken durchs Dorf. Da es aber am Gleisübergang von San Cono schon mal einen Toten gegeben hatte, nahm ich ihn am Arm, wie man es mit einem Blinden macht. Nach dem Unglück mit dem Zug hatte der Lehrer gesagt, wir müssten alle um das Unfallopfer trauern, auch wenn wir den Mann nicht gekannt hatten und nur wussten, dass die Lokomotive ihn weit fortgeschleudert hatte – ihn, sein Fahrrad und die Tüte Orangen, die am Lenker hing.

»Wer beim Tod eines Menschen nicht trauert, ist ein Rüpel«, sagte er in der Klasse, und als der Leichenwagen vorbeifuhr, befahl er uns, das Diktat zu unterbrechen, ans Fenster zu gehen und ein Gebet zu sprechen.

Der Lehrer war der Erste, dem ich vom Schlaganfall meiner Mutter erzählte. An jenem Morgen hatte ich die ganze Zeit geschwiegen und ihn nicht mal am Gleisübergang am Arm genommen. Als er mich endlich fragend ansah, erzählte ich ihm, dass sie mitten in der Nacht umgefallen war und dass sich auf ihrer Schläfe ein schwarzer Blutfleck gebildet hatte, der nicht mehr wegging. Daraufhin blieb der Lehrer stehen, schluckte mühsam und sagte mir viele wichtige Sachen. An die ich mich aber nicht mehr erinnere.

Von jenem Tag an kam Tante Filomena, die Schwester meiner Mama, ins Haus meines Vaters Rosario, um uns zu helfen. »Die bucklige Besserwisserin«, nannten sie sie im Dorf. Tante Filomena hatte wirklich immer etwas zu meckern. Bei allem und jedem schnaubte sie unzufrieden. Wenn sie schnaubte, zerzauste sie dir sogar die Haare, so heftig tat sie das. Als ich meinen Vater einmal fragte, woran der Mann der Tante gestorben war, antwortete er: »Am Geschnaube.« Doch sie war die Einzige, die sich nicht ekelte. Sie zog Mama um, wusch sie zwischen den Beinen, fütterte sie, weil der Mund schief geworden war. Auch Doktor Cucchi kam vorbei, wenn es ihm zufällig mal passte, um sie zu untersuchen. Vor ihm zogen alle Leute in der Via Archimede den Hut. Bevor er meine Mama untersuchte, schickte Doktor Cucchi uns hinaus, denn wo Kranke sind, braucht es Sauerstoff, sagte er.

»Das Beste wäre, sie in Catania in einem Altenheim unterzubringen«, verkündete er an der Tür, mit dem Arztkoffer in der Hand. »Aber wie auch immer, Signor Giacalone, Sie müssen Geduld haben und lernen, jeden Tag so zu nehmen, wie er kommt, das ist die Weisheit, die uns die Krankheit lehrt.«

Doch sobald sich der Doktor zur Tür wandte, machte mein Vater hinter ihm mit straff gestreckten Fingern das Hörnerzeichen und sagte, Weisheiten führe immer der im Mund, der grade nicht in der Patsche stecke.

Für mich selber war die bedeutendste Veränderung, dass ich, mager wie ich war, es einfach nicht schaffte, den Badezuber in die Mitte des Zimmers zu rücken. Und darum stank ich. Wenn ich die Nase in mein Hemd steckte, konnte ich selber riechen, dass ich stank, und schämte mich, den anderen nahe zu kommen. Besonders meinem Schulschatz Gemma, für die ich mich mit einem namens Turi gerauft hatte. Ich hatte ihm einen Stein an den Kopf geworfen, weil er eines Tages behauptet hatte, Gemma habe für ihn den Rock gehoben. Und einen gewissen Vittorio aus der Via Lentini hatte ich aus dem gleichen Grund an den Haaren gepackt und mit dem Kopf gegen einen Granatapfelbaum gestoßen. Da gibt es nichts zu rütteln, die Eifersucht war schon immer mein Problem. Von klein auf.

2

So einfach von einem Tag auf den anderen bin ich aber nicht ausgewandert, nein. Es ist ja nicht so, dass ein kleiner Knirps plötzlich grundlos aufspringt und losfährt. Vorher haben sie mir alles vermiest, mit Zank, Tagen ohne Essen und unerträglichem Gekeife, erst dann bin ich weggegangen. Es war Ende 1959, ich war neun, und in dem Alter möchte man immer lieber in seinem Dorf bleiben, auch wenn es ein beschissenes Dorf ist und keineswegs das Schlaraffenland. Aber irgendwo hört's auf, und wenn dir scheint, das Elend werde dich gleich verschlingen wie eine Sturzwelle, dann ist es besser, du packst dein Bündel und haust ab, Schluss, aus.

Meine Mama wurde jeden Tag dusseliger. Doktor Cucchi wiederholte bei seinen Besuchen sein übliches Palaver und verordnete uns, bestimmte Medikamente zu kaufen, die kein bisschen halfen, aber ein Vermögen kosteten. Man musste sie ihr unter die Zunge legen, wenn sie einen Anfall bekam. Mein Vater war mittlerweile gespannt wie eine Geigensaite, besser, man zupfte nicht daran und hielt mindestens eine Armeslänge Abstand. Er kam nach Hause, wann er wollte, und sagte nicht einmal »guten Abend«. Wenn er redete, dann nur, um mitzuteilen, dass er wieder rausging. »Ich gehe auf die Piazza, um mir die Beine zu vertreten«, knurrte er, während er mit der Zigarette im Mund die Tür hinter sich zuzog. Aber selbstverständlich ging er nicht deshalb auf die Piazza. Er ging Karten spielen im Keller von einem Typ namens Stefano. Und eins, zwei, drei hatte ihn die Spielwut gepackt. Ich weiß, dass er dorthin ging, denn einmal bin ich ihm barfuß gefolgt. Auf allen vieren habe ich mich auf dem Gehsteig vors Kellerfenster gehockt und ihn beobachtet. Gern hätte ich ihm die Karten der anderen Spieler verraten, doch mein Vater gewann auch ohne meine Einflüsterungen; das bisschen Geld, das ich nach Mailand mitnahm, hatte er alles dort unten gewonnen, in dieser verrauchten Höhle. Andere sind nur mit einem Glas Oliven oder mit einem noch warmen Brot abgereist, ich dagegen besaß ein nettes Sümmchen, auch wenn ich es dann gar nicht ausgeben konnte. Doch im Dorf hassten sie ihn allmählich wegen dieser Geschichte mit den Karten, und bald hatte er alle seine Freunde verloren. Einem nach dem anderen hat mein Vater die

Haut abgezogen, bis er den Bogen überspannte und selber reingelegt wurde.

Was aber die Prügel betrifft, die er mir manchmal am Abend verabreichte, gibt es nicht viel zu philosophieren, zimperlich durfte man nicht sein. In San Cono prügelten alle Eltern, Schluss, aus. So, wie der Himmel regnet, die Kuh muht und der Baum seine Blätter verliert, so natürlich schlugen die Eltern von San Cono ihre Kinder. Hatte man sich zum Beispiel mit einem anderen Kind geprügelt, kriegte man gleich noch eins drauf. »Wie? Du hast dich verhauen lassen? Was für ein Schlappschwanz soll bloß aus dir werden?!« – und zack, sauste der Gürtel herunter. »Du hast deine Hose dreckig gemacht?« – Fußtritte ohne Ende. »Du hast dir weh getan?« – fliegende Holzschuhe. Allerdings waren die Holzschuhe eine weibliche Waffe, die Spezialität der Mütter und einiger älterer Schwestern. Meine Mama zum Beispiel war ein Profi im Holzschuhwerfen. Zielgenau wie ein Soldat. Egal aus welcher Entfernung, sie traf immer. Manchmal war das Erstaunen darüber heftiger als der Schmerz. Sie brauchte dir nur mit ihrem Tigerblick in die Augen zu starren, und der Holzschuh flog los wie ein Vogel, vorbei am Geschirr und zwischen den Türen durch, hinter denen ich Schutz suchte. Mich hat das einen Zahn gekostet, aber einige Freunde hat es schlimmer erwischt.

Einmal wurde ich auch dafür verhauen, dass ich in die Schule gegangen bin. Da mein Vater mir am Abend zuvor nichts zu essen gegeben hatte, sagte er, ich dürfe dafür später aufstehen. So dachte ich beim Aufwachen, dass ich für die Arbeit als Tagelöhner sowieso zu spät dran war, und lief mir nichts, dir nichts in die Via dei Ginepri. In meinem Übermut hielt ich an der Bäckerei in der Via Ruggero il Normanno an und bettelte um einen Tarallo. Als Bub konnte ich so rührend schöne Augen machen! Sogar falsche Tränen konnte ich weinen, wie ein Schauspieler von Cinecittà. Die Frauen fielen immer drauf rein. Jetzt dagegen sind meine Augen so schmal wie Schlitze, als wollten sie die Sonne nicht einlassen.

Jenen Schultag habe ich bis heute nicht vergessen. Erst mal war ich enttäuscht über den Empfang, den mir meine Klasse bereitete. Ich erwartete ein großes Trara wie beim Fest des Dorfheiligen, aber außer Peppino, der rumhüpfte wie ein Kaninchen, beachtete mich niemand. Es war, als hätte ich gar nie gefehlt. Nur Ettore kam und flehte mich an, ihm ja nicht das Pausenbrot zu klauen, und flennte wieder wie ein Mädchen. Auch der Lehrer Vincenzo sagte beim Eintreten kein Wort zu mir. Er runzelte nur die Stirn, als er mich auf meinem Platz sitzen sah, sonst nichts. Da dachte ich, mit unserer Freundschaft sei es aus und vorbei, und wollte sofort raus aufs Feld rennen.

Aber die Stunde war spitze. Er sprach über einen Herrn namens Schanschak Russò und nannte ihn einen Denker, ein Wort, das ich noch nie gehört hatte und das nach Meinung meines Banknachbarn jemanden bezeichnete, der sehr schlau und gescheit war, doch Peppino meinte, das sei einer, der morgens aufstehe, den ganzen Tag nichts zu tun habe und bloß rumhänge.

Der Lehrer zeichnete zwei Männer an die Tafel. Einer stand auf einem eingezäunten Feld und sagte: »Das gehört mir!«, der andere stand auf einem Feld ohne Zaun und sagte nichts. Der Lehrer ließ uns seine Zeichnung abmalen und erklärte, dass es, bevor jener Mann sagte: »Das gehört mir!«, keine Gesellschaft mit Kasernen, Krankenhäusern, Schulen, Gerichten, Gefängnissen und Banken gab und die Menschen frei waren, denn die Natur war so üppig, dass es für alle reichte, man musste sich nicht wegen einem Bissen zerfleischen. Doch dann sagte jener Mann: »Das gehört mir!«, und daraufhin war der Teufel los. Alle fingen an, es ihm nachzumachen, und statt von einer Landschaft oder einer schönen Frau träumten sie nun von immer höheren Zäunen und schafften sich für ihre Häuser Türen mit Schloss und Riegel an und bissige Hunde für die Tore.

»Russò schreibt, diese Erfindung mit den Zäunen heißt Privateigentum«, sagte der Lehrer.

Peppino hob die Hand, um zu fragen, ob dieser Herr denn im Leben nicht nur viel gedacht, sondern auch viel geträumt und geschnarcht habe, wobei er so durch die Nase grunzte, dass ich bei dem Gedanken immer noch lachen muss und im Kopf die ganze Klasse kichern höre. Vor vielen Jahren erzählte man mir in San Cono, dass auch Peppino mit etwa fünfzehn Jahren ausgewandert sei und eine Zeit lang in Mailand gelebt habe. Anfangs hatte er Mühe, sich einzuleben, und verbrachte die Tage in Pornokinos, zettelte Schlägereien an und klaute Autos. Später ging er mit seinem Bruder nach Deutschland, und dort hat er vielleicht Vernunft angenommen, eine feste Arbeit gefunden und eine Familie gegründet. Peppino war noch ärmer als ich. Seine Familie hielt das Vieh direkt im Haus, das eher ein Stall war als eine Wohnung. Und seine Eltern wirkten selber wie Tiere. Wegen dem Geruch nach feuchtem Stroh, den sie verströmten, wegen ihren Kuhaugen und weil sie wie die Esel im Stehen aßen. Wer weiß, vielleicht sind wir uns in der Stadt sogar manchmal begegnet, womöglich an einem Sonntag, dem schlimmsten Tag der Woche.

Zur Abwechslung knurrte mir auch an jenem Tag wieder der Magen, und mir war schwindlig.

Um bei der Heimfahrt auf dem Fahrrad meines Vaters nicht einzuschlafen, erzählte ich ihm von der Unterrichtsstunde.

»Papa, weißt du, warum das Land, wo wir ackern, nie uns gehören wird?«, fragte ich ihn.

»Warum?«

»Weil ein Denker namens Russò schreibt, dass ein Mann vor vielen Jahrhunderten ›Das gehört mir!‹ gesagt und einen Zaun um ein Feld gezogen hat, und seitdem sind die Menschen ungleich geworden.«

»Und wer war dieser verfluchte Kerl?«

»Den Namen weiß ich nicht, den hat uns der Lehrer nicht gesagt, aber es war der, der das Privateigentum erfunden hat, während vorher alles allen gehörte, vorher gab es reichlich zu essen und keine Gesetze, Schulen, Krankenhäuser und Rechtsanwälte.«

»Das hat dir wohl ein Kommunist beigebracht!«, zischte mir mein Vater ins Ohr.

Aber ich war ja noch ein Kind, die Bedeutung dieses Wortes kannte ich gar nicht. Im Gegenteil, ich verstand Camionist.

Auf den Feldern von Don Alfio arbeiteten wir zu viert, zwei auf der einen Seite, zwei auf der anderen. Mein Lohn bestand aus Erbsen, Tomaten,

Kaktusfeigen ... wertlosem Kleinkram. Am Abend schickte mich mein Vater los, um noch einen Korbvoll zu holen. Die ersten Male protestierte ich lautstark, weil ich mich vor den Hunden fürchtete. Er hänselte mich und sagte: »Hast du Angst? Lang dir an den Sack, das hilft!« Später habe ich gelernt, wie der Blitz den Baum hochzuklettern, und mich nicht mehr so angestellt.

Dort auf dem Acker habe ich Giuvà kennengelernt. Ich nannte ihn *paesano*. In San Cono nannte man die Älteren entweder *paesano* oder, wenn es einer aus dem engeren Kreis war, der dir Geschenke machte, dich zum Essen einlud oder dein Pate war, *compare*. Giuvà schielte und hatte eine Halbglatze. Er war etwas über vierzig, doch seine Haut war schon so gegerbt wie bei einem alten Bauern. Alles in allem sah er aus wie ein Trottel. An dem Tag, an dem er auf die Welt gekommen ist, muss sich der Herrgott zwischendurch ein paar Stunden freigenommen haben. Zu mir war Giuvà aber sehr nett, und wenn mein Vater nicht dabei war, ließ er mich auf einen Baum klettern und von dort mit der Schleuder Oliven schießen, um die Wachteln aufzuscheuchen oder die Reiher zu erschrecken. Manchmal war ich todtraurig. Ich wusste nicht, warum, ich war einfach traurig und Schluss.

Dann ließ ich die Hacke fallen und fragte Giuvà,

ob ich Schnecken suchen dürfe. Ich stellte mir vor, wie ich einen ganzen Haufen davon an einen Marktstand verkaufen würde oder an so eine Signora, die den ganzen Tag mit dem Fächer auf dem Gehsteig sitzt und auf Kundschaft wartet. Doch ich hatte die Schneckenjagd meistens bald satt, weil mir der Schleim, wenn sich das Schneckenhaus ablöste, eine Gänsehaut verursachte. Also warf ich die paar, die ich gesammelt hatte, weg und lief quer über den Weinberg. Wenn ich am Brunnen ankam, beugte ich mich bäuchlings darüber, und die feuchte Luft, die mir ins Gesicht stieg, tröstete mich. Wieso, wusste ich nicht. Sie tröstete mich und basta. Deshalb ging ich immer wieder dorthin.

Doch wenn ich tagsüber in den Brunnen geschaut hatte, bekam ich nachts Alpträume. Ich träumte, ich würde hineinfallen, allein oder zusammen mit meiner Mama. Und in manchen Nächten war es noch schlimmer. Die ganze Welt fiel in den Brunnen, ich allein blieb schreiend zurück, und niemand hörte mich.

»Ich will heim!«, rief ich Giuvà zu, wenn ich zu ihm zurückkam und er noch immer mit der Hacke den steinigen Boden bearbeitete.

»Dann geh doch, hau ab, ich hab genug von deinem Gequengel!«, antwortete er.

Eines Tages, als ich endlich auch das Hacken

gelernt hatte, ließ er mich aus seiner Feldflasche trinken, und als mir der Wein die Kehle hinabrann, begann ich zu würgen: »Bäh, bäh!«, spuckte ich. »Ich mag keinen Wein, ich will Wasser!«

Giuvà lachte mich aus und sagte, ihm dagegen könne das Wasser den Buckel runterrutschen, Wasser trinke er nie. Er wiederholte immer die gleichen Sätze, denn er war strohdumm und abgestumpft von seiner Arbeit. Und er sagte es auch immer wieder: »Diese Arbeit bringt einen um!«

»Warum machst du sie dann?«, fragte ich.

»Ich will nach Mailand und muss die Zugfahrkarte kaufen, da braucht man schon ein bisschen Geld auf der Seite.«

»Und deine Frau Elvira? Und deine Töchter?«

»Die werden später nachkommen.«

Ich nutzte jede Gelegenheit, um meine Kenntnisse aus der Schule anzubringen, und legte sofort los: »Mailand ist die Hauptstadt der Region Lombardei, es hat eine Million Einwohner und eine Fläche von hundertachtzig Quadratkilometern. Es ist die zweitgrößte Stadt nach Rom.«

Die Erdkundetexte konnte ich alle auswendig, genau wie die Gedichte. Ich wusste auch, dass Turin die größte Industriestadt Italiens war, dass der Trasimenische See in Umbrien liegt und noch viele andere Dinge, die sich später als absolut wahr erwiesen.

Giuvà sagte, er habe Verwandte und Freunde von Verwandten und Verwandte von Verwandten in Mailand, und dort sei es nicht so wie »hier in diesem beschissenen Kaff, wo du hackst und hackst, bis du krepierst, ohne je zwei Lire sparen zu können«. Immer redeten die Großen vom Geld, andere Themen kannten sie nicht. Das heißt, eins kannten sie noch, und wie, aber darüber sprachen sie nicht, zumindest nicht vor mir.

»Mailand ist eine Stadt voller Lichter, da ziehen Leute aus ganz Italien hin. Sogar welche aus Catania sind da, aus Zafferana, aus Trecastagni und aus anderen Dörfern hier in der Gegend. Und außerdem gibt es Tausende von Fabriken!«, und wenn er Fabriken sagte, hätte man meinen können, er rede vom Paradies.

Einmal fiel mir mein Sardellenbrot auf den Boden, und ich fluchte nach allen Regeln der Kunst. Schon in meinem zarten Alter kannte ich ein paar sehr schöne Flüche und konnte auch originelle, deftige, neue erfinden. Daraufhin versetzte Giuvà mir eine Ohrfeige. Ich spuckte einen lockeren Zahn aus und ließ meinen Tränen freien Lauf. Als er mich heulen sah, blieb ihm der Mund offen, und er sagte, Heulen sei das Letzte, was man tun soll, weil es sowieso nichts nützt. Dann hielt er mir ein Stück von seinem Brötchen mit Pecorino und Tomate hin, und die Welt war wieder in Ordnung. Als wir fertiggegessen hatten, wischte Giuvà das Messer an seinem Oberschenkel ab und schälte eine Kaktusfeige, leerte die Feldflasche und fragte mich: »Willst du auch mit nach Mailand?«

»Nach Mailand? Auf keinen Fall!«, erwiderte ich. »Ich will mein ganzes Leben in San Cono bleiben!«

3

Auf dem Feld war ich mehr mit Giuvà zusammen als mit meinem Vater, der meine Mama eines Tages doch noch nach Catania ins Altenheim gebracht hatte.

Das Leben mit meinem Vater war trist. Tante Filomena kam nur gelegentlich vorbei, und die Wohnung war dreckig. Außerdem aßen wir immer kalt. Gut war, dass mein Vater mich nicht mehr verprügelte, aber ansonsten glichen wir zwei Fischen. Als ich ihn mal fragte, warum er nicht mehr zu seinen Freunden auf die Piazza gehe, antwortete er: »Ninè, es gibt keine Freunde. Es gibt nur Leute, mit denen man sich die Zeit vertreibt, wenn man nichts zu tun hat oder nicht an seine Scheißsorgen denken will.«

Doch ab und zu kaufte er heimlich kleine Geschenke für mich und sagte zu Giuvà, er solle so tun, als wären sie von ihm, dann bekäme ich vielleicht Lust, mit ihm mitzufahren.

Das beste Geschenk war zweifellos die kleine Gitarre. Vorher hatte ich zu Hause nur zwei kleine Soldaten aus gebranntem Ton und eine Sammlung von Trillerpfeifen, die ich aus Pflaumenkernen geschnitzt hatte. Gespielt wurde im Freien, auch wenn es jedes Mal mit Raufereien endete, aber die machten auch Spaß. Wir waren immer schmutzig von der Straße. Und im Sommer verwilderten wir völlig. Wir lebten barfuß und in der Unterhose, mit Strohhalmen in den Haaren, und die Schultern schälten sich von der Sonne. Manchmal machten Peppino und ich uns am Sonntag frühmorgens auf zur Bushaltestelle. In Zafferana stiegen wir aus, liefen von dort den Berghang hinauf auf den Vulkan, pflückten dabei Brombeeren von den Sträuchern und kratzten unter manchen Bäumen, wo nie die Sonne hinkam, den letzten verkrusteten Schnee hervor. Wenn ich Durst hatte, presste ich ihn in der Faust zusammen und schleckte ihn wie eine Granita. Dass der Schnee schon ganz schwarz war, juckte mich nicht. Wie immer musste man sich vor den Hunden in Acht nehmen, doch ich hatte ja gelernt, schnell zu klettern, und Peppino war der geborene Affe. Auch im Steinewerfen war er ein Ass. Treffsicher zielte er genau auf die Augen der Tiere, so dass die Hunde jaulend davonliefen und ihn bestimmt für den Teufel hielten. In der schönen Jahreszeit begegnete man auf den Abhängen Touristen, und manchen boten wir uns als Bergführer an.

Wir erfanden Geschichten von Geistern und Riesen, in die ich meine Erdkundekenntnisse und Sachen über den Ätna einflocht, die wir im Dorf bei den Erwachsenen aufgeschnappt hatten. Am Ende des Vortrags schenkte Peppino ihnen ein Stück Lavagestein, und ich punktete abschließend mit einem Sprichwort wie: »Machst du dich auf zum Vulkan, dann geh mit dem Stock bergan.« Auf diese Weise konnten wir leicht etwas Trinkgeld ergattern, für das wir uns hinterher an einem Stand ein Käsebrötchen kauften. Es war die schönste Sache der Welt, mampfend auf dem rötlichen Stein zu sitzen und auf den furchterregenden Vulkan zu schauen. Das, ja das waren noch Sonntage!

»Die ist für dich!«, sagte Giuvà eines Nachmittags und schwenkte eine kleine Gitarre durch die Luft, als wäre es die Hacke.

»Für mich?!« Ich riss die Augen auf.

»Aber ja, jetzt kannst du Künstler werden!« Damit ging er zur Essecke in der Küche und unterhielt sich mit meinem Vater.

Sofort begann ich zu klimpern und fühlte mich wer weiß wie toll. Doch bald taten mir die Fingerkuppen von den Saiten auf dem Griffbrett weh, deshalb zupfte ich nur noch oberflächlich daran. Wie alles Schöne währte es nicht lang. Kaum drei Stunden. Ich verzog mich aufs Mäuerchen in der

Via Marco Polo, weil mein Vater schon nach fünf Minuten brüllte, ich solle Ruhe geben. Gut sichtbar setzte ich mich hin und schrieb sogar ein Lied, an das ich mich heute noch erinnere:

Eine Sardelle, das halt ich nicht aus,
ich hau ab nach Mailand, ich muss hier raus.

Dann kam Pasquale Regno vorbei, einer, der älter ist als ich. Er starrte mich an.

»Lass mich mal probieren«, befahl er.

»Nein!«, schrie ich.

»Du kannst ja gar nicht spielen.«

»Ich hab doch sogar schon ein Lied komponiert!«

»Stimmt es, dass du sie von dem Herrn gekriegt hast, der dich nach Mailand mitnehmen will?«

»Wer hat dir das gesagt?«

»Ich hab gehört, er braucht dich tagsüber als Sklaven und nachts als Frau.«

»Was soll das heißen, als Frau?«

Er machte eine obszöne Geste, und ich gab ihm einen Fußtritt. Er warf einen Stein nach mir, und da blieb mir keine Wahl: Ich zertrümmerte die Gitarre auf seinem Kopf. Er blutete, aber ich schlug immer weiter zu, und hätte ich eine Kaktusfeige in Reichweite gehabt, hätte ich ihm mit der Schale das Gesicht abgerieben.

Als Tante Filomena mir am Abend den Teller mit gekochtem Gemüse hinstellte, schob ich ihn weg und schrie, ich würde, obwohl ich Hunger hatte, nichts essen, denn ich hätte alles satt, die Feldarbeit, die Wohnung voller Ameisen und die ewigen Prügel.

»Ich geh weg mit Giuvà, der gibt mir bestimmt was von seinen belegten Brötchen ab!«, brüllte ich mit geröteten Augen.

Da stand mein Vater vom Tisch auf, und anstatt mir mit einer Maulschelle zu drohen, umarmte er mich und sagte: »Ganz recht so, mein Sohn.« Nach dieser überraschenden Umarmung trocknete er mir mit seinem Hemd das Gesicht, nahm mich an der Hand und führte mich auf die Piazza. Es war kalt, trotzdem wollte er mir unbedingt ein Eis kaufen.

»In Mailand kannst du dir eine Zukunft aufbauen. Als Maurer, Fabrikarbeiter, Handwerker und wer weiß was alles«, sagte er im Gehen. »Denk nur an den Sohn von Dario. Der ist vor drei Jahren weggegangen, und jetzt kommt er im Sommer mit einem Alfetta zurück und macht Urlaub!«, rief er voller Neid.

»Und du, kommst du nicht mit?«

»Wenn ich bisschen was sparen kann, mal sehen.«

Giuvà redete immerzu über Mailand, wie geräumig die Wohnungen seiner Verwandten seien, mit Bad und fließend heißem Wasser, und setzte mir diesen Floh mit den blonden, vollbusigen Frauen ins Ohr, denn er sagte, solche gebe es dort haufenweise.

Vielleicht war ich aber auch schon auf Busen fixiert, bevor ich Giuvàs Geschwätz hörte. Sozusagen von Geburt an, denn mir hat der Busen meiner Oma das Leben gerettet. Ich war ein Siebenmonatskind, und als ich aus meiner Mama rauskam, wog ich knapp eineinhalb Kilo. Daraufhin hat Oma Agata, die Mutter meiner Mutter, mich zwei Monate lang zwischen ihre riesigen warmen Brüste gesteckt, und nur deshalb bin ich durchgekommen. Den ganzen Tag saß sie mit mir zwischen den Brüsten auf dem Stuhl und rührte sich nicht. Besser als jeder Brutkasten war meine Oma Agata. Zeit ihres Lebens unternahmen wir, wenn die Mittagshitze vorbei war, lange Spaziergänge durchs Dorf, und dabei erzählte sie mir jedes Mal diese Geschichte. Eines Tages sagte ich zu ihr: »Oma, darf ich dich anders nennen?«

»Ja, wie denn?«

»Oma Busen will ich dich nennen!«, antwortete ich, und wir bogen uns beide vor Lachen.

Wie auch immer, an den Tagen vor der Abreise setzte ich den Fuß nicht aus dem Haus. Mein Vater fragte mich, ob ich etwa eine Nonne geworden sei, aber darauf wusste ich keine Antwort. Manchmal rückte er seinen Stuhl neben meinen, zog als Überraschung für mich einen kleinen Pfefferkäse hinter dem Rücken hervor und meinte, den sollten wir zusammen essen. Auch er benutzte zum Schneiden ein Taschenmesser. Doch ich hatte in jenen Tagen überhaupt keinen Appetit, ich stand nur auf dem Balkon herum und streichelte den Schwanz der Katze, das war das Einzige, was ich machte. Oft warf ich ihr auch die Sardellen aus meinem Brötchen hin, so sehr kotzten sie mich inzwischen an. Für mich behielt ich nur das ölige, weiche Brot.

Eines Nachmittags trat auf den Balkon gegenüber der Lehrer Vincenzo, der seine Laken ausschüttelte, damit die Wanzen herausfielen. Er fragte mich nach meiner Mama, und ich antwortete mit einem Achselzucken.

»Soll ich Ihnen das Gedicht noch mal aufsagen?«

»Komm rüber zu mir«, erwiderte er.

Zuerst wurde er wütend, weil ich ihn fragte, ob was Wahres dran sei an dieser Geschichte, dass er Camionist ist, dann beruhigte er sich Gott sei Dank wieder und sagte, in Mailand würde ich bestimmt glücklich sein. Er sagte tatsächlich glücklich, und ich erinnere mich, dass mir das Wort vorkam wie die Hose für die Feldarbeit. Zu groß und unpassend.

»Am besten schreibst du Tag für Tag auf, was dir zustößt. Oft reichen schon wenige Zeilen«, sagte er, während er in einer Schublade kramte. »Manchmal kommt man müde von der Arbeit heim und will nur noch seine Ruhe haben.« Damit hielt er mir ein Heft hin, das er Tagebuch nannte, weil das Datum und die Gedenktage der Heiligen drinstanden.

»Hier soll ich reinschreiben, was ich tagsüber mache? Ist das eine Hausaufgabe?«, fragte ich ihn, als wären wir in der Schule.

»In dieses Tagebuch kannst du schreiben, was du willst«, fuhr er fort, ohne auf mich zu hören. »Es wird sein, als unterhieltest du dich mit einem Menschen, der so denkt wie du. Du kannst aufschreiben, was du machst, aber auch alles, was du niemandem sonst anvertrauen kannst.«

Er schenkte mir auch eine Tafel Schokolade und ein Päckchen Briefkuverts. Ich solle nach Hause schreiben, sagte er, denn wer weggehe, vergesse oft die Daheimgebliebenen. Beim Abschied fasste ich mir ein Herz und fiel ihm um den Hals, und er lachte zum ersten Mal, seit ich ihn kannte. Auch als ich barfuß die Treppe hinuntersprang, weil ich es in der Eile nicht geschafft hatte, auch die Schuhe anzuziehen, hörte ich ihn noch lachen.

Zu Hause setzte die bucklige Besserwisserin mir einen Salat mit Zwiebeln vor, und während ich aß, verschnürte sie die Kartons mit Bindfaden, und in einen davon packte sie eine Dose mit Sardellen und mehrere Tüten Salz. In einem mit Zeitungspapier ausgelegten Koffer dagegen verstaute sie die gefalteten Kleidungsstücke und klappte ihn zu. Der Zug fuhr um drei Uhr nachts, und als ich sagte, ich wolle mich noch von Peppino in der Via Fieramosca verabschieden, schnaubte die Bucklige wie eine Kaffeemaschine und meinte, ich solle mich beeilen. Doch dann ging ich nur bis zu den Häusern meiner Freunde und drehte wieder um, weil ich nicht wusste, was ich sagen sollte.

Nur von Michelino habe ich mich verabschiedet. Ab und zu, wenn sein Gesicht leichenblass war, nahm der Lehrer ihn zu dem Stand in der Via Dante mit, um ihm einen Kichererbsenfladen zu kaufen. Ich sah ihn am anderen Ende der Straße, wie er sich mit einem Eimer voll irgendwas abschleppte, und rannte ihm sofort hinterher.

»Gib her, du bist ja noch mehr Haut und Knochen als ich«, sagte ich und riss ihm den Eimer aus der Hand.

Michelino lächelte stumm, denn seit dem Tod seines Vaters hatte er aufgehört zu sprechen, und die Zähne waren ihm nicht mehr nachgewachsen.

»Weißt du, dass ich morgen abfahre? Ich gehe nach Mailand.«

Er nickte.

»Wenn du willst, schreib ich dir einen Brief, vielleicht zu deinem Geburtstag« – aber er wusste nicht einmal sein Geburtsdatum. Er war ein arg zurückgebliebener kleiner Knirps. Als wir bei seinem Haus angekommen waren, stellte ich ihm den Eimer auf die Schwelle.

»Grüß die Freunde in der Schule von mir, ich komm nicht mehr dazu«, sagte ich zu ihm. »Und bitte, fang wieder an zu sprechen!«

Er nickte noch einmal. Aber keine Ahnung, ob er auf mich gehört hat.

4

Nachdem wir die Riemen um die Koffer geschnallt hatten, setzten wir uns auf einen Stuhl und warteten, ich mit der Katze auf den Knien, Papa und Tante Filomena mit verschränkten Armen. Ab und zu machte einer von beiden den Mund auf, um mir Ratschläge zu erteilen. Tante Filomena ermahnte mich: »Trau keiner Frau, die sich an dich hängt«, und Papa sagte, ich solle mir eine Stelle als Maurer suchen, das sei »die schönste Arbeit der Welt«. Bevor wir uns aufmachten, ging ich ins Schlafzimmer, um meiner Mama auf Wiedersehen zu sagen – dabei war sie doch in Catania im Altenheim, das hatte ich ganz vergessen. Auf dem Nachttisch meines Vaters lag das Springmesser, mit dem er immer den Pfefferkäse aufschnitt. Ich drückte auf den Knopf am Griff, und die Klinge sprang heraus. Rasch steckte ich es in die Hosentasche.

Auf dem Dreiradkarren schwenkte Giuvà die Zugfahrkarten und wiederholte: »Ich pass schon auf dich auf, Kleiner«, stolzgeschwellt wie ein Pfau. Es war stockfinstere Nacht, aber ich hatte keine Minute geschlafen und war kein bisschen müde. Gewöhnlich machte es mir Spaß, wenn mein Vater den Dreiradkarren rausholte, es machte mir Spaß, aus dem Fensterchen zu schreien und mit ihm zusammen an der Bar Torino vorbeizufahren. Wir ließen den Motor röhren, um allen zu zeigen, dass wir von der Familie Giacalone wissen, wo es langgeht. Jetzt aber, während ich half, das wegen der Salztüten fürchterlich schwere Gepäck einzuladen, sah ich mich untröstlich um und war überzeugt, dass wir, selbst wenn wir den Motor röhren ließen, nichts zu melden hatten. Bevor wir losfuhren, hoffte ich, der Lehrer Vincenzo stünde mit der Pfeife in der Hand hinter dem Vorhang, um zuzuschauen, wie ich abfuhr. Einmal hatte ich gesehen, dass im Klassenbuch einige Namen von Schülern rot durchgestrichen und mit dem Stempel AUSGEWANDERT versehen waren. Die Vorstellung, dass er auch mein Kästchen abstempeln würde, empfand ich als ungeheure Ungerechtigkeit.

Auf der ganzen Strecke jammerten mein Vater und Giuvà darüber, dass immer mehr Leute aus dem Dorf weggingen und dass trotzdem keine Arbeitsplätze frei wurden, weil es eben keine Arbeit gab und null plus null immer null macht. Giuvà spielte den Besserwisser und redete, als hätte er schon jede Ecke der Erde bereist; er tat, als sei er ein waschechter Mailänder. Ich malte Mondsicheln auf das nasse Fenster. Das Messer in der Tasche störte mich, und ich stellte mir vor, wie mein Vater die Schubladen aufs Bett kippen und die Kleider ausschütteln würde, denn es machte ihn wahnsinnig, wenn er etwas verlor.

Am Bahnhof schien es gar nicht Nacht zu sein. Es gab Leute, die schnatterten wie in der Bar, und niemand war müde außer denen, die wie Hunde draußen auf den Bänken schliefen. Am Bahnsteig rief ein Herr mit heiserer Stimme: »Bus nach Mailand und Turin! Die Frauen zuerst! Schwangere Frauen zuallererst! Bus nach Mailand!«

Ich fragte, warum wir nicht ebenfalls den Bus nähmen, doch Giuvà hieß mich schweigen, ich hätte ja keine Ahnung.

»Der Bus braucht viel länger, da verliert man einen Tag Lohn!«, herrschte er mich an.

Giuvà spuckte immer weiter Sentenzen aus, mein Vater hingegen schwieg und musterte ihn wie einen, der ihm gar nicht gefiel. Ich hoffte, er würde ihm eins in die Fresse hauen und mich wieder mit heim nehmen, aber als der Zug einfuhr, hievte er die Koffer hoch, und auch er fluchte darüber, wie schwer der mit den Salztüten war.

»Wozu nimmst du das überhaupt mit? Ist das Essen in Mailand so fade?«

»Die Tante hat gesagt, dass ich so Geld spare«, knurrte ich, und sofort wiederholte Giuvà, sie habe vollkommen recht, denn in Sizilien gebe es kein Monopol auf das Salz.

Anfangs fror ich im Zug, dann wurde die Luft stickig wie in Turuzzus Lebensmittelgeschäft, und mir wurde übel vor Hitze. Man schlief mit dem Kopf an den Füßen des Gegenübers. Giuvà streckte mir seine direkt unter die Nase, das war gar nicht lustig. Sie rochen nach muffigem Pecorino. Er schnarchte schon nach fünf Minuten. Mit geschlossenen Augen spürte ich, wie der blöde Zug dahinraste, und mir war, als ob er gnadenlos alles niederwalzte, was ihm in die Quere kam.

Nach einer knappen Stunde bekam ich keine Luft mehr. Ich stellte mich auf den Gang. Überall standen Leute, die durcheinanderredeten. Die einen rauchten am Fenster, die anderen tauschten Informationen und Adressen von Herbergen aus, wieder andere reichten sich das Schnapsfläschchen weiter oder sprachen über Mailand. Alle paar Worte wiederholten sie Norden und Süden, ohne je klarzustellen, welcher Norden und welcher Süden. Ich hätte gern meine Erdkundekenntnisse über die Orte angebracht, die sie erwähnten, und ihnen was beigebracht, aber mit Unbekannten ein Gespräch zu beginnen ist schwierig, erst recht für ein Kind. Damals war es noch nicht wie heute, wo alle andächtig zuhören, wenn ein Kind spricht, oder, wenn es ein Baby ist, in die Hände klatschen, sobald es »bäh« sagt. Früher wurde man, wenn man etwas sagte, sofort mit »Schweig!« angebrüllt oder mit Blicken durchbohrt. Ich erinnere mich, dass mich meine Mutter, wenn wir andere Leute besuchten, vor dem Losgehen immer ermahnte: »Du frag ja nichts und rede nur, wenn die Henne pinkelt.« Also nie.

Jedenfalls fand auch ich jemanden zum Plaudern. Einen größeren Jungen namens Antonio. Mit geschlossenen Augen saß er auf dem Gang und bewegte nervös die Finger auf den Beinen. Mit meinem Hautundknochen-Körper quetschte ich mich zwischen ihn und einen, der am Boden lag. Im Gang des Zuges trat einer auf den anderen, und auch ich wurde getreten und musste den Schmerz ertragen. Der Schaffner war am rücksichtslosesten und schwang die Lochzange für die Fahrkarten wie ein Schwert. Als ich es satthatte, Antonio mit fest geschlossenen Augen wie irre mit den Fingern zappeln zu sehen, sagte ich zu ihm:

»Darf man vielleicht erfahren, was du da machst?«

»Ich übe.«

»Was denn?«

»Klavier spielen.«

Ich prustete los und sagte, dass man ohne Klavier nicht Klavier spielen kann. Da öffnete er die Augen, die kastanienbraun waren, und erklärte mir, wenn man es einmal gelernt habe, könne man überall üben, auf Tischen, an Wänden, und auch auf den Beinen.

»Solche Sachen weißt du nicht, weil du nicht spielen kannst.«

Gekränkt versuchte ich mich als Gitarristen auszugeben, doch Antonio konnte man nichts vormachen, er spielte viele Instrumente und sagte, ich solle doch mal einen Akkord greifen. Da machte ich mein verständnisloses Gesicht, und er lachte los und hielt sich dabei den Bauch.

Antonio stammte aus einem Dorf in Kalabrien, ich weiß nicht mehr, wie es hieß. Er war weggegangen, weil seine Eltern wollten, dass er Mechaniker wird, aber das passte ihm nicht. Von einem Onkel hatte er Klavier spielen gelernt und im Sommer begonnen, in den Luxushotels von Catania ein bisschen Geld damit zu verdienen. Nun wollte er versuchen, von der Musik zu leben. Deshalb fuhr er nach Mailand. Antonio war echt gut, ich bin zwar kein Musiker, aber wenn ein Gemälde, ein Gedicht oder eine Melodie perfekt ausgeführt sind, kapiert das jeder.

Als Antonio es leid war, von mir mit Fragen gelöchert zu werden, zog er mich hinter sich her, um den Zug zu erkunden. In den Abteilen begegneten wir noch mehr auf dem Boden zusammengedrängten Personen, und aus den Aborten stank es nach Scheiße und Zigarettenrauch. In der ersten Klasse dagegen nicht. Da waren die Sitze mit rotem Samt bezogen, und die Leute trugen weiße Hemden, nichts glich mehr Turuzzus Lebensmittelladen. Natürlich ließen sie uns nicht rein. Schade, denn aus dem Speisewagen kam ein Duft nach warmem Gebäck!

Ungefähr in Neapel wachte Giuvà auf und fing an, mit Leuten zu reden, die am Fenster rauchten. Um sich einzuschmeicheln, sagte er sofort: »Bitte, nehmt doch von meinen«, und hielt ihnen die offene Zigarettenschachtel hin. Ich wollte auch zuhören und stellte mich zwischen ihre Beine. Um mich mundtot zu machen, gab Giuvà mir ein steinhartes Stück Torrone, das beim Kauen ein lächerliches Geräusch machte, daran sollte ich mir die Zähne ausbeißen. Obwohl er ziemlich nett war, störte es mich, dass alle uns sofort für Vater und Sohn hielten, denn er hatte ein schwachsinniges Gesicht und mein Vater überhaupt nicht. Giuvà dagegen war stolz darauf, Söhne hatte seine Frau ihm nämlich keine geboren. Die anderen erzählten, sie würden in einer Herberge übernachten, er dagegen brüstete sich damit, dass seine Verwandten ihn aufnehmen würden. Bald hatte ich genug vom Zuhören, denn auch sie wiederholten immer wieder diese Geschichte von Norden und Süden, und dass der Süden eine Katastrophe sei und alle abhauen. Ich ging wieder zu Antonio, der einen Platz im Abteil gefunden hatte. Auch wir lagen Kopf an Füßen. Wir hatten uns bereits ein wenig angefreundet, und so schliefen wir überhaupt nicht. Ich bot ihm die Schokolade des Lehrers an, und er erzählte mir, spielen zu können sei etwas Wunderbares, denn die Musik folge einem überallhin und leiste einem Gesellschaft, aber ganz anders als die Menschen. Um ihm zu zeigen, dass auch ich nicht dumm war, erzählte ich ihm von den Gedichten, die ich wie am Schnürchen auswendig konnte, und er antwortete, leider kenne er nur ein einziges, recht hässliches Gedicht, das so anfange: »Ich liebe dich, frommer Ochse.«

Auch Antonio übernachtete in einer Herberge, und ich ließ mir die Adresse ins Tagebuch schreiben.

»Ich wohne bei den Verwandten von dem Mann aus meinem Dorf«, sagte ich.

»Da hast du aber Glück«, erwiderte er, doch ich schüttelte den Kopf.

Zuletzt schliefen wir ein, aber nur kurz. Bald kam von außen Licht herein, erst rosa, dann weiß. Die Landschaft flog schnell vorbei, und ich bedauerte es, dass wir die Bahnhöfe der Orte ohne Halt hinter uns ließen. Mir schien, es sei falsch, einfach durchzufahren, ohne nachzusehen, ob die Dinge dort besser waren. Vielleicht war es ja gar nicht nötig, noch weiter hinaufzufahren.

In Bologna standen wir fast eine Stunde, eine Geduldsprobe. Giuvà nutzte die Zeit, um mir noch weitere hundert Sachen zu erklären – wie man sich bei Tisch benimmt, wie man mit den Mailändern verhandelt, wie man die Straße überquert –, und spielte sich wieder als Besserwisser auf. So kam es mir jedenfalls vor, denn ich hatte keine Lust, irgendwas von ihm zu lernen. Zum Lernen muss man dem anderen vertrauen, und ihm vertraute ich nicht. Daher stellte ich ihm eine Frage nach der anderen, dann redete er wenigstens, und ich hörte mit einem Ohr zu, und mit dem Rest dachte ich an meine eigenen Sachen.

»Wie sucht man denn Arbeit?«

»Ach Kleiner, das ist doch ganz einfach! Du gehst in ein Geschäft, sagst, ist es gestattet und guten Tag, und dann fragst du, ob sie jemand brauchen. Wenn du einen Hut aufhast, musst du ihn abnehmen, vergiss das nicht, aber ohne deine Haare zu zerraufen!«

»Das klingt ja nicht schwer, das schaffe ich auch alleine, ohne dass du mich begleitest.«

»Sicher, dass du keine Hilfe brauchst?«

»Ganz sicher.«

5

Kaum aus dem Zug gestiegen, riefen einige: »Gepäckträger, Gepäckträger!«, ein Wort, das mir neu war. In San Cono trägt nämlich jeder sein Zeug selber, und wehe dem, der es ihm anrührt.

»Sollen wir auch ›Gepäckträger, Gepäckträger‹ rufen?«, fragte ich Giuvà, aber er brachte mich sofort zum Schweigen. Still, sagte er zu mir, mit dem Zeigefinger auf den Lippen und drohenden Augen. Da er schielte, sah er dadurch noch dümmer aus, was er aber nicht wusste.

Wie eine riesige Schlange aus Menschen wälzten sich die Leute den Bahnsteig entlang, manche schleppten Koffer, manche balancierten Kartons auf dem Kopf, andere schoben hölzerne Kisten. Ein einziges Durcheinander. Man hörte so viele unverständliche Sprachen wie beim Turmbau zu Babel. Und dann drang auch noch der Nebel in den Bahnhof ein, es war ein beeindruckendes Schauspiel. Anfangs dachte ich, das sei Zigarettenrauch, aber dann wurde er zu dicht, und man musste auch nicht husten. Wölkchen kamen aus meinem Mund, und ich tat so, als hielte ich eine Zigarette in der Hand. »Giuvà«, sagte ich vergnügt, »schau mal, wie ich rauche!« Doch er lachte nicht, die Arbeit als Tagelöhner hatte ihn innerlich abgestumpft, und er war vollauf damit beschäftigt, den Koffer mit dem Salz zu schleppen.

Antonio hatte nur zwei Taschen und wirkte wie einer, der von zu Hause ausgerissen ist. Auf dem Bahnhofsvorplatz blieben wir stehen und quatschten noch eine Weile, und zum Abschied umarmte ich ihn. Giuvà mischte sich in unsere Unterhaltung ein und fragte ihn, wo seine Herberge liege und wie viel sie koste. Dann plötzlich wurde er ungeduldig, packte mich am Kragen und sagte, wir müssten gehen. »Mein Cousin wartet vor dem Albergo del Viaggiatore auf uns, also komm endlich, wir wollen ja nicht unhöflich sein«, schloss er und gab mir einen Schubs.

Zweifellos hatten wir beide nie einen so großen Platz gesehen wie die Piazza Duca d'Aosta. Man braucht Zeit, um sich an diese Dimensionen zu gewöhnen.

Ab und zu rempelte ich mit meinem Koffer Passanten an, und jemand sagte zu mir: »*Attento napulì!*« Am Treffpunkt angekommen, schnaubte Giuvà immer wieder ungeduldig, dann studierte er die Preise des Albergo del Viaggiatore. Wir warteten und warteten, aber vergeblich. Das Hotel war innen hell erleuchtet, mit rotem Teppich auf der Treppe, und hinter der Empfangstheke stand ein Mann in scharlachroter Uniform, der wie eine Wache aussah. Wir warteten und warteten, aber vergeblich. In der zunehmenden Abendkälte bekam man Lust auf eine warme Suppe und ein Zuhause.

»Da siehst du es! Vor lauter Gequatsche haben wir die Verabredung mit meinem Cousin verpasst!«, brüllte er mich an.

»Du Lügner, du hast überhaupt keinen Cousin!«

»He, Kleiner, was erlaubst du dir!«, schrie er. »Hast du deine guten Manieren zu Hause gelassen?« Er versetzte mir einen Stoß und seufzte dann: »Es war ein Fehler, dich mitzunehmen, ich wusste ja nicht, wie ungezogen du bist.«

»Und ich wusste nicht, dass ich mit dir am Bahnhof übernachten muss.«

Er ließ mich bei den Koffern auf der Piazza zurück und ging los, um jemanden zu fragen, wo Baranzate liegt, der Ort, wo sein Phantomcousin wohnte. Allein saß ich im Nebel, und als er endlich wiederauftauchte, sagte er: »Ninuzzo, gib mir die Hand, bevor uns dieser Nebel verschluckt und wir uns nie wiederfinden.«

Erst nach einer Stunde Herumfragen erklärten

uns ein paar Leute, dass Baranzate ein Dorf war, das man mit der Tram erreichte. »Aber jetzt ist's zu spät«, sagte einer abschließend, »morgen früh fährt sie wieder.«

»Könnten wir nicht bei euch schlafen, ich und der Kleine?«, fragte Giuvà und hielt ihnen die offene Zigarettenschachtel hin.

»Bedaure«, erwiderte der Größte von ihnen ohne das geringste Bedauern.

Sie rieten uns, im Mondschein zu schlafen, »ist doch nicht so schlimm«, »haben wir alle durchgemacht«, sagten sie, während sie Zigaretten schnorrten bis zum Gehtnichtmehr.

Im Mondschein zu schlafen klang romantisch, dabei bedeutete es, die Nacht in einer Anlage in der Nähe der Via Ferrante Aporti zu verbringen, auf einem Platz mit Zaun drum herum, der nichts mit Russòs Privateigentum zu tun hat. Manche hatten sich einfach auf den Boden geworfen, unter dem Hintern eine aufgeweichte Zeitung, die wer weiß wer dort liegengelassen hatte. Andere schliefen unter ihrem Gepäck begraben, dicht aneinandergedrängt, um sich zu wärmen, wie die Kaninchen es machen. Auf den ersten Blick glichen sie den Toten auf einem Schlachtfeld. Mit meinem Gebrüll zwang ich Giuvà, in den Bahnhof zurückzukehren, und als eine Bank frei wurde, ließ ich einfach alles neben ihm stehen und besetzte sie. Er legte sich mit seinem dünnen langen Körper neben mich auf den Boden, den Kopf auf einen Koffer gebettet und die anderen fest in der Hand.

Beim Aufwachen am nächsten Morgen tat uns alles weh. Vor der öffentlichen Bedürfnisanstalt mussten wir endlos Schlange stehen, um uns zu waschen, und aus den Klos drang ein Geruch … im Vergleich dazu war Turuzzus Laden eine französische Parfümerie. Zur Versöhnung ging Giuvà mit mir in die Bar und kaufte mir ein süßes Brötchen. Ein zweites klaute ich mir, da ließ sich der Tag schon besser an. Auch weil wir anschließend die Tram nahmen, die mir sofort gefiel mit ihrem Scheinwerfer, der aussieht wie das Auge des Polyphem. Ich lief im Wagen der Nummer 19 hin und her, setzte mich auf die Holzbänke und stand wieder auf, lächelte den Damen und den in die Zeitung vertieften Herren im Mantel zu, kurz, ich schlug die Zeit tot.

Schließlich erreichten wir Baranzate, die Endhaltestelle. Ein trister, öder Ort. Mietskasernen über Mietskasernen, mehr gibt es nicht zu sagen. Es gibt auf der Welt einfach Orte, Personen und Arbeiten, für die sehr wenige Wörter genügen. Für Baranzate zwei: Mietskasernen und Schlote. Ja, denn überall gab es Fabriken mit Schloten, die dichte Rauchwolken ausstießen. Sie lösten sich nie auf. Der Rauch schwebte immer dicht und eklig über unseren Köpfen. Giuvà und ich sahen mit Stielaugen zu den hohen Dächern der Wohnblöcke hinauf und von da zu einem Zementrohr, das den Himmel verunstaltete.

Die Straßen waren menschenleer. Und noch etwas fiel mir sofort auf. In San Cono herrscht rund um die Uhr Bewegung, Leute gehen spazieren, machen Besorgungen, verkaufen etwas, bleiben stehen und unterhalten sich. Rund um Mailand, in Orten wie Baranzate, wo die Menschen nur zum Schlafen heimkommen, rührt sich nur etwas, wenn die Arbeiter in die Fabrik gehen und wenn sie Feierabend haben. Die übrige Zeit, tote Hose. Deshalb hoffte ich am Anfang noch, bald nach San Cono zurückzukehren, denn auch wenn es dort nach Hunger riecht, hast du doch die Natur um dich, und der Himmel ist so klar wie dein Atem. Auch Maddalena wollte weg, nachdem wir geheiratet hatten. Sie träumte davon, eine Trattoria am Meer zu eröffnen, denn sie kocht leidenschaftlich gern und bereitet zu jeder Mahlzeit Pasta, Hauptgericht und Beilagen zu. Und außerdem liebt Maddalena das Meer. Sobald sie an den Strand kommt, läuft sie los, die Sandalen in der Hand, und springt Hals über Kopf ins Wasser. Doch schon nach kurzer Zeit haben wir nicht mehr an unsere Träume gedacht. Wir haben vergessen, dass es sie gibt.

Der Block, in dem Giuvàs Cousin wohnte, war ebenfalls hässlich. Zehn grauschwarze Stockwerke, rissige Fassade, im Treppenhaus ein modriger Geruch. Sie nannten das Haus den Bienenstock, denn die Wohnungen waren wie Waben. Ziemlich bequem, das gebe ich zu, aber nicht größer als Zellen. Da lebten nur wir Süditaliener und Schluss. Die aus dem Veneto und aus der Emilia Romagna wohnten zwar in derselben Straße, aber in einem anderen Bienenstock, zusammen mit den Sarden. Meiner Ansicht nach war die Fassade grau, aber manche sagten, sie wäre sandfarben, andere hellgrün.

In der Wohnung war keiner da, und so befahl mir Giuvà, mich aufs Gepäck zu setzen, während er herumlief, um nach seinem Cousin zu fahnden. Als er zurückkam, hatten sie ihm den einzigen Koffer geklaut, den er nicht bei mir zurückgelassen hatte. Er tat mir leid, vor Aufregung stand ihm der Schweiß auf der Stirn. Es seien von seiner Frau und seiner älteren Tochter Felicetta zubereitete Spezialitäten drin gewesen, sagte er, und nun stehe er mit leeren Händen da wie ein Trampel vom Land, der nicht weiß, was sich gehört. Wir warteten stundenlang, und um mich bei Laune zu halten, ging er mit mir in die Trattoria in der Nähe des Bienenstocks. Als wir herauskamen, war ich zwar satt, konnte mich aber trotzdem kaum noch auf den Beinen halten und hätte mich gern ein bisschen ins Bett gelegt.

Um fünf Uhr nachmittags tauchte schließlich die Frau des Cousins auf, die Mena. Giuvà hatte Tränen in den Augen vor Rührung. Sie gefiel mir, hatte kräftige Waden, breite Hüften und ein rundes Mamagesicht. Und in der Tat gingen wir, um ihre Bälger abzuholen, bei der Nachbarin im ersten Stock vorbei, einer Frau aus Lukanien, die die Kinder des gesamten Bienenstocks hütete. Mario, der Größere, war drei und ein sehr aufgewecktes Kerlchen. Der andere, Carletto, war noch kein Jahr alt. Giuvà fing sofort an, mit der Mena zu quatschen, und überließ mir unser ganzes Zeug. Ich schleppte immer zwei Koffer auf einmal die schmutzigen Treppen hinauf und wiederholte im Kopf: »Giuvà, du Scheißkerl, der Teufel soll dich holen.«

Die Wohnung im Bienenstock ist auch so eine Geschichte, für die man wenige Wörter braucht. Nicht, weil sie hässlich war, sondern wegen ihrer schrecklichen Trostlosigkeit. Die Küche, die sich abends in mein und Giuvàs Schlafzimmer verwandelte, wenn wir von dem kleinen Balkon, wo alles Mögliche lagerte, die Feldbetten reinholten, das Zimmer von Mena und Giorgio, wo die Männer nach dem Abendessen auf zwei Stühlen saßen und

Wein süffelten, und dann noch das Wunderwerk von einem Bad, mit Kloschüssel und Wasserspülung, da bekam man echt Lust, zu jeder Zeit seine Bedürfnisse zu verrichten. Durchs Fenster jedoch sah man nur auf den Bienenstock der Leute aus Venetien und auf den Schlot, der nie zu qualmen aufhörte. Kein bisschen Himmel.

Fürsorglich bot die Mena uns einen Espresso an, doch als ich ihr sagte, dass Wein und Kaffee nicht meine Sache seien, lächelte sie und gab mir nicht einmal ein Glas Wasser. Giuvà und die Mena hatten sich viel zu erzählen, machten einander Komplimente und sprachen über die Maurerfirma, die Giuvà und sein Cousin gründen wollten. Ich aß schweigend ein Stück der Schokolade von Lehrer Vincenzo. Sie war schon ein bisschen alt, mit weißen Streifen auf den Riegeln, aber trotzdem besser als Kaffee. Dann schlief ich, ohne es zu merken, auf dem Stuhl ein. Giorgio lernte ich erst am folgenden Tag kennen.

6

Ins Bad durfte ich erst, wenn sich alle anderen gewaschen hatten. Mein Handtuch über dem Arm stellte ich mich an, doch sobald ich dran war, drängte sich immer jemand vor. »Du nachher«, sagten sie, und die Türe schloss sich erneut. Die einzige Lösung war, morgens vor den anderen aufzustehen. Manchmal schaffte ich es und wusch mich in aller Ruhe, benutzte heimlich das heiße Wasser und fühlte mich himmlisch. Manchmal schloss ich mich ganze halbe Stunden lang im Bad ein, denn es schien mir der einzige Ort zu sein, wo ich zur Ruhe kam. Die Ellbogen auf die Knie gestützt, saß ich auf der Kloschüssel, bis ich es barsch klopfen oder jemanden schimpfen hörte.

Giorgio lernte ich kennen, als er sich grade rasierte, zur Begrüßung fuhr er mir mit der Hand übers Gesicht und hinterließ eine Schaumflocke auf meiner Backe.

»Wirst sehen, bald sprießt dir auch schon der Bart«, sagte er.

Am ersten Tag wachten wir früh auf. Wir tunkten ein paar Kekse in unsere Milch und machten uns sofort auf den Weg. Kaum waren wir draußen, steuerte Giuvà mit mir eine Bar an. Er tingelte gern von einer Bar zur anderen, um sich ein Gläschen Wein hinter die Binde zu gießen und dann im Freien zungenschnalzend eine Zigarette zu rauchen. Mit der Straßenbahn fuhren wir bis Corso Buenos Aires. Dort trennten wir uns.

Wie herrlich, alleine loszulaufen! Ohne Giuvàs Gejammer, das mir wie eine gesprungene Schallplatte in den Ohren dröhnte. Ich hatte schon geahnt, dass es ein guter Tag werden würde. Es herrschte starker Wind, und kaum aus der Straßenbahn ausgestiegen, flog mir eine karierte Mütze zu, die es einem Herrn vom Kahlkopf geweht hatte. Sofort setzte ich sie auf, und als der Mann sich verzweifelt umsah, schlüpfte ich in ein Gässchen, wie es sie auch in Mailand gibt, wenn du sie zu finden weißt.

Ich begann mit den Herrenfriseuren. Ich ging hinein, nahm die Mütze ab, die mir bis zur Nase reichte, und stellte meine Frage.

»Wir nehmen keine *Napulìs*«, antworteten manche, ohne mich überhaupt ausreden zu lassen.

Damit das klar ist: Dass mich alle *Napulì* nannten, habe ich nur ertragen, weil ich einen von meiner Mama gestrickten Pullover trug, auf dem in der Mitte ein schönes N prangte, es war aber das N von Napoleon, dem siegreichen General, nicht von Ninetto und noch viel weniger von *Napulì.* Ich glaubte, dass sie mich wegen des Buchstabens auf meinem Pullover so anredeten, und ließ es gut sein, schließlich konnte ich ja nicht jedes Mal wieder erklären, dass ich noch nie in Neapel gewesen war und über die Stadt nur wusste, was ich im Erdkundeunterricht gelernt hatte. Ich ging wieder hinaus, und in ihrer seltsamen Sprache riefen sie mir nach, ich solle die Tür fest schließen. Nach längerem Herumfragen begriff ich, dass die Friseure schon genug Buben hatten, die aufkehrten und ihnen Scheren, Pinsel und Pomaden reichten, also versuchte ich es in einem Dutzend Bars, aber nichts zu machen. Dann in einer Bäckerei. In einer Pizzeria. In einer Buchhandlung. In einem Hemdengeschäft! So etwas hatte ich noch nie gesehen, mit Hemden überall, aber auch da, keine Chance. Bis der Corso zu Ende war. Vor mir lagen eine weitere breite Straße und dann die Grünanlagen der Porta Venezia. Ich ließ den Blick schweifen und erkannte auf der anderen Straßenseite noch mehr Läden. An einem davon stand »Wäscherei am Corso«. Den ging ich mir ansehen. Hinter der Scheibe standen vier Mädchen am Bügelbrett, und die Dampfwolken färbten ihre Wangen rot wie Pfirsiche. Sie waren hübsch, vor allem aber eine, blond und mit üppigem Busen! An der Tür hing ein Schild: »Laufbursche gesucht«. Sogleich glättete ich mir mit den Händen die Haare und trat ein. Eines der Mädchen sah mich interesselos an und rief die Chefin. Die brüllte: »Frag ihn, ob er heute gleich anfangen kann! Frag, ob er ein Fahrrad hat!«, worauf mich das Mädchen zu dem Zimmer führte, aus dem die unangenehme Stimme kam. Bevor sie mich einließ, flüsterte sie mir ins Ohr: »Wenn sie dich fragt, ob du dich in Mailand auskennst, sag immer ja, sonst nimmt sie dich nicht.« Damit schob sie mich hinein.

Hinter einem Tisch saß eine fette Frau mit Brille auf der Nasenspitze, die Hände voller Quittungen, Rechnungen und sonstiger Papiere.

»Kann ich dir vertrauen, oder bist du wie die anderen *Napulì*?«

»Aber nicht im Traum, *signora mia.*«

»Kennst du die Straßen hier in der Gegend?«

»Wie meine Westentasche.«

»Bist du sicher, dass du mehr taugst als die anderen *Napulìs*?«

»Signora, ich schwöre es Ihnen.« Und ich küsste meine gekreuzten Finger.

»Für das Fahrrad musst du mir drei Tage Kaution hinterlegen. Der Lohn beträgt 1800 Lire pro Woche, zahlbar am Samstag.«

»Signora, sehr gern, der Lohn ist mir recht, aber leider weiß ich nicht, was diese Kaution ist, sonst hätte ich sie Ihnen gegeben.«

Die fette Frau grunzte und schnaufte, aber nun hatte ich sie schon in der Hand. Ihre Ermahnungen zur Höflichkeit gegenüber den Herrschaften, bei denen ich Kleidung, und den Kellnern, bei denen ich Tischdecken und Servietten abliefern sollte, waren nur noch heiße Luft. Ich hatte eine Arbeit und ein Fahrrad! Am liebsten hätte ich gleich einen Brief mit Durchschlag geschrieben, um es ganz San Cono wissen zu lassen. Ich fühlte mich wie ein regelrechter Glückspilz, doch die Wahrheit ist, dass es in jenen Jahren und auch danach an Arbeit niemals fehlte. Man konnte sich sogar erlauben, den Chef zum Teufel zu schicken – ihn und seine ganze Sippe – und am Freitag rausgeworfen zu werden, denn schon am Montag hatte man anderswo was gefunden.

Die Arbeit war einfach. Die in Cellophan verpackten Schlafröcke holte ich bei Carmela ab, die Tischdecken bei Maria Rosa, und dann verstaute ich sie zusammen mit Luisa sorgfältig in dem Weidenkorb, der an dem Fahrrad festgebunden war. Die Mädchen lächelten mir zu wie lauter Mütter, und jedes Mal, wenn ich zurückkam, um den Korb zu beladen, wünschte ich mir sehnlichst, von Maria Rosa umarmt zu werden und mein Gesicht in ihrem Busen zu vergraben. Die Lieferungen waren fast alle am Corso, höchstens noch im Viale Abruzzo, und ich verirrte mich nicht, weil ich nur die Hausnummer suchen musste. Aber ich war langsam, noch ganz durcheinander vom Zug, der mir noch in den Ohren pfiff, von der Kälte, die mir seit der Nacht am Bahnhof in den Knochen saß, von der Öde des Bienenstocks … Außerdem reichten meine Füße auf dem Fahrrad nicht bis zum Boden, und um mich in den Sattel zu schwingen, musste ich mich auf die Stufe vor der Wäscherei stellen. Eine sehr komplizierte Angelegenheit. Ich bin aber nie gestürzt, vielleicht, weil Gott seine große unsichtbare Hand über mich hielt.

Am Ende des Tages sprach mich im dunklen Treppenhaus des Bienenstocks einer an. Er hatte ein Holzbein, und das Hemd hing ihm aus der Hose. In einer der Fabriken, die alle so rühmten, als wären sie schöner als Maria Rosa, hatte ihn eine Häckselmaschine das Bein gekostet. Jetzt bekam er seinen Lohn wie die anderen, die arbeiten gingen und zwei Beine hatten, musste aber die ganze Zeit zu Hause bleiben wegen der Überraschungskontrollen. Höchstens auf den Treppenabsatz durfte er sich vorwagen, was er auch tat. Er schaute hinunter und überwachte den Wohnblock. Nur am Sonntag ging er hinunter und bewegte sich wie ein Pendel auf die Leute zu, die in Grüppchen den Wagen des Alteisenhändlers umringten.

»Dich hab ich noch nie gesehen«, sagte er, und dann musste ich ihm erklären, wer ich war, auf welchem Stockwerk ich wohnte, und auch seine Geschichte anhören. Todmüde und hungrig, wie ich war, hätte ich am liebsten sein Holzbein gegessen.

Daheim viele Komplimente, dass ich so schnell eine Stellung gefunden hatte, doch Giuvàs Gesicht war froschgrün vor Neid, und Giorgio fluchte, weil sie die Knirpse immer derart mies bezahlten. Tatsächlich hatte ich, auch wenn ich erwachsen tat, um mir Respekt zu verschaffen, in Sachen Lohn wenig Ahnung. Ich verstand mehr vom Tauschhandel als vom Geld. Fünf Sammelbilder für zwei Riegel Schokolade, ein Fußball für einen Fahrradschlauch, ein Tag Arbeit bei Don Alfio für einen Korb Erbsen oder ein Dutzend Auberginen, so Zeug. Als Giorgio daher sagte, dieser Lohn reiche gerade mal für einen Schlafplatz in der Herberge, hätte ich heulen können. Wenn ich hier wie dort ein Hungerleider bin, dachte ich, hätte ich ja gleich in San Cono bleiben, mit meinem Vater als Tagelöhner arbeiten und dann am Sonntag mit dem Motordreirad meine Mama besuchen oder mit Peppino auf den Ätna gehen können.

Die Mena trat aus der Küche und sagte, er solle den Mund halten.

»So einen Sohn, der in einem Tag eine Arbeit findet, hätten alle Mütter gern!«, tönte sie. Ein Glück, dass es im Bienenstock die Mena gab.

»Wenn wir unsere Maurerfirma aufmachen, bezahlen wir dich jedenfalls besser, wirst sehen«, sagte Giorgio und kniff mich wieder in die Backe, was ich überhaupt nicht brauchen konnte, da ich mich kaum noch auf den Beinen hielt.

Dann redeten wir nicht mehr darüber und aßen unsere Suppe, die eher wie Spülwasser war, und als Hauptgang Thunfisch aus der Dose. Auch so was, was ich noch nie gesehen hatte, und es schmeckte nicht nach Thunfisch, sondern nach was du willst.

Die folgenden Tage lief es viel schlechter. Die nachmittäglichen Lieferungen waren ein Kinderspiel. Doch morgens die Tischdecken zu den Restaurants zu bringen, das war das Problem. Die Osterien und Trattorien lagen nicht alle an der Via del Corso, so wie die Wohnungen der alten Leute im Schlafrock. Sie waren überall verteilt. Von Viale Zara bis Lambrate, und das ist wirklich ein großes Gebiet. Ich war verzweifelt, fand nichts. Nicht einmal die großen Plätze. Ich bat Passanten um Hilfe, doch anders als in San Cono, wo Kulleraugen und gespielte Tränen ihre Wirkung taten, hatten die Leute es hier eilig und bemerkten meine Tränen nicht einmal. Die wenigen, die stehen blieben, um mir den Weg zu erklären, sprachen zu schnell, und wenn sie fragten, ob ich verstanden hätte, bejahte ich, doch in Wirklichkeit hatte ich schon wieder alles vergessen. Ich erinnere mich an dieses vermaledeite Ristorante del Delfino, das ich über eine Stunde lang suchte, bis ein Zeitungshändler zu mir sagte: »Aber Junge, da ist es doch, siehst du es nicht?« Es lag direkt hinter mir. Ein in die Wellen eintauchender Delphin neben blauer Schrift war auf dem Schild.

Nach einigen Tagen schenkte mir der Kellner dieses Restaurants etwas zu essen, und ich nahm es gerne an. Ich kam mir vor wie ein feiner Herr, der mittags von einem Koch bekocht wurde. Als ich aber die Folie aufmachte, die um das Päckchen gewickelt war, roch es widerlich, und man sah, dass alles zusammengeworfen war: ein Fetzchen Fleisch, vier Makkaroni, ein Stück Käse. Ich fühlte mich wie ein Hund – so was konnte ich nicht essen. Auch das Obst, das er mir gab, war immer angeschlagen.

»He, du Depp, du glaubst wohl, ich bin ein Hund!«, brüllte ich eines Vormittags und kippte das Päckchen vor die Tür, dass es aussah wie Erbrochenes. Der Kerl versuchte mir einen Fußtritt zu geben, erwischte mich aber nicht, dieser dreimal verfluchte Hahnrei. Ein Glück, dass ich nicht das Messer meines Vaters zückte. Vom nächsten Tag an bestand mein Mittagessen aus einem Apfel, den ich gleich auf dem Fahrrad anbiss. Immer noch besser, als mich zu fühlen wie ein Hund.

Auf jeden Fall lernte ich bei dieser Arbeit als Laufbursche, dass Mailand ein magischer und schrecklicher Ort zugleich ist. Schrecklich wegen der breiten Straßen, wegen der Autos, die bedrohlich nahe an mir vorbeifuhren, und wegen der Passanten, die mich in ihrem unverständlichen Dialekt anbrüllten, ich solle vom Gehsteig verschwinden. Ununterbrochen wurde ich ausgeschimpft, was mir Schweißausbrüche und Herzklopfen verursachte. War ich aber endlich angelangt, öffneten sich die Haustore, und drinnen erschienen Wohnanlagen, die Palästen glichen. Dann wurde Mailand magisch. Friedliche Stille, starke Bäume, blühende Blumenrabatten … Und dann die Portiers! Engel, die mir entgegenkamen, damit ich meine Aufgabe schnell und gut erledigen konnte. Und auch die Wohnungen, mit langen Fluren, glänzend gebohnerten Fußböden und Händen, die mir ein paar Lire Trinkgeld oder eine Platte mit Gebäck hinhielten! Eine herrliche Arbeit, wenn es bloß nicht so unendlich viele

Lieferungen gewesen wären. Man musste sich dermaßen beeilen, dass ich mir manche Küchlein in die Tasche stopfte oder sie mit zwei Bissen verschlang und die Krümel mit der Hand auffing. Eine alte Gouvernante, die sah, wie ich schier erstickte, wiederholte immer: »*Va piàn, giuanìn pipéta!*«, immer mit der Ruhe, mein Kleiner, und ich lachte, ohne zu verstehen. Mit steinharten Beinmuskeln kam ich abends nach Hause, zum Umfallen müde. In der Straßenbahn schlief ich ein, die Wange ans Fenster gelehnt oder sogar stehend an den Haltepfosten geklammert. Lag das Zentrum hinter einem, gab es sowieso nichts mehr zu sehen. Und in Baranzate nur das Krankenhaus und die gewohnten Fabriken mit den vielen dreieckigen Dächern. Allerdings gab es an der Endhaltestelle auch noch eine Bude in der Mitte der Gleise, wo die aus dem Viertel vor ihrem Cinzano standen. Die armen Teufel tranken auch, um zu vergessen, dass sie arme Teufel waren.

7

Schon drei Tage liege ich so mit im Nacken verschränkten Händen da und erzähle mir diese Märchen. Es gibt Augenblicke, in denen du dich nur noch an deine Geschichte klammern kannst. Heute im Morgengrauen ist ein Neuer gekommen. Jetzt sind wir zu siebt hier drin. Der hat uns gerade noch gefehlt. Ein untersetzter Typ mit einem blöden Gesicht, der bestimmt im Gefängnis gelandet ist, weil er sich beim Hühnerstehlen hat erwischen lassen. Fünf auf drei Meter, vier Stockbetten, ein Stehklo, ein Waschbecken, so groß wie mein Unterarm, ein Fensterspalt, durch den alle Schaltjahre mal ein Sonnenstrahl fällt, das ist die Zelle Nummer 44.

Titta tritt zu mir und sagt, ich übertreibe. »Kannste nicht mal aufstehen und bisschen reden? Willst'n ganzen Tag uns den Rücken zudrehn?«, fragt er in seiner nachlässigen Ausdrucksweise, denn korrektes Italienisch hat ihn nie interessiert, in seiner Welt reicht der Dialekt völlig.

»Warum sollte ich aufstehen? Mir geht's gut so.«

»Also echt, die anderen sind dir wohl völlig egal?«

Am liebsten würde ich antworten: »Ja, genau«, stattdessen sage ich: »Was soll das? Es kann dir doch gleich sein, ob meine Augen zu oder offen sind. Klopf mir auf die Schulter, wenn du was brauchst.«

Ich habe noch nicht ausgeredet, schon klopft er. Ich sehe ihn an und verbeiße mir das Lachen, sonst bildet sich dieser Gauner noch was ein. »Heute gibt's einen tollen Sonnenuntergang, komm, ich zeig's dir.« Er zieht mich am Arm. »Kaum zu glauben, aber heute sieht man aus diesem miesen Loch einen phantastischen Sonnenuntergang«, sagt er überzeugt. Redselig ist er, der Titta. Er ist es gewohnt, im Knast ein und aus zu gehen, und nimmt es locker. Er schaut nach vorn und gibt nie auf. Auf einem Notizblock notiert er sich bereits, wie er die Kokainpartien platziert, die die Südamerikaner am Hafen von Neapel ausladen werden. Was ich an ihm mag, ist, dass er sich nicht dafür schämt. Er spricht über den Drogenschmuggel, wie ein ehrlicher Schreiner über seine Werkstatt sprechen würde.

»Woran denkst du eigentlich, wenn du so daliegst?«, fragt der andere, der Stefano heißt. Missglückter Raubüberfall.

»Ich schlage die Zeit tot.«

»Du hinderst die Zeit daran, dich totzuschlagen«,

verbessert Titta mich und steigt noch ein bisschen in meiner Sympathie, weil ich mich verstanden fühle.

Als ich im Sitzen, die Arme um die Knie geschlungen, meine Zigarette fertig geraucht habe, drehe ich wieder allen den Rücken zu. Meine Schulterblätter stehen bestimmt wie Haken unter dem Pullover vor. Es fehlen nur noch wenige Tage. Zwei Wochen, und ich darf raus. Dann lasse ich diese armen Kerle hier in der Zelle zurück. Und sie überlassen mich draußen der Außenwelt, was noch schlimmer ist. Wenn du rauskommst, musst du früher oder später wieder anfangen, dich durchzuschlagen, hier dagegen hast du immer eine Ausrede, um es aufzuschieben.

Ich kann es kaum erwarten, wieder bei Maddalena zu sein. Ich habe ihr nicht gesagt, an welchem Tag ich entlassen werde. Ich will sie überraschen. Und sehen, ob sie mich betrügt. Wenn ich sie in flagranti erwische, bin ich zwei Stunden später wieder hier in Opera im Gefängnis.

Mit geschlossenen Augen versuche ich mich an die Orte zu erinnern, die ich früher aufsuchte und an die ich bald mit der Tram oder dem Fahrrad zurückkehren kann. Dort werde ich hingehen, um mir meine Geschichte zu erzählen. Arbeit findet man ja sowieso keine. Wenn schon die jungen Leute nichts finden, wie dann erst einer wie ich, der siebenundfünfzig Jahre auf dem Buckel hat und noch älter aussieht. Ich werde herumbummeln wie ein Faulenzer, ohne einen Euro im Portemonnaie, so komme ich wenigstens nicht in Versuchung. Spielautomaten, Rubbellose, Billard. Nur die Zigaretten werde ich einstecken und durch die Straßen laufen, um mir im Freien die Beine zu vertreten. Sicherlich werden wichtige Erinnerungen auftauchen. Im Gedächtnis eingefrorene Gesichter, Tage, die mir hier in diesem Loch nicht einfallen wollen, Wege, die ich auswendig kenne, hin und zurück, wie Bahnen in einem Schwimmbecken. Via Plinio, Via Vitruvio, Via Tadino, Via Pecchio, Via Petrella, Via Mercadante, Via Pergolesi … Schon bei den Namen sehe ich sie wieder vor mir mit ihren Geschäften, den wimmelnden Gehsteigen und vor allem mit den Freunden, die ich gewonnen hatte – wer weiß, wo die jetzt sind. Die Blumenfrau in der Via Broggi, der Eisenwarenhändler in der Via Morgagni, der Konditor in der Via Macchi. Leute, die mir in den Tagen geholfen haben, als ich von der fetten Wäschereichefin nur beschimpft und von den Passanten nur herumgestoßen wurde.

Je besser ich die Wege kennenlernte, umso kälter wurde es. Die Winter waren eisig, nicht so wie jetzt, wo es gar keinen Nebel mehr gibt und der Schnee bloß noch ein Scherz ist. Die Straßen wurden spiegelglatt, und man konnte herrlich auf ihnen herumschlittern. Nur die Hauswände hielten dich auf. Zum Glück gab es in der Wohnung im Bienenstock einen Ofen. Draußen auf dem Fahrrad dagegen war es brutal. Immer hatte ich rissige, gerötete Hände.

Als die fette Chefin mir wunderbarerweise eine Mittagspause zugestand, begann ich mit den Mädchen in der Wäscherei zu essen. Wir setzten uns um einen Tisch, und jeder zog seine Brotzeit heraus. Die ersten Tage aß ich immer Brot und Sardellen, denn die Mena packte mir nur das ein, was ich im Koffer mitgebracht hatte. Sardellen. Allmählich gewann sie mich dann immer lieber, weil ich mit ihren Kindern spielte, und machte mir heimlich Brötchen mit Obst oder kleine leckere Pfannkuchen, die dünn wie Hostien waren. »Steck's ein und sag's niemandem!«, sagte sie.

In der Tat war es besser, wenn Giorgio nichts davon erfuhr, denn schon jetzt jammerte er, dass ich so wenig Miete bezahlte, praktisch einen rein symbolischen Beitrag. Andererseits konnte ich es nicht ändern. Bevor ich bei Alfa Romeo anfing, war mein Lohn auch rein symbolisch.

Anfangs aß ich mit den Mädchen noch weniger als zuvor auf der Straße, weil ich unbedingt einen guten Eindruck machen wollte, vor allem auf Maria Rosa mit ihrer tollen Figur und ihrer ordentlichen

Frisur. Wenn sie das Wort an mich richtete oder mir den Wasserkrug reichte, bekam ich Herzklopfen vor Entzücken. Ich erzählte von San Cono, von meiner Mama, von der Schule in der Via dei Ginepri, und dann stellte ich Fragen und versuchte das Gespräch auf etwas zu lenken, bei dem ich mich auskannte, zum Beispiel was aus dem Erdkundeunterricht. Beim Anblick von Maria Rosa blieb mir immer wieder der Mund offen stehen, und an dem Tag, an dem ihr Verlobter an die Scheibe der Wäscherei klopfte, ein Mechaniker im grauen Overall mit Brillantine in den Haaren, wurde mir schwarz vor Augen. Sie bemerkte meine Eifersucht erst an dem Tag, an dem ich ihrem Mechaniker ein Bein stellte: Als er sie begrüßen wollte, stolperte er über meinen Fuß und fiel flach auf den Boden. Rot vor Beschämung erhob er sich und gab ihr wenigstens dies eine Mal keinen seiner schleimigen Küsse. Die Chefin befahl mir, mich zu entschuldigen, aber da war sie bei mir an den Falschen geraten. Ich entschuldigte mich bestimmt nicht.

Von da an grüßte mich Maria Rosa nicht mehr. Aber je länger sie nicht mit mir redete, umso schöner fand ich sie, und je öfter ihr Verlobter kam, umso mehr wollte ich ihn fertigmachen. Ich hatte keine Angst, Prügel von ihm zu beziehen, obwohl er dreimal so groß war wie ich. Im Gegenteil, ich warf ihm herausfordernde Blicke zu. Sehr böse Sachen fielen mir ein, die ich ihm gern angetan hätte, ihm mit dem Blasrohr Nadeln in den Rücken schießen, ihm die Gabel in den Handrücken rammen oder ihm das Messer unters Kinn halten, wie es Peppinos Bruder machte, wenn er uns aus Spaß einen Schrecken einjagen wollte. Auch die anderen fanden mein Verhalten ungehörig und antworteten mir beim Essen kaum noch. So aß ich bald wieder allein, unterwegs auf dem Fahrrad, und fühlte mich erneut wie ein Hund. Außer donnerstags, denn da aß ich an der Theke bei Gerino, dem Portier in der Via Palazzi, der sich den Schnurrbart mit Zitronensaft einstrich. Er war unglaublich sympathisch, dieser Gerino, er kannte die herrlichsten schmutzigen Witze!

Ab und zu schrieb ich meinem Vater, aber immer sehr kurz. Die längeren Briefe waren Peppino und dem Lehrer Vincenzo vorbehalten. Bald schickte ich nur noch Postkarten an meinen Vater. Ich kaufte sie an einem Zeitungskiosk, wo es einen großen Drehständer gab. Auf einigen war der Dom abgebildet, auf anderen der Bahnhofsplatz, die Navigli oder die vergoldete Madonnina, und ich stand mit dem Zeigefinger auf den Lippen davor und konnte mich nicht entscheiden. Mein Vater antwortete, der Zustand meiner Mama sei unverändert, und auch San Cono sei immer gleich. Ein Scheißdorf. Ich schrieb zurück, er solle sich nicht beklagen, denn auch Mailand sei teilweise total beschissen, und auch meine Tage im Bienenstock seien immer gleich. Genau wie der Weg, den die Straßenbahn fährt. Der ändert sich auch nie. Und dann die Sonntage … sie zogen sich ewig in die Länge. Erst wuschen sich alle im Schneckentempo. Die Männer rasierten sich sorgfältig, und da ich das Bad als Letzter benutzte, waren Giorgio und Giuvà schon auf Achse, wenn ich fertig war. Dann hätte ich mir am liebsten die gescheitelten Haare gerauft, mein Hemd aufgerissen und mit spitzen Schreien die Scheiben zum Zerspringen gebracht. Ich musste zu Hause bei der Mena bleiben, die mir erklärte, wie man Essen kocht, und mich über die Arbeit ausfragte. Anfangs machte ich ein langes Gesicht und wandte ihr beim Sprechen den Rücken zu. Ich starrte auf den Schlot, der Rauchkringel ausstieß, und zählte die Stunden bis zum Montag, der mir vorkam wie eine Befreiung. Nach und nach regte ich mich ab, ging die Reihe von Flaschen wegwerfen, die Giorgio und Giuvà am Abend zuvor ausgesoffen hatten, half Mena beim Zwiebelschneiden oder spielte mit Mario und Carletto und sang ihnen ein weiteres Lied vor, das ich gedichtet hatte: »Mario und Carlett / essen und spielen / dann geh'n sie ins Bett.« Die Kleinen waren ganz verrückt nach mir. Sie lachten immer bei meinen Witzen.

Wenn ich einen Spaziergang machen wollte, blieb mir nichts anderes übrig, als die Mena zu fragen, ob sie mitkomme. Doch sie fand immer tausend Ausreden, Mittagessen kochen, Wohnung putzen, die zwei Kleinen versorgen. Wenn ich also rausging, ging ich immer allein. Kurz Luft schnappen, denn rund um den Bienenstock gab es rein gar nichts. Der Horizont bestand aus größeren und kleineren Fabriken, Reihen von spitzen Dächern und Wellblechhallen. Was sich hinter den Wellblechhallen befand, wusste niemand. Eines Sonntagmorgens ging ich zur Kirche. Davor standen Männer mit Totoscheinen, drinnen in den Bänken saßen wenige Frauen und ein paar kleine Mädchen, hässlich wie Apfelbutzen. Und der Pfarrer hielt lustlos eine Predigt und langweilte sich am meisten von allen. Auch die Kirche war anders als in San Cono, wo Don Fabrizio, der Cousin meines Vaters, alles sauber hielt, die brennenden Kerzen, das Himmelfahrtsfresko, den von den Betschwestern im Dorf gebohnerten Marmorfußboden. Hier dagegen war alles verrottet, und man begriff, dass die Menschen, wenn sie einmal auswandern, selbst an unserem Herrn Jesus Christus und der Madonna, seiner Mutter, das Interesse verlieren. An einem anderen Sonntag, als ich überhaupt nicht wusste, wohin mit mir, stieg ich im Bienenstock die Treppen hinauf. Bis unters Dach. Nach dem letzten Stockwerk folgte noch eine Stiege, die an einer Eisentüre endete. Sie öffnete sich nur mühsam, ich musste mit beiden Händen drücken, weil die Klinke eingerostet war. Vor mir lag eine große Fläche unter freiem Himmel, mit einer Pyramide von Müll in der Mitte. An den Seiten gab es keine Geländer, und die Mäuerchen waren niedrig, sogar ein kleiner Knirps wie ich hätte sich hinüberbeugen können. Es war ein einziger Dreckhaufen aus Kartons, Exkrementen, zerbrochenen Flaschen, kaputten Öfen, schimmligen Backsteinen, auseinanderfallenden Möbelstücken. Ich wollte hinaustreten, klammerte mich aber in letzter Sekunde erschrocken an der Klinke fest. In einer Ecke wimmelte es von Ratten mit grauem Fell, die sich vielleicht um etwas zu fressen stritten, vielleicht eine Orgie veranstalteten. Rasch zog ich die Türe zu, und während ich die Treppen hinabrannte, betete ich, dass es im Altenheim in Catania weder Schmutz noch Ratten geben möge.

»Wenn du dich ein bisschen beeilt hättest, hätten wir dich mitgenommen, du Schnecke!«, sagten Giorgio und Giuvà zu mir, als ich zurückkam. Ehrlich gesagt verspürte ich bei diesen Worten eine unbändige Lust, ihnen ins Gesicht zu spucken.

Der Sonntag war langweilig, denn nach dem Mittagessen süffelten sie weiter ihren Wein, und ich musste mir das Gerede über die Maurerfirma anhören, die sie gründen wollten. Wie ein Wachposten stand ich neben der Mena, die Strümpfe stopfte, und fragte mich, wie sie alle drei bloß so steif und ohne ein Spiel zu spielen herumsitzen konnten, ohne sich zu langweilen. Irgendwann hielten sie eine Siesta, und in der Wohnung wurde es vorzeitig Abend. Sie ließen die Rollläden herunter, und die Zimmer versanken in Schweigen. Dann sang ich Mario und Carletto zum Einschlafen das Lied vor, das ich erfunden hatte, verzog mich anschließend in den Sessel und schrieb einen Brief, wobei ich ein Stück Pappe unter das Heft legte, damit die Zeilen gerade verliefen. An Peppino schrieb ich, die Jungen in Mailand wüssten nicht, wie man sich amüsiert, und an den Lehrer, dass mir manche Tage endlos vorkämen. Ich schrieb ihm auch, dass es nicht leicht sei, ein Tagebuch zu führen, und zwar nicht wegen der Müdigkeit, sondern weil man dazu Ruhe brauche, es in der Wohnung hier aber zugehe wie im Irrenhaus. Ich las die Briefe nie noch einmal durch, denn sonst schämte ich mich über meine Unbeholfenheit. Einmal stellte ich ihm sogar folgende Frage: »Entschuldigen Sie, Herr Lehrer, aber wenn einer nicht so gut schreibt wie der Dichter Pascoli, sollte er es dann nicht lieber gleich bleibenlassen?«

Die Lage trübte sich, als ich merkte, dass sie klammheimlich meine Vorräte aufgezehrt hatten, und Giorgio ankam, um mir mitzuteilen, dass ich mehr Haushaltsgeld bezahlen müsse, was bedeutete, dass ich keine Lira mehr zurücklegen konnte, auch wenn ich mir in der Straßenbahn keine Fahrkarte kaufte, was auch schon eine Ersparnis war. Richtig arg aber wurde es, als mein Vater mir in einem Brief schrieb: »Denk daran, dass ich Giuvà für den Notfall etwas Geld mitgegeben habe, nimm es, wenn du es brauchst.« Ich wusste nicht, was tun. Giuvà und ich hatten sehr oft gestritten, aber nie über Geld. Einmal hatten wir gestritten, weil er behauptete, dass die Arbeit als Zugreiniger, die er gefunden hatte, besser sei als meine. Blödsinn, er verdiente genauso viel wie ich, aber ich war noch ein Kind, und außerdem musste er Schicht arbeiten. Um diesen Posten zu kriegen, hatte er sogar einen Vorarbeiter der Kooperative bezahlen müssen, alles Diebe, die die Emigranten ausnehmen.

»Und bei dir arbeitet nicht mal die Maria Rosa mit den herrlichen Titten.«

»Ach, halt den Mund, du Klugscheißer!«

»Halt selber den Mund, du weißt ja gar nichts!«

»He, Kleiner, reiß dich zusammen! Wo bleiben deine Manieren?!« Er wollte mir einen Fußtritt verpassen, erwischte mich aber nicht.

»Lass das, oder ich schreib es meinem Vater!«

Auf mein Geschrei hin erschien Giorgio und schnaubte ungehalten wie die bucklige Besserwisserin: »He, Abbott und Costello, gebt jetzt Ruhe und kommt zu Tisch.« Wir hörten auf, doch wenig später stritten wir darüber, wer von uns beiden Costello war, weil keiner der Abbott sein wollte.

Ein andermal gerieten wir uns in die Haare, als er mir einen Brief an meinen Vater aus der Hand riss. Ich hatte geschrieben, dass ich wegen Giuvà am Bahnhof hatte schlafen müssen und dass seine Verwandten weder großzügig waren noch irgendwelche Gästezimmer hatten, sondern in einem Mauseloch im Bienenstock lebten, mir zum Frühstück trockene Kekse rüberschoben und für ihre Mühe fast die Hälfte meines Lohns verlangten. Zum Schreiben hatte ich mich bäuchlings aufs Bett gelegt, und Giuvà kam und riss mir das Blatt weg. Er las es laut vor und machte jede Menge Fehler, weil er so ungebildet war wie ein Hornochse auf dem Feld. Wir zankten uns lauthals, und zuletzt hielt er mir den Mund zu und drohte: »Schlaf jetzt, oder ich erwürge dich!« Mit dem Kopf unter dem Kissen fing ich verzweifelt an zu heulen. Er schlief mit meinem Brief in der Hand ein.

Ich setzte alles daran, wach zu bleiben. Von wegen Schäfchen, in jener Nacht ließ ich alle Tiere vor meinem inneren Auge vorbeiziehen, die Noah auf seiner

Arche eingeschifft hat. Im Morgengrauen stand ich auf und sah ihn schlafen wie ein Vieh. Still und heimlich machte ich mich zum Weggehen fertig. Ich öffnete die Tür, doch bevor ich die Treppe hinunterlief, näherte ich mich dem großen Zeh seines Stinkefußes, der unter dem Laken hervorsah. Mit zugehaltener Nase biss ich zu, dass der Knochen knirschte. Giuvà brüllte wie ein Esel und weckte das ganze Haus auf, die Mena, Giorgio und die beiden Kleinen bekamen fast einen Herzinfarkt. Den Brief in der Hand, rannte ich auf und davon und spuckte auf die Stufen, um diesen ekligen Geschmack im Mund loszuwerden.

Letztlich war die Geschichte mit dem großen Zeh eine Kinderei, und ich bin mit einem Fußtritt vor dem Abendessen davongekommen. Die Sache mit dem Geld dagegen war schwieriger, hier musste ich die richtige Gelegenheit abpassen, um zu handeln. Eines Sonntagmorgens nahm Giuvà mich erstaunlicherweise mit zu einem Spaziergang. Unterwegs erzählte er mir, um einen Lieferwagen zu kaufen und die Firma zu gründen, gebe es nur eine Lösung: Schulden machen. Sobald er auf dieses Thema zu sprechen kam, sprudelten seine Träume von Reichtum aus ihm heraus. Ich gab ihm recht und sagte zu allem ja. Als wir den Kiosk beim Krankenhaus erreichten, kaufte er mir ein süßes Brötchen und bestellte sich einen Cinzano. Vor dem Weggehen hatte ich mir automatisch den Rucksack über die Schulter gehängt. Er enthielt das Tagebuch, zwei unbelegte Brötchen, die Wasserflasche und den blauen Pullover, den meine Mama für mich gestrickt hatte.

Als es ans Zahlen geht, zieht Giuvà die Spange mit den Geldscheinen heraus. Blitzschnell schiebe ich mir das Zuckerbrötchen in den Mund und springe ihm an den Hals. Ich erbeute die Spange, und als er mich packen will, schmeißt er einen Tisch um. Eine Salve von Flüchen. »Dieb!«, brülle ich ihn an. »Demnächst kommt mein Vater nach Mailand und schlägt dir jeden Zahn einzeln aus!«

»*Carusu fitusu!*«, brüllt er zurück, elender Rotzbengel, und rennt keuchend hinter mir her, zur Belustigung der Leute, die auf die Straßenbahn warten. Zwei Männer an einem Tisch stehen auf und rufen: »Geht doch zurück in den Süden, ihr Trampel!«, aber der Barmann kümmert sich nicht drum, erstens, weil er selber aus dem Süden kommt, und zweitens, weil er sich schier totlacht über unser Gerangel. Mit den Scheinen in der Hand renne ich davon, so schnell ich kann, stolpere über einen Stein und schlage mir die Knie auf. Da kriegt er mich beinahe zu fassen, aber ich schaffe es noch, in die Tram zu springen, die gerade die Türen schließt und weiterfährt. Durchs Fenster winke ich ihm zum Abschied zu: »*Addio, addio,* du Scheißkerl!«

8

Maddalena erscheint Punkt drei, wie jeden Donnerstag. Frisch vom Friseur, bildschön. Mir kommt es vor, als würde meine Frau nie älter. Sie hat mir drei Pullover aushändigen lassen, die sie heute früh extra auf dem Markt gekauft hat. Danach ist sie heimgegangen, hat Ofenkartoffeln zu Mittag gegessen und ist wieder losmarschiert, um den Bus hierher zu nehmen. Ich frage sie, ob die Verkäufer am Stand ihr frech gekommen sind, als sie die Pullis ausgesucht hat. Sie zuckt die Achseln und lächelt verschämt, so dass ich noch mehr Lust bekomme, die Scheibe einzuschlagen, um sie zu umarmen. Maddalena sagt, ich müsse die Pullover öfter wechseln, die Kleider eines Rauchers stinken so schnell. Seit Jahren geht das so. Ich kann gar nicht mehr sagen, ob ich meine Frau wirklich kenne. Vielleicht kenne ich nur das, was sie nicht mehr ist. Wenn wir uns eine Weile unterhalten haben, nimmt schließlich immer das Schweigen überhand, und wir sehen uns stumm an. Durch die Scheibe im Besuchszimmer.

Sie starrt auf meine Hände, ich versuche, durch das Kleid hindurch ihre Haut zu sehen, die Gedanken in ihrem Kopf. Ich möchte ihr sentimentale Fragen stellen, wie die Halbwüchsigen in der Schule es machen, fühle mich aber so gehemmt, dass es mir Arme und Beine lähmt, ich weiß gar nicht, woher das kommt.

Während wir uns gegenseitig beobachten, fällt mir ein, dass die Zelle leer ist, weil die anderen heute früh mit dem Konditorkurs begonnen haben, an dem ich nicht teilnehmen wollte. Was schert mich das noch. Bei dem Gedanken an die leere Zelle kriege ich unbändige Lust, wieder nach oben zu gehen, deshalb sage ich zu Maddalena, ich hätte Bauchweh und müsste aufs Klo. Sie durchschaut die Ausrede sofort und ist gekränkt, bei dem weiten Weg, den sie auf sich nimmt.

In der Zelle ist nur der Neuankömmling mit dem blöden Gesicht, er hat Stöpsel in den Ohren und hört mich nicht einmal hereinkommen. Sofort lasse ich mich aufs Bett fallen, falte die Hände im Nacken und schließe die Augen.

Da ich Giuvà so gedemütigt hatte, musste ich ausziehen. »Jetzt muss ich mir eine Wohnung suchen«, sagte ich mir in der Tram immer wieder, während ich die Schürfwunde am Knie mit einem Stück Zeitungspapier abtupfte. Ich sah nach, wie viel Geld noch übrig war: weniger als die Hälfte des Betrags, den mein Vater ihm gegeben hatte. Kaum der Rede wert.

Die Endhaltestelle war am Corso Sempione, in der Nähe eines riesigen Triumphbogens mit fliegenden Pferden. Dahinter begann ein Park voller Stände, die mit Figuren aus Pappmaché geschmückt waren. Es duftete nach Weihnachten, und ich fragte mich, wie Weihnachten wohl im Altenheim von Catania aussah. Ich schlenderte an den Buden entlang. Sie verkauften Süßigkeiten, Stoffpuppen, Zuckerwatte, Glühwein. Ich kaufte mir einen Stiel mit Zuckerwatte und leckte daran wie ein Hund. Dann setzte ich mich auf eine Bank, schlug mein Tagebuch auf und begann, meine Gedanken niederzuschreiben, die allerdings sehr kurz waren. Nicht wie in den Geschichtenbüchern, in denen die Sätze Seite um Seite füllen. Auf meinen Seiten standen kaum ein paar Wörter, mühsam hingekritzelt und nie wieder durchgelesen. Ein Herr fragte mich, ob ich mich verlaufen hätte. Auch er nannte mich *giuanìn pipéta*. Ich verneinte und stand auf. Weiter vorn spielte einer mit Schirmmütze über den Augen Ziehharmonika, seine Finger bewegten sich so schnell, dass man ihnen nicht folgen konnte. Es war eine Weihnachtsmusik, aber gar nicht feierlich, man bekam Lust, mit den Füßen zu stampfen. Am Ende traten die Leute näher und gaben ein paar Münzen, ich ging auch hin, ein bisschen Kleingeld in der Hand.

Als ich diesen Jungen spielen sah, fiel mir Antonio wieder ein, und ich dachte, um nicht im Mondschein übernachten zu müssen, könnte ich bei ihm vorbeischauen. Im Tagebuch suchte ich die Seite, wo er mir die Adresse seiner Herberge aufgeschrieben hatte. Bis zum Viale Brianza brauchte ich ewig. Als ich die Herberge endlich fand, war es schon Abend. Ich klopfte an drei Türen und fragte überall: »Ist Antonio der Musiker da?« Bis ein Riesenkerl bei meiner Frage laut auflachte und rief: »Antonio der Musiker! Da ist ein kleiner Verehrer an der Tür!«

Antonio kam herbei, ich begrüßte ihn und fragte, ob er Berufsmusiker geworden sei. Er bat mich hinein, und ich erzählte ihm, was mir passiert war. Er sagte, ich müsse sofort heimgehen und mich mit Giuvà versöhnen, doch ich erwiderte, wenn er mich nicht bei sich behalte, würde ich mich mitten im Treppenhaus seiner Herberge zum Schlafen hinlegen. Erst schnaubte Antonio ungehalten, dann schüttelte er den Kopf, und zuletzt stellte er mich den anderen Bewohnern vor, die alle erwachsen waren.

Die Herberge im Viale Brianza war ein dreistöckiges Haus mit lauter Mehrbettzimmern, in denen Gruppen von Gastarbeitern und einige frisch zugezogene Familien lebten. In Antonios Zimmer waren sie vor meiner Ankunft zu siebt. Die Wände bröckelten, und der Gestank des kollektiven Waschraums auf dem Treppenabsatz drang bis ins Zimmer. Ich erinnere mich noch an die Hängelampe, an den Geruch nach angesengter Wolle, weil alle ihre Pullover immer über das Heizöfchen hängten, und an die vom Schlaf stickige Luft, die bis abends im Raum hing. Doch die Leute waren fröhlich. Lauter Männer. Alle aus den Abruzzen. Alle Maurer, außer Antonio. Kaum war ich eingetreten, stellten sie mir, ohne viel zu fragen, Taralli und in Scheiben geschnittene Salami vor die Nase, und beim Abendessen saß ich schließlich neben einem Currado, einer Bohnenstange mit Hängebacken wie ein Cockerspaniel. Außerdem war da noch Ruggero, einer mit langen Koteletten und einem Bauch wie ein Pelikan, der unglaublich gute *spaghetti alla chitarra* kochte. Kurzum, als wir uns in der ersten Nacht Kopf an Füße schlafen legten, sagte ich zu Antonio, ich wolle um jeden Preis in der Herberge bleiben, wegen dem Geld solle er sich keine Sorgen machen, ich würde schon irgendwie hinkommen. Daraufhin seufzte er in dem dunklen Zimmer noch einmal und brummte: »Mach, was du willst.«

Meine Sachen konnte ich erst nach der Arbeit holen. Auch die Mena war böse auf mich und hielt die Kinder von mir fern, um mich zu ärgern. Giorgio sagte nur: »Ich kenne dich nicht, aber eines sollst du wissen: Wenn du hier bleiben willst, braucht es Respekt und einen kühlen Kopf.« Giuvà war zum Glück bei der Arbeit. Ich verabschiedete mich von dem Hinkenden, der auf der Treppe stand und rauchte. Aus seiner Wohnung stank es nach Brokkoli. »Von hier wegzugehen ist immer schön«, sagte er. Neben jede Tür stellte ich eine Tüte Salz. Abends brannten in der Tram Lampen, die wie Kerzen in der Kirche leuchteten, gelb und schummrig.

Bevor ich im Viale Brianza einzog, musste ich bei Signor Cattaneo, dem Besitzer des Gebäudes, vorbeigehen und das Geld für die Kaution hinbringen. Genau einen Wochenlohn, für mich als Laufbursche. Bald würde er mir eine Pritsche besorgen, versprach er, aber daraus wurde nie etwas, und ich musste mich mit einer Matratze begnügen, die ich morgens mit Hilfe von jemandem hochhob und an die Wand lehnte.

Das Beste in der Herberge war das Essen. Abends nahmen sie auch mich mit hinunter in einen kalten Raum im Keller des Hauses, wo Tisch und Stühle und ein Kochherd mit Backofen standen. An der Tür hing ein großer Zettel mit den Essenszeiten der verschiedenen Gruppen, und da alle ein Recht darauf hatten, in Ruhe und Frieden zu essen, musste man sich streng daran halten. Wir kamen als Letzte und aßen um halb zehn. »Wenigstens hier schmeißt uns keiner raus«, sagte einer namens Evandro. Ruggero und Currado kochten Salsiccia in Tomatensugo oder Pasta, manchmal auch Hühnerschenkel und Frikadellen. Alle vertilgten Riesenteller, und manche bekleckerten sich beim Essen vor Hast von oben bis unten, auch an der Stirn. Zum Schluss tunkten wir mit Brotkanten die Sauce auf, und wenn es Winter war, stürmten wir mit dem letzten Bissen im Mund hinauf ins Zimmer, um nicht noch länger zu frieren. Es war höllisch kalt dort unten, als säße man direkt im Freien, und jeden Abend fanden die Männer ein nettes Wort für Signor Cattaneo: Sie verfluchten ihn, wünschten ihm die Pest, die Scheißerei, gequetschte Eier. Mir gefiel es, wie die Bande organisiert war. Die Leute aus den Abruzzen waren ungebildet, aber nicht hochnäsig.

Einmal begleitete ich Currado zum Telefonieren. Mit ein paar Münzen, die ich in der Tasche hatte, rief auch ich meinen Vater an. Ich wählte die Nummer von Gioacchinos Milchladen, Gioacchino brüllte hinauf, und mein Vater kam eilig herunter. Die Münzen fielen rasch durch, und um ihm Zeit zu lassen, mir seine Meinung mitzuteilen, erzählte ich ihm alles ganz schnell – den Streit mit Giuvà, die Freundschaft mit Antonio, den Umzug in die Herberge –, doch zuletzt sagte er nur: »Du weißt, was am besten für dich ist.« Von meiner Mama erzählte er mir gar nichts.

An einem Samstagnachmittag zog ich mit Ruggero los. Er war ziemlich klein, blond, mit haselnussbraunen Augen und hatte ein loses Mundwerk. Zu allen Passanten fiel ihm etwas ein, speziell zu den Frauen. Im Lebensmittelladen kaufte ich fünfeinhalb Kilo Pasta, vier Dosen passierte Tomaten und drei apulische Brotkränze.

»Bist du sicher, dass du dir diesen Einkauf leisten kannst?«, fragte er mich an der Kasse.

»Ja!«, rief ich stolz und zog die Spange heraus.

»Also unseretwegen kannst du auch noch damit warten, du isst doch sowieso wie ein Vögelchen.« Bei diesen Worten kitzelte er mich mit dem Finger am Hals.

Vor dem Geschäft nahm Ruggero mir die Tüten ab und ließ mich bis zum Viale Brianza rennen und springen.

Ab und zu träume ich von den Freunden aus der Herberge. Sie holen mich im Gefängnis ab. Wenn ich sie kommen sehe, werde ich wieder zum kleinen Bub, und sie spazieren mit mir durch die Stadt. Es ist Samstagnachmittag, es scheint diese fahle Sonne von Mailand, die die Haut bleicht, und ich bin glücklich.

Die Herberge war vielleicht der einzige Ort, an dem ich mich wie ein Kind gefühlt habe. Besonders am Samstagabend, wenn Antonio irgendwo Klavier spielte und die anderen zum Tanzen gingen. Da ich mich noch nicht für Mädchen interessierte, blieb ich bei Currado, Ruggero und Filippo, die sich in der Küche austobten. Zu viert konnten wir auf dem Zimmer essen statt im Keller, und das war für sie wie ein Nationalfeiertag. Sie kamen mit Tüten voll Brot, Schnitzel, Hackfleisch für den Sugo, Hühnern, die im Ofen gebraten wurden, Barbera-Wein, Grappa und Schokoladenkuchen nach Hause, und Ruggero rief lachend: »Räumt das Feld, die Amis kommen!« Während er hinunterging, um zu kochen, schoben wir die Feldbetten in die Ecke und stellten einen kleinen Klapptisch auf, den ich dann sorgfältig deckte, Messer rechts, Gabel links. Bei Tisch sagte Currado, dass die Lebensmittelhändler hier im Norden sich am Hunger der Arbeiter aus dem Süden bereichern würden.

»Wir hatten den Hunger im Leib, er saß uns richtig in den Knochen«, meinte er und füllte seinen Teller erneut, »aber jetzt, da wir Arbeit haben, können auch wir endlich mal nach Herzenslust essen und uns ein paar Extras leisten.«

Tatsächlich sah man bestimmte Speisen in San Cono nur zu Weihnachten oder wenn du ins Krankenhaus musstest (Bananen und Eis, zum Beispiel). Es gab monatelang das Gleiche, so dass mein Vater sagte: »Heute gibt es zum Abendessen Pasta mit Erbsen, aber morgen nicht, Ninetto, morgen gibt's Erbsen mit Pasta!« Und lachend bleckte er seine kaputten Zähne. Filippo pflichtete Currado bei, meinte aber auch, mal abgesehen vom Essen lebe es sich besser im Dorf, wo man auf die Piazza ging, um Leute zu treffen, und sich gegenseitig mehr aushalf. Danach ging der Streit los, und Currado schrie so laut, dass er noch größer wirkte. Ein Berg von einem Mann. »Wie kann man bloß einem Kaff nachweinen, wo es keine Zukunft gibt und man hungrig vom Tisch aufsteht?!«, brüllte er, und ich erinnere mich, dass mir bei diesen Worten der Mund offen stand, ich hörte auf zu kauen und nickte stumm mit dem Kopf. Im Bauch spürte ich wieder das wilde Knurren. Den ranzigen Salzgeschmack der Sardellen, nach denen ich Durst auf literweise Wasser bekam. Dann räumten wir den Tisch ab, und Currado und Filippo spielten lange Partien *scopa d'assi*. Ruggero dagegen hasste Kartenspielen und spielte mit mir Dame. An diesen Abenden rieten sie mir alle zusammen, ich solle doch in der Wäscherei aufhören und Maurer werden.

»Es lohnt sich«, sagten sie, »man verdient besser.«

Eines Abends war mein Geburtstag, und beim Damespielen erzählte ich es Ruggero. Da hob er die Hände, rief: »Halt!«, brach die Partie ab und sagte, er gehe hinunter, um was für mich zu holen. Mit einem Pfannkuchen kehrte er ins Zimmer zurück, und als Kerzen steckte er Streichhölzer hinein. Alle drei sangen »Zum Geburtstag viel Glück«, grundfalsch, aber herzlich. Es war ein richtiges, schönes Fest. Und wenn der Dichter Pascoli dabei gewesen wäre, hätte er meiner Ansicht nach auch eines seiner Gedichte verfasst, die einen so verblüffen. An dem Abend wurde ich elf Jahre alt. Das Gesetz schrieb vor, dass noch vier weitere Jahre vergehen mussten, bevor ich in die Fabrik wechseln durfte.

9

Titta kann nicht schlafen und wälzt sich so unruhig im Bett, dass ich aufwache. Daraufhin gehen wir am Fensterspalt eine rauchen und unterhalten uns gedämpft. Die anderen schnarchen. Von draußen hört man ein paar schwere Schritte und weiter weg das Geräusch von Jeeps, die raus- und reinfahren. Wir reden darüber, wie schön es nachts auf den Straßen sein muss, und er freut sich ehrlich, dass ich in wenigen Stunden entlassen werde. Er gibt mir Ratschläge, als ob er mein Vater wäre. Er, der jünger ist als ich und auch noch keine weißen Haare hat.

»Als Kind habe ich davon geträumt, das Festival von Sanremo zu präsentieren, und du?«, sagt er auf einmal, während er in die Dunkelheit blickt.

Ich lege mir die Hand auf den Mund, um nicht zu viel Lärm zu machen. »Ich wollte Dichter werden.«

Titta sieht mich verblüfft an, die Lippen nach außen gestülpt, mit hochgezogenen Brauen und staunenden Augen. Dann prustet er los. Als hätte ich »Feuerschlucker« oder »Löwenbändiger« gesagt. Dieser ungebildete Schmuggler lacht, bis ihm der Hals anschwillt und ein seltsames Pfeifgeräusch aus seiner Kehle kommt.

»Aber Ninè, wozu braucht man denn einen Dichter? Gab es jemals einen Moment, wo du unbedingt einen kennen musstest?«

Ich antworte, dass er ja keine Ahnung hat, und obwohl ich nicht erklären kann, wozu man Dichter braucht, betone ich noch einmal, dass er ein hoffnungsloser Flegel ist.

Daraufhin wechselt er das Thema und sagt, dass er noch ein paar Lieferungen platziert, wenn er hier rauskommt, und dann nach Südamerika geht. In eines dieser Länder, wo es nichts gibt als Hitze, kristallklares Meer und bei Bedarf schöne Frauen.

»Kommst du mit?«, fragt er.

Ich sage ihm, dass ich in Mailand bei meiner Frau bleiben und darauf warten will, meine Enkelin kennenzulernen. Er nickt mit dem Kopf, um mir zu versichern, dass dieser Tag bald kommen wird.

Eine Weile reden wir noch. Über die Zukunft, die mich beunruhigt, über die Welt, über das Gefängnis. Plötzlich fragt er mich: »Magst du mir ein bisschen was von den Sachen erzählen, die du dir mit geschlossenen Augen ausmalst?«

»Titta, laut was erzählen, das kann ich nicht, so gut bin ich nicht.«

Dann betrachten wir wieder schweigend den Himmel, bis ein paar violette Lichtstrahlen heraufziehen. Vielleicht fühlen wir uns beide wie zwei Freunde, die nach der Arbeit zusammen essen gegangen sind und einen schönen Abend verbracht haben, mit der Freiheit, die es nur unter Gefangenen gibt.

Rein- oder rauskommen ist immer nur ein Moment. Endlos ist die Zeit dazwischen. Ein blonder, blauäugiger Wärter, sieht aus wie ein Deutscher. Laut und deutlich sagt er an der Schwelle meinen Namen: »Giacalone Ninetto.« Ich werfe meine wenigen Sachen wahllos in die Reisetasche. Mit Titta wechsle ich kein Wort mehr, nur eine lange Umarmung, dann umfasst er mit seinen Händen mein Gesicht.

»Jetzt, wo du heimkommst, iss bitte«, sagt er brüderlich.

»Vielleicht besuche ich dich ja eines Tages in Südamerika. Lass mich wissen, wo du hinziehst.« Und ein letztes Mal lachen wir miteinander. Jetzt, in der Rückschau vor dem Gehen, haben wir hier drin alles in allem doch eine ganze Menge gelacht. Er schenkt mir eine Schachtel Multifilter, und ich lasse ihm mein Päckchen MS da. Die anderen grüße ich mit einem knappen Ciao, das ihr Nichtstun nicht unterbricht.

Draußen schneit es. Mit der Hand versuche ich ein paar Flocken aufzufangen, aber sie entkommen wie die Fliegen.

Der erschreckende Verkehr und der Lärm der Stadt sind schwer zu beschreiben. Es ist nicht leicht loszumarschieren. Während ich dicht an der Mauer die ersten Schritte gehe, fällt mir ein Buch ein, das ich vor Jahren gelesen habe; es handelte von einem, der aus dem Gefängnis kam und sich in ein Kloster flüchtete. Ich denke, dass ich die Madonna und Jesus Christus bestimmt nicht weniger liebe als er und dass es eine gute Idee sein könnte. Ich frage mich, ob ich die Leute kenne, die neben mir gehen, mir entgegenkommen oder mich überholen. Womöglich sind es Freunde aus der Fabrik, Gewerkschaftsgenossen, Leute aus meinem Viertel. Wenn sie stumm an mir vorbeigehen, dann bestimmt, um mir zu zeigen, wie sehr sie mich verachten. Ich brauche viele Stunden, um die Via Jugoslavia zu erreichen. Ich nehme weder den Bus noch die Straßenbahn. Und als ich schließlich da bin, will ich auch nicht klingeln. Ich warte geduldig, bis jemand die Haustür öffnet, und schlüpfe rasch hinterher.

»Entschuldigung, was suchen Sie hier?«, fragt

mich ein Herr mit Hut. Ich schaue ihm direkt in die Augen und gehe schnurstracks weiter, ohne zu antworten.

Als Maddalena die Tür öffnet, weicht sie überrascht zurück, der Kochlöffel fällt ihr aus der Hand und verschmiert den gekachelten Fußboden mit Tomate. Mein Kopf ist nass vom Schnee, ein paar Flocken liegen auf Jacke und Reisetasche, die ich sofort ablege und zu Boden schmeiße. Wir umarmen uns fest, aber meine Frau gibt mir keinen Kuss. Sie läuft ins Bad, um ein Handtuch zu holen, und rubbelt mir den Kopf ab, das ist ihre Art, mich zu küssen. Jetzt, im Schlafrock, ohne die frisch frisierten Haare und den Hauch Puder, kommt sie mir anders vor. Mir ist, als sei die Zeit auch für meine Maddalena vergangen.

Sofort möchte ich mich nützlich machen. Ich frage, ob es nichts zu reparieren gibt in dieser immer gleichen Wohnung mit dem geblümten Sofa, dem verkratzten Nussbaumtisch, der kartoffelschalenbraunen Tapete, die ich am liebsten sofort herunterreißen würde, um die Wände weiß zu streichen. Doch sie verneint kategorisch. Auch zusammen kochen will sie nicht.

»Ruh dich aus, ruh dich aus.«

Ein einziges Ruh-dich-aus, als hätte ich mich im Gefängnis wer weiß wie angestrengt und nicht bloß gegrübelt. Wie ein Schlafwandler bewege ich mich durch die alte Zweizimmerwohnung. Gehe zum Pinkeln und vergesse, die Türe zu schließen. Im Gefängnis gewöhnt man sich das zivilisierte Verhalten ab. Du vergisst es, denn es passt nicht zu dem Schmutz dort. Im Spiegelschränkchen ist alles an seinem Platz. Rasierklinge, Rasierwasser, Kamm, Haarspray. Haare … vor zehn Jahren waren sie noch dichter, der Hinterkopf war noch bedeckt. Ich schließe das Schränkchen. Als ich mich im Spiegel sehe, fühle ich mich sperrig. Vielleicht, weil es im Gefängnis keine Spiegel gab und man sich zuletzt für körperlos hielt.

Wie ein Anti-Drogen-Hund schnüffle ich im Schlafzimmer an der Matratze. Sie riecht nach frisch gewaschener Wäsche und sonst nichts. Das Kopfkissen riecht nach Babyshampoo Marke Johnson, das eiweißfarbene Haarwaschmittel für Kinder, das Maddalena seit je benutzt. Den Fernseher mit Flachbildschirm hat ihr wahrscheinlich Elisabetta gekauft. Das Bild ist spitze, und auch der Ansager wirkt etwas weniger affenartig als gewohnt. Vor dem Foto von uns dreien im Vergnügungspark zünde ich mir eine von Tittas Multifilter-Zigaretten an. Elisabetta ist ungefähr zwölf Jahre alt, Maddalena trägt den Pelz, den ich ihr geschenkt hatte, und einen komischen braunen Hut. Der Einbrecher Stefano fällt mir ein, der lange Reden führte, während er das Foto seines Sohnes betrachtete. Wer weiß, ob auch meine Frau ab und zu vor diesem gerahmten Foto mit mir gesprochen hat. Wer weiß, ob meine Tochter es wenigstens einmal versucht hat. Ob jemand meiner Enkelin gesagt hat: »Der da auf dem Foto ist Opa Ninetto, bald kommt er nach Hause.«

»Hier wird nicht geraucht!«, schreit Maddalena von hinten, und ich falle beinahe um vor Schreck. Wie bei einer Polonaise fasst sie mich an den Schultern und steuert mich ins andere Zimmer. Dann verschwindet sie in der Küche, um das Essen für mich vorzubereiten, und ich stehe da und weiß nicht, was ich tun soll. Nach nicht einmal einer halben Stunde.

»Soll ich dir helfen, den Tisch zu decken?«

»Ruh dich aus, ruh dich aus.«

Ich stelle mich ans Fenster. Gegenüber wird ein Wohnhaus hochgezogen. Früher war dort ein Feld, und wir hatten mehr Licht. Titta hat ganz recht: Als ich zu ihm sagte, ich hätte Angst, alles verändert vorzufinden, erwiderte er, ich solle mir keine Sorgen machen, und schloss weise: »Es ist immer noch die gleiche Musik, die da draußen gespielt wird.« In der Tat hat sich in unserem Block nichts verändert. Auch die Bewohner sind dieselben. Ich erkenne die Aleardis, die Rossis, die Gattesis aus dem fünften Stock. Sie haben einfach zehn Jahre mehr auf dem Buckel. Die Kinder, die mittlerweile herangewachsen sind, erkenne ich nicht wieder. Ihr Gesicht hat sich verändert, ihre Größe, ihre Stimme. Manche haben vielleicht schon vergessen, dass sie mal Kinder waren.

Das Zimmer in der Herberge bewohnten wir zu acht, aber Ruggero, Filippo, Evandro und noch zwei fuhren über die Feiertage heim in ihr Dorf. Daher waren wir an jenem Weihnachten 1962 zu dritt: Antonio, ich und Currado, der wie ein Weltmeister aufkochte.

»Ohne ein richtiges, großes Essen hat man das Gefühl, es ist gar kein Fest, und wird melancholisch«, sagte er mehrmals, während er immer wieder mit warmen Blechen auf den Armen vom Keller nach oben kam.

Doch obwohl er all diese Köstlichkeiten kochte, waren Antonio und ich bedrückt. Ich, weil ich lauter wirre Gedanken im Kopf hatte – meine Mama, San Cono, die Schule, die Arbeit, Giuvà, Maria Rosa –, Antonio, weil er beschlossen hatte, für die Saison als Schäfer ins Aostatal ins Gebirge zu gehen, da er dringend Geld brauchte. Er war die Stadt leid, und mit der Musik hatte er abgeschlossen, er fühlte sich gedemütigt. Es sei schon alles entschieden, sagte er, und er habe keine Lust, das Wieso und Warum zu erklären. Auch er ging zusammen mit einem aus seinem Dorf.

»Nur zu«, sagte Currado zu ihm, »im Frühjahr kannst du dann zum Blumenpflücken nach Ligurien und im Herbst zur Olivenernte nach Taggia, wirst schon sehen, wenn du dir erst hier und dort das Kreuz ruiniert hast, gehst du entweder zurück nach Kalabrien oder suchst dir schleunigst eine Stelle in der Fabrik und schlägst dir die Flausen aus dem Kopf.« Aber er sagte es mit dem ihm eigenen milden, gutmütigen Ausdruck. Was ihn selbst betraf, so war er nicht in sein Dorf zurückgekehrt, weil ihn dort niemand mehr erwartete.

»*Fratelli coltelli e parenti serpenti*«, Messerstecher und Giftschlangen, das sind meine Brüder und Verwandten, wiederholte er immer, und mit diesen Worten hatte er dir seine Geschichte erzählt.

Nach dem Abendessen klopfte völlig unerwartet noch jemand an die Tür. Giuvà. Als ich ihn auf der Schwelle stehen sah, gefror mir das Blut in den Adern, auch wenn sein Auftreten keine bösen Absichten verriet, mit seinem Blick eines geprügelten Hundes und seiner schwerfälligen Art, mit den Füßen aufzustampfen, um den Schnee abzuschütteln. Zwei kräftige Ohrfeigen von Currado, und er wäre auf dem Boden zusammengebrochen wie ein angeschossener Esel. Doch noch bevor Currado ihn fragte, wer er sei, stellte er sich mit dem Hut in der Hand vor, und sofort servierte Antonio ihm einen heißen Kaffee.

»Ich war auf dem Heimweg von der Arbeit und wollte dem Kleinen hier frohe Weihnachten wünschen, der ja nun gar nicht mehr so klein ist und die Nase hoch trägt«, sagte er lächelnd. »Draußen rieselt immer noch der Schnee«, fügte er noch hinzu, da niemand von uns zurücklächelte.

Er war niedergeschlagen und müde, bemühte sich aber, fröhliche Dinge zu erzählen: dass er Panettone gegessen habe, dass die Züge leer seien und der Bahnhof sauber und still. Dabei weiß jeder, dass ein menschenleerer Bahnhof das Traurigste überhaupt ist. Und wenn es noch dazu Weihnachten ist und du arbeiten musst, einfach das Letzte. Wahrscheinlich lügt er wie gewöhnlich, dachte ich, und man kann ihm nicht trauen. Vielleicht wartet er mit seinem falschen Lächeln nur darauf, mich in den Bienenstock zurückzubringen und mir ins Gesicht zu schlagen oder mir das ganze Geld wieder abzunehmen, samt der Spange.

»Vier Männer, die an Weihnachten nicht Karten spielen, sind wirklich wie sentimentale Weiber«, sagte Currado und begann, mit seinen mörtelharten Händen die Karten zu mischen. Giuvà und ich gegen Antonio und Currado. Sie gewannen haushoch. Wir verloren die erste, die zweite und auch die dritte Partie, weil Giuvà nach dem Kaffee zum Wein übergegangen war. Er süffelte unmäßig und konnte sich die Karten nicht merken. Wenn er die falsche abwarf und Currado sie kassierte, schlug er sich an die Stirn und sagte immer wieder: »Wein, lass es sein.« Giuvà übernachtete bei uns, und am nächsten Morgen, am Stephanstag, wollten wir zur Messe gehen, blieben aber in der Bar hängen.

»Nicht so schlimm, von uns heißt ja keiner Stefano«, sagte Giuvà und lachte über seinen dummen Witz.

Bevor er die Straßenbahn nahm, fragte er mich, ob ich ihn ein paar Schritte begleite. Auf dem Weg zur Haltestelle schwieg ich hartnäckig. Er sagte, es tue ihm leid wegen dem, was passiert war, und fügte sinnlose Erklärungen hinzu.

»Bald kriegen wir von der Bank das Geld für den Lieferwagen und legen los«, fuhr er fort, ohne mich anzusehen. »Wir haben lange gebraucht, aber wenigstens haben wir alles anständig eingefädelt.« Er verzog sein schieläugiges Gesicht.

Mir war, als sei er älter und noch dusseliger geworden. Wenn die Arbeit erst einmal damit angefangen hat, dich abzustumpfen, hört es wahrscheinlich nicht mehr auf.

»Es regnet gleich«, sagte ich zu ihm, »ich kehre besser um.«

»Bist du sicher, dass du nicht in den Bienenstock zurückkommen willst?«

Ich nickte.

»Ich habe jetzt eine eigene Wohnung, im selben Haus. Du kannst dir ein Feldbett aufstellen, oder wir schlafen Kopf an Füßen. Du musst auch nichts bezahlen.«

Als die Straßenbahn kam, stopfte er mir ein paar Banknoten in die Tasche und entschuldigte sich noch einmal. Bei der Vorstellung, dass er nun ganz allein in seiner Zelle im Bienenstock lebte, bedauerte ich ihn. Zum Abschied schob er das Fenster herunter, als stünde er im Zug. Ich war drauf und dran, ihm sein Geld ins Gesicht zu werfen, ihm zuzurufen, er solle es behalten, denn es sei ja sowieso nicht das von meinem Vater. Doch dann ging ich davon, ohne etwas zu sagen. In der Tasche knüllte ich die Scheine zusammen wie Zeitungspapier.

Im Zimmer aßen wir die Reste vom Vortag, dann verzog sich jeder auf sein Bett. Antonio packte seine Sachen in den Koffer, und Currado und ich prosteten ihm zu (er mit Wein, ich mit kaltem Wasser) und wünschten ihm alles Gute. Als Currado sah, dass ich auf dem Bett neben einer Lampe voller Fliegenscheiße etwas in mein Tagebuch kritzelte, fragte er mich, ob ich ein Dichter sei, und ich antwortete »ein bisschen«, weil ich das Gefühl hatte, ich könnte noch einer werden. Dass ich Currado nicht von meiner Freundschaft mit dem Lehrer Vincenzo erzählt habe, tut mir leid, aber mir kamen einfach nicht die richtigen Worte.

10

Mehr wüsste ich über die restlichen Tage in der Herberge am Viale Brianza nicht zu berichten. Es waren Tage ohne Geschichte. Anderthalb weitere Jahre mit dem Fahrrad und dem grünen Apfel zum Mittagessen, so dass mir bis heute vor Äpfeln graust wie vor Sardellen. Anderthalb weitere Jahre mit der fetten Chefin, die mich am Samstag widerwillig schnaubend bezahlte, und mit Maria Rosas Busen, den ich nie anfassen durfte.

Mein Vater schickte mir Briefe, die noch kürzer waren als meine Postkarten. Er schrieb: »Ninè, kommst du mich diesen Sommer besuchen?«, und ich antwortete: »Papa, ich käme gern, aber wenn ich hier aufhöre, nehmen sie einen anderen, und ich bin draußen.« Was ich ihm nicht anvertraute, war, dass ich Monat für Monat weniger an San Cono und auch an meine Mama dachte. Nur manchmal erinnerte ich mich wieder, und dann fühlte ich mich ganz elend.

Currado und Ruggero wiederholten ständig,

meine fette Chefin sei eine Sklaventreiberin und ich solle Maurer werden.

»Mittlerweile bist du groß genug, du bist schon dreizehn Jahre alt!«, meinten sie. Wenn das heute jemand sagt, rufen die anderen sofort beim Kinderschutztelefon an. Jetzt wird man bis dreißig oder länger durchgefüttert und schläft bei Mama und Papa im Ehebett. Auch bei Elisabetta war das so.

Eines Tages sagte Ruggero zu mir, es werde eine neue Baustelle außerhalb von Mailand in einem Ort namens Bollate eröffnet, und das Unternehmen suche noch Arbeitskräfte.

»Willst du dort anfangen?«, fragte er unvermittelt.

»Nein, ich will bei euch bleiben.«

Doch beide erklärten mir, dass die Baustelle, wo sie arbeiteten, bald geschlossen würde, weil die Häuser fertig waren, und dass auch sie dahin gehen würden, wohin die Arbeit sie führte. Das war noch so ein Tag in meinem Leben, an dem ich geheult habe. Danach nie mehr, bis ich ins Gefängnis kam, da weinte ich auch wieder, ich weiß nicht recht, ob weil ich in die Zelle musste, weil ich Bauchweh bekam, oder aus Reue über das, was ich gerade verbrochen hatte.

Currado sagte, ich sollte mich über Ruggeros Vorschlag freuen und nicht flennen wie eine Rotznase.

»Frag lieber deinen Vater um Rat«, meinte er. Doch als ich im Milchladen von Gioacchino anrief, wiederholte mein Vater Rosario nur, das Maurerhandwerk sei die schönste Arbeit der Welt, und wenn ich nicht zusagte, würde ich beim Wettbewerb für den größten Dummkopf auf Platz eins landen.

Daher stellte ich mich am nächsten Tag zwischen einer Lieferung und der nächsten widerwillig auf der Baustelle vor. Der Polier war kurz angebunden, sagte mir, wann es losging und was meine Aufgabe wäre. Der Lohn war doppelt so hoch wie in der Wäscherei, da blieb mir nichts anderes übrig, als zuzusagen. »Du hast Glück, Evandro wird auch dort arbeiten«, erzählte mir Ruggero, um mich zu ermutigen. Glück – von wegen. Evandro war der Einzige in der Herberge, der nie einen Ton sagte, und es machte keinen Unterschied, ob man einen Besenstiel oder Evando dabei hatte, der noch dazu schnarchte, dass die Wände wackelten.

Als ich es meiner fetten Chefin mitteilte, brüllte sie mich an, ich sei genauso wie alle anderen *napulì* oder sogar noch schlimmer, und befahl mir, schleunigst die Lieferungen zu erledigen. Am Samstag, als es ans Bezahlen ging, sagte sie, ich bekäme kein Geld, weil ich schlimmer sei als die anderen *napulì* und sie in Schwierigkeiten bringe. Daraufhin wurde ich laut, aber sie kreischte noch lauter, krächzte wie ein balzender Rabe, schubste mich herum und brüllte: »Ungezogener, gemeiner Bengel!« Verzweifelt versuchte ich mir ein paar Krokodilstränen abzupressen und sie zu überzeugen, dass ich bleiben würde, wenn sie mir eine winzige Lohnerhöhung gäbe. Da sah sie mich zuerst über ihre Brille hinweg an, dann versprach sie schnaubend, dass sie meinen Lohn in Zukunft etwas anheben würde.

»Ich bin ja kein Unmensch«, sagte sie und warf den Mädchen vielsagende Blicke zu.

Zuletzt gab sie mir meinen Wochenlohn, dann füllte sie den Korb erneut mit Tischdecken und sagte: »Hör zu, Kleiner, bemühen wir uns mal, die Zulage auch zu verdienen.«

So kam es, dass ich mich weder von Maria Rosa noch von Elena, Carmela oder Lucia verabschieden konnte. Wenn ich meinen Lohn und meine verdiente kleine Abfindung behalten wollte, musste ich zwangsläufig so handeln. Ich steckte das Geld in die Tasche, sprang aufs Fahrrad, und weg war ich! Lachend trat ich feste in die Pedale! Ein schönes Herrenrad, sogar mit Schloss, ein Weidenkorb, acht Tischdecken, zwei Schlafanzüge und eine Unmenge Servietten! Wäre ich ein Mädchen gewesen, hätte ich meine Aussteuer beisammengehabt. Nie habe ich wegen dieses Diebstahls Gewissensbisse verspürt. Und bestimmt hätte mir auch der Lehrer

Vincenzo keine Vorwürfe gemacht, wo er doch in der Schule so wohlwollend über die Banditen der Basilikata gesprochen hatte.

Den Umzug nach Bollate habe ich mit dem Rad gemacht. Mit ewig langen Fahrten, im Korb die paar Kleider, die ich besaß, und mein sonstiger Kram. Etwa zehn Kilometer musste man sich abstrampeln, um nach Bollate zu kommen. Die Landschaft dort hatte nichts mehr mit Mailand zu tun. Erde, Himmel, saubere Luft und keine Autos mehr, nur ab und zu eine Lambretta. Man sah Bauern bei der Arbeit, auch Frauen, und da dachte ich, dass es also auch im Norden Elend gibt, denn wo man Frauen auf dem Acker sieht, herrscht Armut.

Ich wohnte in einer sehr schönen Baracke. Größer und geräumiger als die Herberge im Viale Brianza. So ähnlich wie heutzutage eine Berghütte für Feriengäste, kann man sagen, aber ohne jeden modernen Komfort. Es gab nicht einmal fließendes Wasser. Nur einen Tisch und Stühle, einen Ofen und ein Schränkchen mit Kleiderbügeln. Für wenig Geld konnte man damals in Bollate und den umliegenden Orten ein Grundstück kaufen und eine Wohnbaracke oder eine sogenannte »Taverne« errichten. Deshalb schossen sie reihenweise wie Pilze aus dem Boden. Die Männer bauten nach der Arbeit und an den Wochenenden daran. Sobald wieder eine Baracke fertig war, kamen mit dem Zug – dem *treno del sole* – Frauen und Kinder nach, die sie im Dorf zurückgelassen hatten, und man hörte auf den Straßen bis spät in die Nacht fröhliches Treiben und laute Stimmen. Die »Tavernen« dagegen vermieteten sie gruppenweise an uns Bauarbeiter. Auch das war zwar noch eine provisorische Unterkunft, versteht sich, aber wir hockten nicht so eng aufeinander wie in den Mailänder Herbergen. Jetzt gibt es diese Baracken nicht mehr. Sie sind spurlos verschwunden, denn die Mühe der armen Leute hinterlässt niemals Spuren. Nicht einmal in den Schulbüchern werden sie erwähnt, nur vom König und der Königin ist die Rede.

In der »Taverne« hielt ich mich immer abseits. Die Kalabresen waren schweigsame, langweilige Leute. Sie lebten wie die Tiere. Ihr höchstes Vergnügen waren Rülps-Wettbewerbe beim Biertrinken. Wer weiß, vielleicht hat mir gerade dieses Alleinsein in der Baracke in Bollate den Anstoß gegeben, etwas zu unternehmen und mich allmählich für Frauen zu interessieren. Auf Sizilianisch sagt man *fimmine,* doch der Lehrer Vincenzo erklärte uns eines Tages, das sei abwertend, denn auch weibliche Tiere seien *fimmine,* eine Kuh oder eine Sau, und um die Menschen respektvoll zu unterscheiden, müsse man

Frauen sagen. Und wenn eine hässlich ist oder in allem einer Sau gleicht, sagt man trotzdem Frau. Wie auch immer, in der Einsamkeit der Baracke entdeckte ich in mir auf einmal die Lust zu lieben, denn wenn einer eine Frau am Arm führt, ist er nicht mehr allein und auch kein Kind mehr. Er wird erwachsen. Ein Mann.

11

Ich habe beschlossen, mich hinauszuwagen. Nachdem ich eine Woche lang stocksteif vom Fenster aus die Baustelle des Wohnblocks und die Chinesen, die Filippos Bar erworben haben, beobachtet habe, will ich nun mal die Nase vor die Tür stecken. Um Filippo tut es mir leid. Es war schön, am Sonntagmorgen so gegen elf zu ihm in die Bar zu gehen, einen Crodino zu trinken und mit ein paar Süßigkeiten und der Zeitung unter dem Arm nach Hause zurückzukehren. Filippo hatte ein vertrautes, fröhliches Gesicht, nicht wie diese Schlitzaugen, die nie lächeln. Emsig wie Ameisen, aber sie machen alles, ohne miteinander zu reden.

Ich hole das Fahrrad aus dem Keller. Zehn Jahre lang stand es unbenutzt herum, jetzt quietscht die Bremse. Im Hof drehe ich eine Runde, und wenn ich am Hebel ziehe, klingt es, wie wenn ein Zug in den Bahnhof einfährt. Die Kälte, das Licht, der Sauerstoff, all das ist zu viel für mich, ich verliere schier das Gleichgewicht. Ich fahre los, aufs Geratewohl.

Dick eingemummt, mit Wollmütze und Schal über der Nase. Kaum zu glauben, aber ich erinnere mich an alles. Vielleicht sind Erinnerungen die Sachen, die wir nicht vergessen können.

Unverhofft finde ich mich nach einer halben Stunde im Industriegebiet von Varese wieder. Das Alfa-Romeo-Werk steht noch, gespenstisch, wie tot. Eine unheimliche Grabesstille geht davon aus. Ich blicke mich um, und in meinem Kopf höre ich sofort das Gerassel in den Hallen, den Krach der Maschinen, das Hin und Her von Lastwagen und Gabelstaplern, das Kommen und Gehen der Schichtarbeiter – ein Heer von Blaumännern überall ... Es herrschte ein pausenloser Lärm, und ehrlich gesagt hätte ich nie gedacht, dass er jemals enden würde. Dann bin ich es plötzlich leid, dieses Grabdenkmal für die Arbeit zu betrachten, und radle weiter. Unterwegs sehe ich einen Autohändler und halte, kette mein Fahrrad an, nehme die Mütze ab, stopfe den Schal in die Tasche und gehe hinein. Hübsche Frau hinter der Empfangstheke. Dieser Schwerenöter von Titta hätte sie bestimmt nach zwei Minuten zum Essen eingeladen.

»Haben Sie etwas gesehen, das Sie interessiert?«, fragt sie mich und geht mit einem Lächeln auf mich zu, das ich in keiner Weise verdient habe.

»Nein, nein, Signorina, ich habe ja mein Fahrrad.

Ich wollte vielmehr fragen, ob Sie zufällig jemanden brauchen.«

Das Superlächeln ist schon Schnee von gestern. War es etwa nur ein Traum?

»Wozu, Signore?«

Was für eine blöde Frage. Aber ich tue so, als würde mich das nicht kratzen. »Zum Arbeiten.«

»In der Werkstatt oder im Büro?«

»Mir ist alles recht, ich passe mich an.«

Daraufhin mustert sie mich ratlos, sie legt sogar die Hand ans Kinn, bevor sie nach einer endlos langen Minute schließlich weiterspricht. Doch obwohl sie so lange nachgedacht hat, fällt ihr nichts Besseres ein, als mir zu sagen: »Lassen Sie mir ruhig Ihr Europass-CV da, ich gebe es dann an das Personalbüro weiter.«

»Was soll ich Ihnen dalassen, Signorina?«

»Ihr CV.«

»Was ist das denn?«, frage ich neugierig.

Ich sehe ihr an, dass sie das Gefühl hat, einen Außerirdischen vor sich zu haben, weshalb es ihr nicht leichtfällt, das Gespräch fortzusetzen. »Nun, ein Lebenslauf, ein Dokument, in dem Sie Ihre Daten auflisten, Ihre Ansprüche, Ihre Ausbildung.«

»Ach so!«, antworte ich, und plötzlich glätten sich meine Falten. »Wenn Sie wollen, schreibe ich Ihnen gleich alles auf, eine Seite genügt mir.«

»Wir brauchen ein Europass-cv.« Sie schaltet wieder auf stur.

»Und wo finde ich das entsprechende Formular?«, frage ich, so freundlich ich kann.

»Im Netz.«

Ich denke an die Fußballer, die ins Netz treffen, an ein Fischernetz und der Vollständigkeit halber auch an Netzstrümpfe. Natürlich weiß ich, dass ich falschliege, aber ich will mich nicht geschlagen geben.

»Genau, im Netz. Na, dann schaue ich noch mal vorbei. Ich gehe kurz ins Netz und komme wieder.«

Es ist noch nicht mal elf Uhr, und mir geht schon alles auf den Sack. Ich verlasse diese Gegend, wo es nichts mehr gibt. Die Deindustrialisierung hat alles weggefegt, und um die Fabriken wiederzufinden, die es hier gab, müsste ich bis nach Rumänien radeln. Durch Quarto Oggiaro und die Via Mac Mahon gelange ich dann langsam zum Corso Sempione, wo ich ab und zu ausstieg, wenn ich am Bienenstock die Straßenbahn nahm. Dort stehen ein paar schöne Rosskastanien, und es ist fast ein schmaler, heller Streifen blonde Sonne herausgekommen. Ich gebe kein Geld für einen zweiten Kaffee in der Bar aus, obwohl ich wirklich Lust darauf hätte. Stattdessen setze ich mich auf die feuchte Bank und lege meinen Kopf in den Nacken wie beim Friseur, wenn sie einem in diesem Spezialbecken die Haare waschen und einem dabei den Kopf massieren. Ein seltsames Licht dringt durch das Laub der Bäume und tut mir in den Augen weh. Wenn ich sie schließe, wird mir so schwindlig, dass ich vergesse, wo ich bin. Als würde ich ohnmächtig.

In der Baracke in Bollate waren ein weiterer Herbst und ein weiterer Winter vergangen. Unterdessen war ich vierzehn geworden. Beim Zusammenleben mit den Kalabresen begriff ich, dass die Abruzzesen zwar vielleicht ein bisschen dumm sind, aber gutmütig und sympathisch, während manche Kalabresen wie die Maulesel sind, da kannst du sagen, was du willst. Wenn ich von der Arbeit heimkam, wusch ich mich, so gut ich konnte, denn das Wasser für den Zuber musste man am Brunnen holen, und danach setzte ich mich, um meine Ruhe zu haben, im Unterhemd draußen aufs Mäuerchen und rauchte zur Entspannung. Ich war größer geworden, und meine Knie schmerzten, denn der Körper drängte, die Stimme wurde rauher und kratzte im Hals, im Gesicht und auch rund um die Brustwarzen sprießten die Härchen, kurz, alles wollte herauskommen, sich zeigen. Freunde hatte ich wenige, sogar sehr wenige, und es bestätigte sich immer mehr, dass mein Vater Rosario recht hatte: »Freunde gibt es nicht, es gibt nur Leute, mit denen man sich die Zeit vertreibt, wenn man nichts zu tun hat oder nicht an seine Scheißsorgen denken will.« Die Erinnerung an das Leben mit den Kindern aus der Via dei Ginepri, an die Zeit, als ich noch kein Einzelgänger war, verblasste, wurde unscharf, fern wie ein Schiff am Horizont. Wenn mich jemand aus den benachbarten Baracken fragte: »Ninetto, kommst du mit in die Bar?«, ging ich zwar mit, trank eine Limonade, schwatzte ein bisschen, aber das war's. Es hat nie mehr einen Peppino für mich gegeben. Und auch keinen Lehrer Vincenzo. Wahre Freundschaft gibt es wohl nur in der Kindheit, wenn man innerlich noch sauber ist und weder eigennützig noch sonstwie anstößig handelt.

Kam eine Gruppe von Jungen mit einem Fußball oder mit Angeln vorbei, tat es mir nicht mehr leid, dass ich mich ihnen nicht anschließen konnte. Ich genoss den Blick in die Bäume, die vor Blättern strotzten. Betrachtete die Silhouetten der Schneeberge, die an klaren Tagen aus dem Dunst tauchten, sich dann im orangen Licht der Sonne auflösten und im Abend versanken. Ich dachte an Herrn Pascoli und die anderen Dichter, die das Glück hatten, sich nicht nur in Menschen, sondern auch in die Natur verlieben zu können.

Eines Morgens war ich früher aufgewacht als

gewöhnlich wegen den Alpträumen über meine Mutter, die mich immer wieder heimsuchten. In der »Taverne« roch es nach Feuchtigkeit und verbrauchter Luft, deshalb ging ich ins Freie, um zu warten, bis es Zeit wurde, zur Arbeit zu gehen. Ich blickte auf die Straße und atmete tief ein und aus, um mein noch vom Traum erregtes Herz zu beruhigen. Da vernahm ich plötzlich ein Klingeln und Gelächter von *fimmine*. Oder vielmehr von Frauen. Ein Schwarm Mädchen auf Fahrrädern! Beim Anblick dieses Schauspiels wäre ich beinahe vom Mäuerchen gefallen. Sie waren mindestens zu zehnt und traten schnatternd in die Pedale. Die Straße schien wie von Möwenschreien zu widerhallen.

Von da an stellte ich mir den Wecker früher. Ich kämmte mich und ging sofort hinaus zum Rauchen, um interessanter zu wirken. Pünktlich um halb sieben kamen sie vorbei. So dicht beieinander glichen sie einer einzigen Person. Wenn ich einen Gruß andeutete, klingelten sie und lachten, vielleicht machten sie sich über mich lustig. Ich wusste nicht, was tun, dachte den ganzen Tag an sie und nannte sie den Schwarm; ich fragte mich, wer weiß, wo der Schwarm jetzt ist, was er macht, wie es ihm geht und wie er morgen sein wird, der Schwarm. Die Mädchen auseinanderzuhalten war schwierig. Ich versuchte die Details zu sehen, das Kleid der einen oder das Fahrrad der anderen, aber sie fuhren zu schnell vorbei, und ich erfasste nur das Gesamtbild.

Eines Tages nahm ich schließlich meinen Mut zusammen und beschloss, ihnen zu folgen. Als sie mich auf dem Rad sahen, verstummten sie und fuhren schneller. Da kamen sie mir nicht mehr wie ein Schwarm vor, sondern wie eine Schildkröte, die den Kopf einzieht. Nach der Via Silvio Pellico bogen sie ab und fuhren zu einem roten Backsteingebäude hinunter. Sie türmten die Fahrräder aufeinander und betraten im Gänsemarsch mit weißer Schürze und Häubchen auf dem Kopf die Backfabrik einer Konditorei. Um sie zu beobachten, kletterte ich an der Rückseite des Gebäudes hoch und hängte mich wie ein gewaschenes Handtuch an eine Eisenstange. Wäre ich runtergefallen, hätte ich mir sicherlich den Hals gebrochen.

Durch einen Spalt konnte ich sie am Werk sehen. Sie schlugen Eier auf und trennten den Dotter vom Eiweiß. Auf einem Fließband zogen große Flaschen vorbei, und die Mädchen füllten sie je nachdem mit Dotter oder Eiweiß. Wenn eine ein faules Ei aufschlug, erhob sich ein Geschrei wie im Stadion, und sie hielten sich mit gespreizten Fingern die Nase zu. Ich ließ meine Augen tanzen wie eine Katze, bis ich auf dem Platz in der Ecke Maddalena entdeckte. Wenn ich ehrlich sein soll, war es vor allem ihr Busen, der mich reizte. Es gab auch eine Blonde, das stimmt, aber zwischen blondem Haar und Busen muss ich mich nicht lange entscheiden. Im Vergleich zu Maddalena schienen mir die anderen nur dümmlich zu lächeln.

Wie ich da so hing, musterte ich jede einzeln und kam zum Schluss, dass ich erstens herausfinden musste, ob noch andere Schwärme unterwegs waren und Bollate womöglich nicht nur aus Baracken und Baustellen bestand, sondern auch aus Backfabriken voller Mädchen. Zweitens musste ich versuchen, mit Maddalena zu reden, sie schien mir die Beste zu sein, obwohl sie eine der Jüngsten war, was man an ihren sommersprossigen Wangen und ihren kleinen, bis heute unglaublich flinken Händen sah. Ich durchstreifte also tagelang die Umgebung, fand aber nur eine Dosenfabrik. Die Frauen, die dort malochten, waren viel älter als ich, und die Kalabresen sagten, es gehöre sich nicht, sich unter denen umzuschauen, auch wenn sie einem in meinem Alter natürlich das Blut zum Kochen bringen würden, weil man sich als ganzer Mann fühlen wollte, erwachsener, als man zu sein glaubte. Mit Maddalena anzubändeln schien mir jedoch sehr schwierig zu sein. Schwierig, an sie heranzukommen, sie beiseite zu nehmen, sich vorzustellen. Ich muss auf die richtige Gelegenheit warten, sagte ich mir immer wieder, wenn ich unverrichteter Dinge in die Baracke zurückkehrte. Und von da an glichen die Mädchen nicht mehr einer Wolke von Schmetterlingen oder einer Schar Möwen, sondern eher einem Wespenschwarm, denn auch die Liebe hat einen Giftstachel und tut weh.

12

Die erste Begegnung mit Maddalena war der Beweis, dass man im Leben ohne Glück nirgendwohin kommt. Eines Morgens, der Himmel war voller dahinjagender Wolken, fuhren zwei Räder vorbei. Ein Stück weiter vorn, wo die Straße ungepflastert war, sah ich Maddalena anhalten und absteigen. Ihre Freundin sagte etwas und fuhr dann rasch davon. Mit einem Satz sprang ich vom Mäuerchen und rannte los. Als ich herantrat, siezte Maddalena mich, sagte hastig, es sei nichts passiert und ich könne wieder gehen. »Gehen Sie nur, gleich kommt mein Onkel.«

Bei diesen Worten musste ich lachen, denn Professoren und Rechtsanwälte spricht man mit »Sie« an, aber mich hatte noch nie jemand gesiezt. Wie auch immer, während sie wiederholte, es sei alles in Ordnung, hatte ich schon den Luftschlauch herausgezogen und das Loch gefunden, auch ohne eine Schüssel mit Wasser zu brauchen.

»In der Baracke habe ich Flicken und Kleber.

Warte hier, ich bin gleich wieder da«, sagte ich und sauste los wie eine Rakete. Als ich zurückkam, fand ich jedoch einen Jungen in meinem Alter vor, der ihr anbot, sie auf dem Moped zur Arbeit zu begleiten. Sie kannten sich offensichtlich, denn ihn siezte Maddalena nicht.

»Hau ab«, sagte ich schroff zu ihm, »hier kümmere ich mich drum.«

Obwohl er mich genau gehört hatte, gab der Junge keine Antwort, deshalb blieb mir keine andere Wahl: Ich packte ihn am Kragen und warf ihn zu Boden.

»Hau ab, hier kümmere ich mich drum«, sagte ich noch einmal, als er voller Staub wieder aufstand. »Und lass dich in dieser Straße nicht mehr blicken, hier laufen Leute mit Messer in der Tasche herum«, knurrte ich, um mich gleich darauf wieder dem kaputten Reifen zu widmen.

Ganz erschrocken versuchte Maddalena mir den Reifen aus der Hand zu nehmen, doch schon nach fünf Minuten übergab ich ihr das reparierte Fahrrad und sagte dabei: »Ich heiße Ninetto, wohne in der dritten Baracke, arbeite als Maurer und bin fast fünfzehn Jahre alt.«

Sie schüttelte mir nicht einmal die Hand, erwiderte nur: »Na und?«

»Merk es dir, dann kennen wir uns jetzt, und du

kannst mich duzen, das Sie passt nicht für mich, vielen Dank.«

Als Antwort stieg sie aufs Rad, trat in die Pedale und sagte steif und förmlich: »Auf Wiedersehen.« Nicht »Ciao«, nein, »Auf Wiedersehen«.

Nach der Reifenreparatur begann Maddalena mich zu grüßen, und inzwischen konnte ich ihre wehenden Haare und ihr Fahrrad Marke Graziella sofort vom Schwarm unterscheiden. Derweil vergingen die Tage, und ich war mehr Haut und Knochen denn je, weil die Liebe mir den Magen zuschnürte, genau wie den jungen Mädchen in den Fotoromanen. Mittags ein Brötchen, das war alles, was ich aß, und auf der Baustelle sagten sie, ich hätte einen Brustkorb wie ein Spatz.

In der fünften Baracke teilten sie mir mit, Maddalena wohne in der Via Galilei. Eine *sciura,* was auf Mailändisch Signora bedeutet, erzählte mir, das Mädchen stamme aus Kalabrien und sei mit ihrem Onkel nach Mailand gekommen. Nun suchte ich also bei der Arbeit im Geist nach möglichen Gemeinsamkeiten zwischen uns, denn die sind es, in die ich mich verliebe, bei Currado zum Beispiel war es der Umstand, dass auch er eine kranke Mutter hatte, und bei Antonio, dass sein Traum vom Musikerleben ebenso wenig realisierbar war wie meiner, Dichter und Grundschullehrer zu werden. Ich dachte, dass Maddalena genauso arm dran war wie ich und sich vielleicht noch härter durchschlagen musste. Wegen all dieser Hirngespinste turnte ich zerstreut auf den Gerüsten herum. Meine Sicherheit lag ganz in der großen unsichtbaren Hand Gottes. Die beschützte mich, während ich mir mit Eimer und Werkzeug in der Hand Maddalenas Reise im *treno del sole* ausmalte und mich am liebsten mit den Leuten geprügelt hätte, die ihr im Zug die Füße unter die Nase gestreckt hatten, oder mit dem Schaffner, der sicher achtlos über sie drübergestiegen war.

Da ich dauernd vor ihrem Haus herumlungerte und rauchte, sah ich sie manchmal am Fenster. Von der Straße aus fragte ich sie, ob sie sich an meinen Namen erinnere und wie es dem Fahrrad gehe. Sie antwortete lächelnd und schien gar nicht mehr böse zu sein. Doch herunter kam sie nie, und irgendwann hatte ich es satt, da unten zu stehen und auf ihren päpstlichen Segen zu warten. Wenn es so weitergeht, dachte ich, muss ich mich nach einer anderen umschauen.

Doch eines Tages riet mir Evandro, ausgerechnet er, ich solle sie doch von der Arbeit abholen.

»Solange du wie ein Wachhund hier rumstehst, wird nichts daraus«, sagte er.

So nahm die Sache eine andere Wendung. Sie

begann, mich beim Namen zu rufen und mich zu beachten, auch wenn sie mit Worten immer noch geizte. Wenn ich draußen vor ihrer Backfabrik auf sie wartete, erzählte sie mir, ob ihr faule Eier untergekommen waren, und auf der Via Silvio Pellico sprach sie dann nach und nach davon, was ihr gefiel, und so fuhren wir der Sonne entgegen. Ich mit der Müdigkeit im Rücken, weil ich zehn Stunden auf dem Gerüst verbracht oder Armierungseisen geschleppt hatte, sie mit vom Aufschlagen der Eier und dem Zudrehen der Flaschenverschlüsse schmerzenden Händen. Doch wir waren jung, die Müdigkeit verflog rasch, und die Haut erwärmte sich schnell, auch in der Sonne des Spätnachmittags. Nie hätten wir damals geglaubt, dass wir so schlapp werden könnten, wie wir heute sind. Jedenfalls verliebte ich mich, weil auch Maddalena Gemeinsamkeiten zwischen uns sah. Sie hatte sich vorgenommen, mich aufzupäppeln, und brachte mir wie eine Mutter Amaretto-Kekse mit, die sie bei Onkel und Tante daheim klaute. Ich solle sie essen, sagte sie, ich sei ja nur Haut und Knochen, aber der Hunger war, ehrlich gesagt, kein Problem mehr. Mir gefielen die Sommersprossen rund um ihre Kartoffelnase, ihre schlanken Beine und die großen Brüste, die bestimmt auch schön fest waren, wie ich es gern mag – und bei aller Bescheidenheit: auf dem Gebiet kenne ich mich gut aus. Wenn ich neben ihr herradelte, vergaß ich schlicht, was mir alles fehlte. Die Freunde, San Cono, fließendes Wasser in der Wohnung, meine Mama, die immer ferner rückte in jenem Altenheim, das ich nie betreten hatte ... Mit Maddalena erfuhr ich wirklich am eigenen Leib, dass der Lehrer Vincenzo die Wahrheit gesagt hatte. Das Wort *fimmina* passt für Kühe und Säue. Das Wort *donna,* Frau, dagegen ist etwas anderes. Es ist so schön, dass es in dem Wort Madonna enthalten ist, und wenn die keine Frau wäre, hätte man ja auch keine Lust, sie auf Knien anzubeten.

13

Eines Abends fischte ich das Tagebuch wieder aus der Tasche und versuchte, etwas aufzuschreiben, wie der Lehrer Vincenzo mir geraten hatte. Meine Tage zu erzählen gelang mir jedoch nicht. Stattdessen schrieb ich auf, welche Geschenke ich Maddalena machen wollte, und rechnete nach, wie viel Zeit noch vergehen musste, bis ich sie heiraten und schwängern konnte.

An einem Samstagnachmittag zog ich meinen besten Anzug an, parfümierte mich mit Kölnischwasser und klingelte unangekündigt an ihrer Haustür in der Via Galilei. Sie sah mich am Fenster kommen und begriff sofort, dass ich um ihre Hand anhalten wollte. Sie machte mir Zeichen zu verschwinden, wedelte mit den Armen, tippte sich mit dem Zeigefinger an die Stirn, um mir sagen, ich sei verrückt und sie wolle nicht mehr mit mir reden. Doch ich klingelte trotzdem und benahm mich tadellos. Der Onkel hat mich zwar hinausgeworfen, das stimmt, aber es zählt nicht, denn ich blieb weiter überaus höflich. Dieser Mistkerl sagte, seine Nichte sei noch zu jung, und ich hätte ja nicht einmal eine feste Arbeit.

»Aber schauen Sie, bald werde ich fünfzehn Jahre alt und suche mir eine Stelle in der Fabrik! Da können Sie ganz beruhigt sein, ich habe mich schon bei Montecatini in Bovisa umgesehen, bei Alfa Romeo in Arese, in Sesto San Giovanni!« Und ich zählte noch einige auf, um zu beweisen, dass ich nicht bloß ins Blaue hinein flunkerte. Aber er ließ sich davon nicht beeindrucken. Und seine Frau genauso wenig, sie sagte sogar mehrmals zu Maddalena: »Du spinnst wohl, glaub ja nicht, ich gebe dich dem erstbesten hergelaufenen Kerl!«

»Von wegen hergelaufener Kerl, Signora Wiewardername! Ich heiße Ninetto Giacalone und bin auch getauft!«, erwiderte ich, während der Onkel sich vom Stuhl erhob, um mich vor die Tür zu setzen. Dennoch habe ich infolge dieser missglückten Unternehmung Maddalenas wahren Charakter erkannt. Einerseits schimpfte sie mich aus und sagte, es sei dumm von mir, mit dem Kopf durch die Wand zu wollen, »stur wie ein Maulesel bist du«, wiederholte sie, andererseits ließ sie durchblicken, dass der Kerl ja nicht ihr Vater sei, und wenn er glaube, er könne ein Leben lang den Tyrannen spielen, habe er sich geschnitten. Kurz und gut, sie sprach es nicht offen aus, aber im Kern meinte sie: Los, packen wir's an, hier hilft nur eins, *la fuitina, wir* brennen durch, dann ist die Sache erledigt. Maddalena verstand es, mich zur Vernunft zu bringen. Manchmal nahm sie meine Hände und streichelte mit zwei Fingern meine Handflächen, während sie mir erklärte, wie man sich richtig verhält, und andere Male sah sie mich an und verbiss sich das Lachen, denn wenn man ihr glaubte, kamen oft haushohe Torheiten aus meinem Mund, über die ich mir gar nicht klar war. In meinem Fall stimmt es also nicht, dass die Frau nach der Hochzeit das Kommando übernimmt, denn Maddalena hat schon vorher damit angefangen. So begann ich, länger auf der Baustelle zu bleiben und Überstunden zu machen, bis es dunkel wurde und man gehen musste. Ich sagte Maddalena, dass ich Geld für die Zugfahrkarten beiseitelegte, dann könnten wir uns von Don Fabrizio trauen lassen, dem Cousin meines Vaters, den es zweifellos nicht kümmern würde, dass wir noch zu jung waren, da in San Cono schon viele in unserem Alter geheiratet hätten.

Wenn ich rechtzeitig von der Arbeit kam, holte ich sie an der Backfabrik ab und radelte extra langsam neben ihr her, weil ich sie immer besser kennenlernen wollte. Ich stellte mir vor, die Via Silvio Pellico sei so lang wie die Straßen in Amerika, die endlos sind.

Eines Tages sagte Maddalena: »Ninetto, ich muss mit dir reden«, hielt das Fahrrad an und sah mir direkt in die Augen. Ich machte ein finsteres Gesicht und dachte, jetzt lässt sie mich sitzen. Doch sie hatte ganz andere Absichten. Sie wollte mir von ihrem Vater erzählen, der nach dem Krieg einer Gruppe abruzzesischer Partisanen beigetreten war, und dann hatten die Schwarzhemden ihm in einem Hinterhalt in den schrecklichen Bergen der Abruzzen ins Bein geschossen. Nach dieser Verwundung wurde das Bein allmählich brandig, und am Ende, im selben Jahr, in dem Maddalena geboren wurde, starb er. Aufgewühlt schloss sie: »Mein Papa ist an Politik gestorben, weil er rot war und die anderen schwarz, und du, Ninè, du darfst nie weder rot noch schwarz sein, sonst will ich dich nicht mehr sehen!« Sie weinte verzweifelt. Ich versuchte, sie zu trösten, aber sie war zu erregt und fuhr verstört fort: »Du darfst auch nicht auf Demonstrationen oder politische Versammlungen gehen, denn sonst brichst du mir das Herz!« Daraufhin umarmte ich sie, und ihr Rotz tropfte mir auf die Hand, während ich sagte: »Maddalè, ich weiß nur, wie die Sache mit dem Privateigentum gelaufen ist, denn das hat mir der Lehrer Vincenzo erklärt, aber Politik mag ich nicht, weder die Roten noch die Schwarzen noch die Weißen, und außerdem mache ich, was du willst, ich schwöre es dir bei der Madonna, ich mache, was du willst, aber du musst mich immer lieben!« Daraufhin beruhigte sie sich ein wenig, und wir teilten uns ein Stückchen Kuchen. Mit vollem Mund erzählte ich ihr, wie die Alte vom Corso Buenos Aires mich *giuanìn pipéta* genannt und mich ermahnt hatte, mich nicht so vollzustopfen, und da lachte Maddalena endlich und trocknete ihre Augen.

Seit wir beschlossen hatten durchzubrennen, lebte ich in der Erwartung des richtigen Tages. Man muss warten können, alles vorbereiten, so wie am Abend, wenn man sich Hemd und Hose ordentlich gefaltet auf dem Stuhl hinlegt. Den richtigen Tag bestimmte Maddalena. Wieder blieb sie mit dem Fahrrad stehen und sagte, wir könnten erst durchbrennen, wenn mich eine Fabrik eingestellt hätte. Damit hatte der Onkel recht, fand sie. »Du brauchst eine feste Arbeit mitsamt Vertrag, sonst wird nichts draus. Fang an zu suchen, du kannst doch gut schreiben, also mach eine Runde und gib überall deine Bewerbung ab«, wiederholte sie unbeugsam wie ein Gendarm. Manchmal raste ich Hals über Kopf los, um sie von der Arbeit abzuholen, doch statt mich mit einer Umarmung zu begrüßen, rief sie nur: »Du hättest irgendwo eine Bewerbung abgeben können, anstatt bis hier herauszukommen!«, und ich kehrte missmutig in die Baracke zurück. In solchen Momenten fand ich sie zickig und widerspenstig. Doch dann begriff ich, dass sie nur deshalb so reagierte, weil sie es eiliger hatte als ich. Sie war es endgültig leid, bei diesen tyrannischen Verwandten zu leben, und wollte mich gern ihrer Mutter vorstellen, die in einem elenden Kaff oberhalb von Cosenza lebte und vereinsamte, genau wie mein Vater in seinem elenden Kaff. Also fragte ich meine Bekannten, in welcher Fabrik man sich am besten bewerbe, und viele nannten mir Adressen, versprachen, ein gutes Wort einzulegen und meine Briefe abzugeben. Doch andere sagten, bevor ich fünfzehn geworden sei, müsse ich es gar nicht erst probieren. Das Gesetz wachte streng darüber, nicht so wie bei der Schulpflicht, die keiner einhielt.

Dennoch machte ich die Runde bei den Industriebetrieben, die sich in den Dörfern um Mailand angesiedelt hatten und heute wieder abgewandert sind. Bei Alfa Romeo in Arese lasen sie meinen Brief, sagten mir aber: »Komm wieder vorbei.« Dreimal hintereinander. Komm wieder vorbei, komm wieder vorbei, komm wieder vorbei. Beim vierten Mal gab ich nicht auf, bis sie mich mit dem Direktor reden ließen, Dottor Mantovani, ein Schrank von einem Mann im Zweireiher, der sich gewählt ausdrückte und rasch handelte. Ich fasste ihm meine Geschichte kurz zusammen, und er versprach, mir zu helfen.

»Nach Vollendung des fünfzehnten Lebensjahrs könnten Sie am Fließband anfangen und später Gabelstaplerfahrer werden, davon brauchen wir immer mehr. Lassen Sie sich einstweilen in Mailand die Bescheinigung über Ihre Befreiung vom Militärdienst ausstellen«, sagte er. Zuletzt fragte er, welche Schulen ich besucht hätte, nach dem Brief zu urteilen, schiene ich ihm recht gebildet zu sein. »Hätte meine Mama keinen Schlaganfall gehabt«, antwortete ich, »wäre ich Grundschullehrer geworden, oder hätte es jedenfalls versucht.« Daraufhin machte Dottor Mantovani ein Gesicht, als wollte er sagen: »Sieh einer an, dieser Ninetto Giacalone«, und befahl einem Vorarbeiter, mir das Fließband zu zeigen. Er schloss mich ins Herz, der Dottor Mantovani, sowohl wegen meines Briefs als auch, weil er mit einer Sizilianerin aus San Cono verheiratet war. Tja, die Welt ist klein …

Nun war auch Maddalena überzeugt, und während wir durch den Frühling radelten, begannen wir uns ganz vorsichtig darüber zu unterhalten, wie wir unsere *fuitina* gestalten, wie und wohin wir durchbrennen sollten. Zuletzt entschieden wir uns für die Baracke.

»Du musst aber auf eine geeignete Gelegenheit warten, um mit den Kalabresen zu sprechen, ohne was durchsickern zu lassen!«, wiederholte sie besorgt.

Da die Zeit verging und ich das Warten nicht mehr aushielt, kaufte ich eines Abends Brathühnchen und Rotwein, lud die Kalabresen zum Essen ein und erzählte von unserem Plan, indem ich sagte, ich vertraute ihnen und würde lieber wie ein Erwachsener mit ihnen reden, ohne Geheimniskrämerei. Ich sprach mit fester Stimme, wie einer, der weiß, was er will, kurz, wie ein Mann. Sie freuten sich über meine Offenheit, sagten »kein Problem« und soffen den Rotwein, schlimmer als Giuvà. Der Älteste, der Oronzo hieß, fragte mich, einen Hühnerknochen im Mund: »Hör mal, Ninuzzo, ich frag es dich zu deinem Besten. Hast du überhaupt schon mal eine Frau gehabt? Nicht, dass du bei Maddalena einen schlechten Eindruck hinterlässt?« Ich machte ein finsteres Gesicht, und sie verstanden. Daraufhin boten Oronzo und die anderen mir an, mich mal zu einer Nutte zu bringen, die mir diese Dinge beibringen sollte, dabei kannte ich mich doch längst aus, denn für bestimmte Dinge braucht man keinen Unterricht. Ich wusste nicht viel über Prostituierte und bin auch nach dem einen Mal nie wieder hingegangen. Und wenn ich zurückdenke, hätte ich es auch das eine Mal nicht tun sollen. Doch Oronzos Worte hatten mich verunsichert. Deswegen bin ich hingegangen, wie einer, der sich die entzündeten Mandeln rausnehmen lässt.

14

Manchmal versucht Maddalena, mich liebevoll aufzumuntern, und rückt ihren Stuhl neben meinen.

»Erzähl mir doch was.«

»Was soll ich denn erzählen?«

»Na gut, dann spielen wir eben Ochs am Berg und rühren uns nicht vom Fenster weg«, damit nimmt sie meine Hand, was nicht nur meine Stimmung verbessert, sondern gleich meinen ganzen Gesundheitszustand. Ich fühle, wie sich mein Körper erwärmt.

Andere Male stichelt sie und lässt mir keine Ruhe. Sie erteilt mir einen Auftrag nach dem anderen: kleine Sachen reparieren oder ihr im Haushalt helfen. Ich bemühe mich, höflich zu antworten und ihr unter die Arme zu greifen, aber ich gestehe, dass es mir nicht immer gelingt. Zu sehr habe ich es mir angewöhnt, im eigenen Saft zu schmoren. Das Einzige, was ich gern mache, ist Bettlaken falten. Das ist der reine Genuss. Der Duft der frischen Wäsche, wir beide, die wir uns gegenüberstehen und die gleichen Bewegungen machen ... Es kommt mir vor, als stünde ich vor dem Spiegel, doch anstelle meines blöden Gesichts erscheint da Maddalena.

Und schließlich gibt es noch die Tage, an denen wir uns streiten. Wegen alberner Kleinigkeiten werfen wir uns böse Worte an den Kopf! Nach dem Wutausbruch tut sie manchmal so, als gebe es mich nicht mehr und als sei ich nie nach Hause zurückgekehrt. Stumm kommt und geht sie, kauft im Supermarkt ein, macht ihren Nähkurs in der Pfarrei, besucht unsere süße Lisa, was meinen Neid ins Unermessliche treibt. Kurz gesagt, sie beweist mir, dass sie ihr Leben weiterführt, während ich wie ein Goldfisch im Glas allein bleibe. Hat der Streit dagegen einen zweiten Akt, reitet sie garantiert wieder auf der Sache mit der Arbeit herum. Sie beschimpft mich nach Strich und Faden, aber am Schluss sagt sie immer im Ton eines Generals, der einen frisch eingezogenen Rekruten zurechtweist: »Von mir aus brauchst du keine Arbeit zu finden, aber suchen musst du schon! Wenigstens kommst du dann raus, siehst die Welt wieder und begreifst, dass du nicht der Einzige bist, der von dieser Welt enttäuscht ist!«

Diese Worte wirken wie ein Zauberspruch. Sofort ziehe ich meine Jacke an, nehme die Kellerschlüssel, und weg bin ich. In Sesto San Giovanni gehe ich bei zwei, drei Betrieben vorbei, da, wo früher Marelli und Falck waren – weiß Gott, was mit denen passiert ist. Man sieht nur noch Wohnhäuser. In Bovisa gibt es statt der Fabriken nun die Studenten der Technischen Hochschule, das sieht schon ganz anders aus.

Alle kommen mir mit diesem europäischen Curriculum und dem Internet, der Teufel soll sie holen. Nur ein Angestellter hat die Verwirrung bemerkt, die mir ins Gesicht geschrieben stand, und mir geraten, mich bei irgendwelchen Gratiscomputerkursen von der Region Lombardei einzuschreiben. Ich habe mich herzlich bedankt, aber hingehen werde ich nicht, weil ich keine Lust mehr habe zu lernen. Man kann nicht auf jeden Zug aufspringen, einige muss man verpassen, andere fahren lassen und sich damit abfinden. Also bin ich von den Fabriken zu den Geschäften übergegangen, aber es sind nur noch wenige. Die Einkaufszentren haben die meisten Läden geschluckt, und die wenigen, die überlebt haben, sehen aus wie todkrank. Entweder ich bin zu alt, oder sie brauchen niemanden, oder mir fehlt das Zeugnis, oder wer weiß, was sie sich noch alles ausdenken. Da sie in den Bars junge Leute vorziehen, bleiben mir nur noch die Verkaufsstände auf dem Markt, doch als ich das mit Maddalena besprechen wollte, gab es gleich wieder Streit, weil sie nicht will, dass ich das mache. Sie sagt, da erkälte ich mich nur, und dann geben wir das Geld, das ich verdiene, in der Apotheke aus. Ich habe trotzdem beschlossen, dass ich mich demnächst in der Früh bei der Sammelstelle in der Via Ripamonti melde, und wenn ich Arbeit finde, nehme ich sie.

Heute mag ich allerdings nicht die Nase vor die Tür stecken. Ich will daheim bleiben, denn mir fehlt das Gefängnis. Ja, so ist es, mir fehlt der Knast. Titta, Stefano, der Gestank des Aborts, die schimmlige Matratze, der Fensterspalt, an den ich mich zum Rauchen stellte … Erst jetzt begreife ich, wie geschützt ich hinter Gittern war. Wenn ich mich dort als Versager fühlte, war ich wenigstens nicht der einzige. Hier draußen dagegen begegnet man Leuten, die dir die ganze Lebenslust um die Ohren hauen, die bei dir verpufft ist.

Zum Mittagessen gibt es *verduretta,* grünes Gemüse. Das kocht Maddalena jeden Donnerstag. Es reinigt den Darm. Danach einen Apfel, einen kochend heißen Espresso, und dann pflanze ich mich vor den Fernseher. Den Ton höre ich gar nicht. Mir wird warm ums Herz, und ich knöpfe den Pulli auf. Sich zu erinnern ist schöner, als zu leben, denke ich, während ich mich ein wenig zurücklehne.

Die letzten Monate meines vierzehnten Jahres waren sehr stürmisch. Nur dieser Dummkopf von Maddalenas Onkel hatte nichts kapiert. Vielleicht stellte er sich auch nur dumm, um den Preis nicht zu zahlen, was einmal mehr beweist, dass den Leuten, auch denen, die sich aufplustern und laut herumbrüllen, in Wirklichkeit nicht das Geringste am Schicksal ihrer Mitmenschen liegt. Hätte er auf mich schießen wollen, hätte er jede Möglichkeit dazu gehabt. Eine Ladung Salzschrot war nichts Ungewöhnliches damals.

Auf unseren Rädern fuhren wir nebeneinander her und gingen noch einmal die letzten Einzelheiten durch, und ich flehte Maddalena an, keine Angst zu haben.

»Die Kalabresen gehen am Samstag in die Bar, keiner bleibt zu Hause, keiner!«, wiederholte ich immer wieder und schwor hoch und heilig, ich hätte unseren geheimen Plan niemandem verraten.

Als ich der Bande den Tag mitteilte, sagte Oronzo, dann könnten wir ja jetzt zu der Nutte gehen.

»Ja was, wartet die schon auf uns?«

Und er: »Keine Sorge, du wirst Spaß dran haben.«

Unterwegs rauchte ich nervös, ich konnte es nicht fassen, dass ich hier mit diesen Männern herumzog, die in der Baracke kaum je das Wort an mich richteten. Sie dagegen waren bester Laune und konnten es kaum erwarten. Sie führten mich in die Gegend des Cimitero Monumentale. Dort standen eine Menge dieser Damen herum, Busen, Schenkel und alles entblößt, und ich fragte mich, wie sie es machten, nicht zu frieren. Oronzo forderte mich auf, mir diejenige auszusuchen, die mir am meisten zusagte, und ich wählte eine mit üppigem Hintern. Sie schien mir die Jüngste zu sein. Als ich sie Oronzo zeigte, strich er sich das Hemd glatt, nahm mich am Arm und begleitete mich. Ich glaube, die Signorina hielt uns für Vater und Sohn.

Er sagte: »Kompletter Service, bitte, und sei lieb zu ihm, er ist Anfänger.« Er übergab ihr das Geld und klopfte mir anschließend auf die Schulter: »Lieber Ninetto, das ist unser Hochzeitsgeschenk, mit den besten Wünschen auch für deine Frau.« Dann umarmte er mich. Die Nutte schaute uns ratlos an und sagte, bevor wir losgingen: »Herzlichen Glückwunsch auch von mir.« Gott sei Dank machte sie alles allein, und ich muss zugeben, sie war gut und professionell. Sie führte mich an einen dunklen Ort, den ich nie wiedergefunden habe, denn in dem Moment war ich zerstreut und ließ mich schieben wie ein Einkaufswagen. Es war weder schön noch schrecklich. Wenn ich daran zurückdenke, sehe ich mich, wie ich es stocksteif und mit kaltem Hintern einfach schnell hinter mich bringen wollte. Ich war traurig, und sie vermutlich genauso, denn sie stöhnte nicht ein Mal. Sie streichelte mir nur über die Wange, bevor wir uns verabschiedeten. Immer werde ich mich an ihre abwesenden Augen erinnern, denn sie verrieten, welche Demütigung ihre Arbeit bedeutete. So wie die verbrannte Haut des Tagelöhners auf dem Feld.

Mit langem Gesicht kehrte ich zu den Kalabresen zurück. Es tat mir leid, denn sie erwarteten, mich leicht wie eine Feder daherschweben zu sehen, doch mir war einfach nicht danach. Die ganze Nacht lang zog ich mit ihnen noch um die Häuser, und kannte ich sie von der Baracke als still und in sich gekehrt, so waren sie draußen laut und rauflustig und warfen ihr Geld hemmungslos für die Nutten raus. Sie wollten unbedingt meine Hochzeit feiern, und wir gingen Bier trinken in einem Lokal am Viale Zara, einer Straße, wo viel los ist. Hier wollten sie noch einmal zu den Nutten und stritten mit einer Gruppe Sizilianer darüber, wer schon länger Schlange stand. Ich wurde immer nervöser. Wirst sehen, dass ich mich heute Nacht noch mit Sizilianern prügeln muss, und das auch noch auf Seiten der Kalabresen, sagte ich mir und schob das Messer tief in die Tasche, denn dort bei den anderen gab es sicher welche, die besser damit umgehen konnten als ich; ich hatte es ja nur einmal in San Cono aufgeklappt. Zum Glück entspannte sich die Lage wieder. Ich hätte nie geglaubt, dass so viele Leute zu diesen Frauen gehen. Und auch nicht, dass nachts so viele Schlägereien zwischen regionalen Banden passieren. Ich wusste rein gar nichts von der Welt. Es brauchte wenig, um mich hereinzulegen.

Das war mein Abschied vom Junggesellendasein. Dann kam der Tag, auf den ich so lange gewartet hatte, und am Abend vorher kaufte ich wieder Brathühnchen und Rotwein, um mit den Kalabresen noch einmal die geplante Räumung der Baracke durchzugehen. »Um halb zwei verschwindet ihr und lasst alles sauber und ordentlich zurück.«

»Jawohl, mein Herr«, erwiderte Evandro.

Da man nicht auffallen durfte, zog ich mich an, als wäre es irgendein Tag und nicht der wichtigste meines Lebens. Ich setzte mich auf das übliche Mäuerchen und beobachtete die Via Silvio Pellico, auf der wie verabredet Maddalena erscheinen sollte. Zu Hause hatte sie erst gesagt, sie wolle mit Freundinnen ausgehen, aber der Onkel blieb hart wie Stein, kalabresischer als alle Kalabresen zusammen. Deshalb gab sie schließlich vor, sie müsse am Samstagnachmittag in der Backfabrik Überstunden machen, und natürlich zuckte der Onkel nicht mehr mit der Wimper. Ihre Freundin Cristina holte sie ab, und um zu mir zu kommen, machten sie einen weiten Umweg. Punkt Viertel nach zwei sah ich meine Maddalena auf ihrem Rad auftauchen, kerzengerade saß sie im Sattel, und in ihren Augen las ich, dass sie genau wusste, was sie tat. Als wir drinnen waren, sagte sie, Cristina gehe nun *sciura* Lenuccia benachrichtigen, eine rüstige Alte, deren weiße Mähne aussah wie Zuckerwatte. Sie war besser als ein Megaphon, diese Alte. Jedes Geheimnis posaunte sie in Windeseile aus.

Den Beweis, wie komisch, seltsam und verquer das Leben ist, lieferten diese gemeinsam verbrachten Stunden. Sonst reichte die Zeit uns nie, wir hätten uns überschlagen, um zehn Minuten mehr herauszuschinden, aber ausgerechnet jetzt, hier drinnen allein, fanden wir keine Worte, hatten weder Lust zu essen noch zu sonst etwas. Wir sahen uns nur in die Augen und hielten uns die Hand. Sie lachte und weinte gleichzeitig und wiederholte immerzu: »Du behandelst mich aber gut, gell?« Als ich begriff, dass sie Herzklopfen hatte vor Angst, ich könnte sie zwingen, dachte ich, dass das Geld für die Nutte wirklich hinausgeworfen war. Ich näherte mich ihrem sommersprossigen Gesicht: »Maddalè«, sagte ich, »keine Angst, ich will nichts. Ich bin doch kein Unhold.« Da beruhigte sie sich endlich, bekam etwas Appetit, und zum ersten Mal setzten wir uns gemeinsam an einen Tisch. Genüsslich verspeiste sie die Pizza und die Torte, ein Prachtexemplar mit Biskuit und Maraschino.

Als wir ans Fenster traten, stand draußen der Onkel, der mich nicht einmal schief ansah, denn im Grunde war es genau das, was er wollte. Nur die Tante plärrte noch.

»Wer soll euch jetzt bloß verheiraten, wo ihr noch nicht mal alt genug seid!«, jammerte sie.

Schlagfertiger als gewöhnlich erwiderte ich: »Beruhigen Sie sich, Signora Wiewardername, wir haben ja Grips im Kopf und schon an alles gedacht! Der Cousin meines Vaters ist Pfarrer, und wenn wir runterfahren, um die Nachricht zu überbringen, wird er uns ohne Umstände trauen, denn in San Cono sind wir nicht so kleinlich!«

Die Kalabresen und auch die Kinder aus den anderen Baracken applaudierten. *Sciura* Lenuccia gratulierte uns in mailändischem Dialekt: »Gut gemacht, *napulì,* mit dem Durchbrennen geht alles schneller!« Sie war die Einzige, die *napulì* sagte, ohne einen zu beleidigen, denn sie sagte es sanft und freundlich. Und tatsächlich zogen wir nach der Reise zu unseren Rumpffamilien in ihre leer stehende »Taverne« ein. In die Baracke Nr. 4.

15

Das Schöne am Durchbrennen, an unserer *fuitina,* waren nicht die vielen Stunden allein in der Baracke. Das Schöne war die Reise im *treno del sole* in der umgekehrten Richtung. Außerdem bedeutet *fuitina* im Dialekt kleine Flucht, und genau das war es für uns. Eine kleine Flucht, um in die Heimat zurückzukehren und einander zu zeigen, wer uns in die Welt gesetzt hatte, welche Dörfer uns gezwungen hatten wegzugehen und auf welchen Straßen wir uns als Kinder getummelt hatten.

Der Zug nach Süden ist nicht der gleiche wie der nach Norden. Es ist was ganz anderes. Die leeren Waggons sprechen eine deutliche Sprache, sie sagen, dass auch das Dorf leer ist, in das du fährst. Es gibt keine Arbeit, es gibt nichts zu tun, und auch die Menschen, die du wiederzufinden hoffst, sind nicht mehr da.

Maddalena fürchtete sich davor, nachts zu fahren, und unter dem Vorwand, sie zu beruhigen, drückte ich sie fest an mich. Vor dem Einschlafen unterhielten wir uns über unsere Dörfer, und zum Spaß erteilte ich ihr Aufgaben: »Beschreibe mir deine Mutter«, sagte ich, »dein Dorf und die Schule, in die du gegangen bist.« Dann stellte sie mir die gleichen Fragen, und wir hatten viel Spaß. Ich erinnere mich, dass auch der Mann mit dem Imbisswagen vorbeikam und Maddalena zu mir sagte, ich solle kein Geld ausgeben – wie eine gestandene Ehefrau. Bevor uns die Augen zufielen, erzählte ich noch, wie die Reise mit Giuvà verlaufen war und wie viel Wasser seither unter den Brücken hindurchgeflossen war ... Giorgio und Mena, Mario und Carletto, die fette Chefin der Wäscherei, Maria Rosa mit dem schönen Busen, Antonio, Currado ... Kein Mensch weiß im Voraus, wen er findet und wen er verliert und welche Wohnung und welche Fabrik Gott für ihn vorgesehen hat.

Diese sehr lange Reise kam mir so kurz vor, wie einmal durch die Via Silvio Pellico zu radeln. Aber das ist nicht verwunderlich, so ist es, wenn man liebt. Die Zeit reicht nie, und das Herz hüpft vor Ungeduld, es lässt die Uhrzeiger schneller gehen und pumpt Freude bis in die kleinen Zehen.

Im Anschluss an den Zug nahmen wir einen Bus, der durch Dörfer und Dörfchen fuhr. Am Fenster bewunderte Maddalena die Landschaft, denn Sizilien ist nun mal die schönste Region Italiens. Sogar die Amerikaner wollten es nach dem Zweiten Weltkrieg an sich reißen, und wahrlich, nur die Hand Gottes hat sie dabei aufgehalten.

Mein Vater hatte mir gesagt, er würde uns an der Haltestelle abholen. Er hatte gelogen. Mittlerweile lebte er nur noch in der Bar, alles andere war ihm egal. Nach Hause kam er nur zum Schlafen und um sich umzuziehen.

Während wir durchs Dorf gingen, hielt ich den Kopf gesenkt und zog mir die Mütze bis über die Augen. Ich mag es nicht, wenn mich die Leute auf der Straße anhalten und mir die üblichen Fragen stellen. Es ist nur vergeudete Zeit. Entweder bist du im Leben eines Menschen präsent oder nicht. Und wenn nicht, genügt es, sich zuzuwinken und weiterzugehen.

Auch daheim trafen wir meinen Vater Rosario nicht an. Ich sagte zu Maddalena, sie solle sich auf den Koffer setzen und auf mich warten. Schließlich fand ich ihn in der Bar Italia, wo er mit zwei Unbekannten Karten spielte. Er war so ins Spiel vertieft, dass er mich ganz verwirrt umarmte und sagte: »Wir sehen uns später, tut mir leid, mein Sohn.«

Am liebsten hätte ich erwidert: »Du kannst mich mal, von wegen mein Sohn.«

Eine Stunde später kam er heim und tat so, als sei er gerannt. Bevor er mich umarmte, begrüßte er

Maddalena und sagte zum Scherz zu ihr, sie müsse zugeben, dass der Vater eindeutig besser aussehe als der Sohn.

Die Wohnung war noch genauso wie bei meinem Weggang, schmutzig und unaufgeräumt. Der Tisch voller Krümel, die er unter Entschuldigungen mit der Hand auf den Boden fegte. Die Katze kam mir nicht mehr mit hoch erhobenem Schwanz entgegen wie damals, als ich ihr ab und zu eine Sardelle zuwarf, sondern blieb triefäugig unter dem Tisch sitzen.

Während er ungeschickt Ordnung zu machen versuchte, beobachtete ich ihn und begriff, dass Rosario Giacalone zwar immer noch mein Vater war, wir uns aber unaufhaltsam voneinander entfernt hatten. Immer mehr in all den Jahren. Als er mich nun so sah, ein gestandener Mann und noch dazu mit Frau am Arm, konnte er nur noch zusehen, wie ich einen Weg einschlug, auf dem wir uns nicht mehr begegnen würden. Es war vorbei mit Gürtel, Gebrüll und Befehlen. Und auch mit Fahrten im Dreiradkarren oder auf dem Fahrrad, wo ich vorne auf der Stange saß. Um das Loch zu füllen, das die Ferne reißt, müsste man sehr gut reden, schreiben und seine Gefühle ausdrücken können, das aber war bei Rosario Giacalone nicht der Fall. Er war noch nie sehr gesprächig gewesen, im Gegenteil, wenn eine Geste zum Verständnis genügte, umso besser. Daher wäre ich am liebsten gleich wieder abgehauen, auch wenn heute nicht mehr die Sardellen der Grund waren wie in jenem Winter 1959, sondern die Fremdheit.

Wir sprachen über die Hochzeit, und mein Vater bestätigte sofort, dass sein Cousin, Don Fabrizio, uns problemlos trauen würde. Die Sache mit dem Alter sei ein Blödsinn.

»Ach was, Gesetz hin oder her!«, sagte er lachend. »Ich gehe ihn sofort fragen, wo und wann.«

Als wir wieder allein waren, begann Maddalena, obwohl sie müde und durcheinander war, den Boden und die Küche zu putzen. Sie meinte, das sei schon in Ordnung, man müsse meinen Vater verstehen, »es ist schon viel, wenn einer, der so viel durchmacht, nicht vor Kummer am Boden zerstört ist«.

Aus dem Pfarrhaus zurück, berichtete uns mein Vater, dass Don Fabrizio sein Wort zurückgenommen habe. Wir seien zu jung, und er traue uns doch nicht. Er war fuchsteufelswild, genauso wie damals, wenn Dottor Cucchi aus dem Schlafzimmer kam. Ich kam gar nicht dazu, mich zu empören, denn er brüllte herum und nahm mir die Flüche aus dem Mund, die ich hätte ausstoßen müssen, wo ich doch extra deshalb mit Maddalena aus Mailand hergekommen war. Er schrie und plärrte, plärrte und schrie, bis er sagte, er gehe noch mal weg und regle die Sache.

»Regt euch nicht auf, ich bringe alles in Ordnung, ich schwöre es bei der Madonna.« Damit knallte er die Tür so fest zu, dass sie fast aus den Angeln fiel.

Wir sahen uns in die Augen. Maddalena hatte keine Kraft mehr, noch weiter die Wohnung zu putzen oder ein Glas Wasser zu verlangen oder sich umzuziehen, weil das Kleid ihr mittlerweile am Körper klebte. Steif und stumm saßen wir da. Ich brachte es noch nicht einmal über mich, sie in die Arme zu nehmen. Die Scham über mein Zuhause und meine Familie nagte zu sehr an mir.

Erst spätabends kehrte mein Vater zurück und merkte gar nicht, dass wir zwei wandelnde Leichen waren. »Ich habe alles geregelt. Morgen früh werdet ihr von Don Fabrizio getraut«, sagte er und fügte leise hinzu: »Ziemlich früh allerdings.«

»Um wie viel Uhr, Papa?«

»Früh«, wiederholte er, aus dem Fenster blickend.

»Gut, aber um wie viel Uhr?«

»Um halb fünf.«

Ich habe tatsächlich morgens um halb fünf geheiratet! Die richtige Zeit für Berufsdiebe! Sogar die Erinnerung ist verschwommen, denn wir waren nicht bloß aufgeregt, sondern auch noch im Halbschlaf, und die Unterschriften im Register sind ganz schief geworden. Mein Vater hatte am Vorabend in San Cono zwei Galgenstricke aufgelesen, und die waren ihm ins Pfarrhaus gefolgt. Sie hatten Don Fabrizio an der Gurgel gepackt und gesagt, wenn er es eilig habe, zu seinem Herrn Jesus Christus zu kommen, seien sie da, um mit Hand anzulegen. Anfangs hatte der Pfaffe sich gewunden und versucht, um Hilfe zu rufen, doch die beiden hatten ihm den Mund zugehalten und gesagt, so sei es nun mal und er solle lieber Ruhe geben, aber sofort. In der Nacht hatten sie bei ihm geschlafen, um ihm das bisschen Gesellschaft zu leisten, das nötig war, damit er seine Meinung nicht änderte, und um kurz nach vier waren wir zur Stelle. Ninetto Giacalone und Maddalena Reggina, beide fünfzehn Jahre alt, unbescholtene und ehrliche italienische Staatsbürger, wurden behandelt wie zwei Banditen. In der Sakristei getraut mit einem Ritus, der keine drei Minuten dauerte, von Don Fabrizio, dem in der kalten, leeren Kirche der Schweiß auf der Stirn stand vor Angst, Prügel zu beziehen.

Als wir die Kirche verließen, wollte mein Vater uns unbedingt zum Frühstück in die Bar Torino einladen, und das war unser Hochzeitsfest. Törtchen und warme süße Brötchen mit Milch und Schokolade. Maddalena, ich, mein Vater und diese beiden Lumpen. Mit brennender Zigarette sah er uns schweigend beim Essen zu, denn mein Vater schwieg wie immer, Gefühle waren nicht seine Sache.

Auf dem Heimweg erschien endlich der erste Sonnenstrahl am Himmel, und ich weiß noch, dass ich fragte: »Papa, tut es dir leid, dass du mit deinem Cousin gestritten hast?«

»Nein«, antwortete er. »Es ist mir scheißegal. Mir ist niemand mehr wichtig.«

16

Ich weiß, dass ich kein Dichter bin, und jetzt, mit siebenundfünfzig, werde ich gewiss keiner mehr. Ich fühle mich alt. Manchmal passierte es mir, während ich arbeitete oder durch die Straßen ging, dass ich ein paar schöne Worte vor mich hin sagte, die für meine Ohren klangen wie ein Gedicht, aber wer weiß. Doch wie den Dichtern gefällt auch mir der Mond. Das Gedicht von Giacomo Leopardi, der den Geburtstag feiert, indem er ganz allein auf dem Hügel den Mond betrachtet, kann ich bis heute auswendig. Ich folge dem Mond mit dem Blick, wenn er noch weit entfernt am Himmel steht. Ich sehe zu, wie er langsam zu leuchten beginnt wie eine dieser Energiesparlampen. Der Mond wird hell, und der Himmel verlöscht.

Auch in San Cono beobachtete ich den Mond, während ich mit Maddalena auf dem Gehsteig saß. Feucht und verschleiert tauchte er über dem Glockenturm auf und zog dann über das Schieferdach des Hauses des Schneiders, bis er über unseren

Köpfen ankam. Wir blieben draußen, teilten uns Brot und Tomaten und liefen beim Essen die Via Archimede auf und ab. Die Stille auf der Straße und das weiße Licht auf den Hauswänden waren besser als tausend Worte.

Die Tage mit meinem Vater waren leer. Nach unserer heimlichen Trauung wollten wir nur noch weg. Natürlich konnte ich nicht abreisen, ohne bei meiner Mama und dem hochverehrten Lehrer Vincenzo Di Cosimo vorbeigeschaut zu haben, der noch immer uns gegenüber wohnte. Maddalena war seit je eine Frohnatur, und als ich ihr vorschlug, den Lehrer Vincenzo herauszurufen, machte sie sofort mit, weil sie ihn nur vom Hörensagen schon liebgewonnen hatte. Beim dritten Ruf schaute er heraus, und ich machte die beiden von Balkon zu Balkon bekannt: »Herr Lehrer, das ist meine Frau Maddalena, Maddalena, das ist mein Lehrer Vincenzo Di Cosimo!« Er riss die Augen auf und musterte eine Weile mein verändertes Gesicht. Dann bedeutete er uns mit einem Winken, ihn zu besuchen.

Er war noch derselbe wie damals, als ich ihm zum Abschied um den Hals gefallen war, um ihm meine Zuneigung zu zeigen. Wir setzten uns an seinen großen Tisch, und er fragte, ob er uns einen Espresso oder ein Glas Milch oder einfach Wasser anbieten dürfe. Ich nahm Milch, Maddalena einfach Wasser, der Lehrer Vincenzo Espresso.

»Bevor ich von mir erzähle, sagen Sie mir doch, wie es meinen Freunden aus der alten 5 B geht«, erkundigte ich mich gespannt.

Er erwiderte, dass alle, die regelmäßig gekommen seien, den Grundschulabschluss geschafft hätten, doch er wisse nicht genau, wie es ihnen weiter ergangen sei, denn es genüge nicht, in einem winzigen Dorf zu wohnen, um über die Leute Bescheid zu wissen. Unser Alter kommentierte der Lehrer nicht. Stattdessen meinte er, das Leben zu zweit anzugehen sei immer die beste Wahl. Während er das sagte, so erinnere ich mich, blickte er immer wieder auf die gerahmte Fotografie, die auf seinem Nachttisch stand. Wer weiß, wer dieses Mädchen war, ob tot oder lebendig, nah oder fern.

Beim Lehrer Vincenzo fehlten mir die Worte nicht. Im Gegenteil, die Gedanken und Geschichten stauten sich in meinem Kopf, und ich brauchte Anweisungen und Aufgaben, um sie geordnet darzulegen.

»Erzähl von Anfang an, von dem Moment, in dem du aus dem Zug gestiegen bist«, sagte er zu mir, als drückte ich noch die Schulbank, »wo du gewohnt hast, was du gearbeitet hast, was für Freunde du gefunden hast.«

Dank dieser Anleitung kam ich rasch vorwärts und berichtete alles: Bienenstock, Herberge, Baracke, fette Wäschereichefin, Baustelle, Antonio, Currado »und sonst niemand«, schloss ich und breitete die Hände aus, »denn im Gegensatz zu Maddalena, die einen Schwarm von Freundinnen hat, sind Freunde nicht mehr meine Stärke«. Vor lauter Erzählen vergaß ich, mir den weißen Milchschnurrbart abzuwischen, und es war schön, dass meine Frau das für mich tat.

Am Ende meiner Schilderung atmete ich tief durch und leerte mein Glas. Ich erwartete, dass der Lehrer mich fragen würde, wie es mit dem Tagebuchschreiben gehe, doch er fragte nichts dergleichen. Vielleicht hatte er begriffen, dass ich nie etwas geschrieben hatte, oder ein Tagebuch ist nach dem Verschenken etwas so Intimes wie eine Unterhose, dann wäre es unhöflich, es auch nur zu erwähnen. Er fragte vielmehr Maddalena, wo sie geboren sei und bis zu welcher Klasse sie die Schule besucht habe. Als sie ihm sagte, dass sie die fünfte Klasse abgeschlossen hatte, freute er sich sehr. Danach erklärte er ihr, Kalabrien sei nicht nur eine rauhe, arme Gegend, sondern dort hätte es auch wichtige Leute wie Pythagoras gegeben, der mit dem Geometrie-Lehrsatz, und Tommaso Campanella, ein Dichter, der in seinem Leben viel erdulden musste, es aber erhobenen Hauptes ertrug. Der Lehrer erzählte uns, dass dieser Signor Campanella der Sohn eines Schusters und so arm war, dass er nicht in die Schule gehen konnte. Da er aber einer war, der nie den Mut verlor, nicht einmal, wenn ihm das Wasser bis zum Hals stand, folgte er dem Unterricht des Lehrers am Fenster und lernte dort einen Haufen Sachen. Mit großen Augen hörten Maddalena und ich dieser Geschichte zu, doch dann wurde es Zeit zu gehen, und mein Freund schenkte uns wieder eine Tafel Schokolade und ein Buch mit Gedichten aus dem alten Griechenland, mit Abbildungen von Landschaften, auf denen die Menschen winzig schienen und das Meer und die Berge grenzenlos. Ich weiß nicht, wie oft ich diese Gedichte gelesen habe. Und auch Maddalena kennt sie gut, weil ich sie ihr auf der Rückreise vom ersten bis zum letzten vorgetragen habe. Jedenfalls verließen wir sein Haus beide voller Tatendrang und schöner Hoffnungen, und das Dorf wirkte weniger trostlos, weil dieser Mann einen ermunterte, nie den Mut zu verlieren, genau wie Signor Campanella.

Als wir heimkamen, war mein Vater nicht da. Ich setzte mich an den Tisch und rauchte, und beim Anblick des verkommenen Wohnzimmers verflog das Hochgefühl, das der Lehrer mir eingeflößt hatte, in wenigen Minuten. Ich sah mich um und spürte, dass mir alles fremd war. Da war ich endlich in San Cono und wollte nur noch nach Hause. Und wenn ich »nach Hause« sagte, meinte ich unsere Unterkunft in einer Baracke mitten im Nirgendwo am Stadtrand von Mailand.

17

Gestern bin ich vergeblich durch Greco und die Bicocca geradelt. Zu meiner Zeit gab es in dieser Gegend Felder, nur Felder, und jetzt stehen da reihenweise Gebäude aus Gipsplatten. »Alles Ableger der Universität«, erklärte mir ein Passant.

Auch dort habe ich nichts gefunden. Sie brauchen nicht einmal einen Tellerwäscher.

Heute starte ich einen neuen Versuch. Via Melchiorre Gioia und dann die Gegend um Porta Garibaldi, voller neuer Wolkenkratzer. Echt beeindruckend. Himmelhohe Glastürme, manche sind schief oder seltsam geformt, auf anderen blinken oben Antennen, damit keine Hubschrauber reinfliegen. Nachdem ich eine ganze Weile an den Fassaden nach oben geschaut habe, kriege ich Lust zu sehen, wie so ein Wolkenkratzer von innen ausschaut, und öffne eine hohe Glastüre. Eine riesige Empfangshalle, glänzender Fußboden, kalte Stille. Nur der Lift bewegt sich. Ich gehe auf den einzigen Menschen zu, den ich sehe. Er steht hinter einer lackierten Theke und mustert mich, während ich mich nähere. Ich frage ihn, ob sie jemanden brauchen, worauf er phantasielos erwidert, ich solle mein Curriculum dalassen.

»Euroformat?«, frage ich rhetorisch.

»Ja, wäre besser.«

Dieser Herr hat ein gutmütiges Gesicht und wirkt nicht sehr beschäftigt. Also atme ich durch die Nase ein, stütze die Ellbogen auf die Theke, versichere mich, dass hinter mir niemand ansteht, und strecke dann den Hals vor.

»Entschuldigung, darf ich dich um einen Gefallen bitten?«

»Selbstverständlich«, antwortet er, immer noch freundlich.

»Alle fragen nach diesem Curriculum, aber niemand kann mir sagen, was ich machen muss. Sie meinen, ich solle ins Netz gehen, aber da kenne ich mich nicht aus. Zeigst du es mir?«

Er wirft mir einen nachdenklichen Blick zu, und meiner Ansicht nach trifft seine Schlussfolgerung ins Schwarze: Er hält mich für einen ungebildeten Arbeitslosen, der nicht weiß, was das Netz ist, und das stimmt ja. Er nickt mit dem Kopf und druckt am Computer ein paar Seiten aus, sagt, ich solle sie lesen und ausfüllen. An diesem Punkt setze ich alles auf eine Karte und frage, ob ich mich zum Schreiben in eine Ecke verziehen darf, damit er es mir dann korrigiert. Der gute Mann schaut mich an, deutet auf einen Sessel und erwidert: »Kein Problem.« Das sagte auch der weise Titta immer, der ebenfalls keine Probleme hatte, sondern immer nur Lösungen.

Bei PERSÖNLICHE DATEN läuft es wie geschmiert. Die Schwierigkeiten beginnen bei den anschließenden Punkten. Und ich bewältige sie wie folgt:

BERUFSERFAHRUNG: *Bauer in San Cono, Laufbursche in der Wäscherei Milano, die es nicht mehr gibt, Maurer auf verschiedenen Baustellen, zweiunddreißig Jahre lang Arbeiter bei Alfa Romeo in Arese. Genaue Tätigkeit: Überwachung der automatischen Drehmaschine (4 Jahre) und Gabelstaplerfahrer (28 Jahre).*

AUSBILDUNG UND FORTBILDUNG: *Hauptschulabschluss. Note: gut.*

FREMDSPRACHEN: –

Viel komplizierter ist das Kapitel KOMPETENZEN. Ich bin versucht, den Finger zu heben und um Hilfe zu bitten, quetsche aber mein Hirn aus, weil ich es allein schaffen will.

SOZIALE FÄHIGKEITEN UND KOMPETENZEN:

Z. B. Leben und Arbeiten mit anderen Menschen,

in multikulturellem Milieu, in Positionen, bei denen es auf die Kommunikation ankommt, und in Situationen, in denen Teamwork wesentlich ist, etc.: *Ich habe gern Leute um mich, die mit mir arbeiten, ist ja klar. Auf der Baustelle und bei Alfa Romeo war man immer in der Gruppe, und wo nötig, half man einander. Auch jetzt könnte ich noch mit anderen arbeiten, aber mit dem Alter bin ich mehr zum Einzelgänger geworden, und daher würde ich es, wenn möglich, vorziehen, allein zu arbeiten. Ich bin ein stiller, konzentrierter, nachdenklicher Mensch.*

ORGANISATORISCHE FÄHIGKEITEN UND KOMPETENZEN: Z. B. Koordinierung und Verwaltung von Personen, Projekten, Bilanzen: *Ich bin pünktlich und genau, das ja. Aber ich war es noch nie gewöhnt, zu koordinieren und zu verwalten, da ich nach der vierten Klasse Grundschule nach Mailand gekommen bin und den Hauptschulabschluss in der Abendschule von Alfa Romeo gemacht habe. Was Projekte und Bilanzen betrifft, dazu könnte ich meiner Ansicht nach fähig sein, denke ich, denn Projekte sind ja das Gleiche wie Träume mit offenen Augen, und Bilanz zieht man jeden Abend, wenn man die Nachttischlampe ausknipst und überdenkt, wie der Tag gelaufen ist.*

TECHNISCHE FÄHIGKEITEN UND KOMPETENZEN: Z.B. Erfahrung mit Computerprogrammen, Spezialwerkzeug, Maschinen etc.: *Wenn es mir beigebracht wird, lerne ich es. Computer allerdings nicht, der ist in einem Alter in meinem Leben aufgetaucht, in dem ich lieber das perfektionieren möchte, was ich schon kann, und nicht mehr bei null anfangen.*

KÜNSTLERISCHE FÄHIGKEITEN UND KOMPETENZEN: Z.B. Musik, Schreiben, Zeichnen etc.: *Vor langer Zeit konnte ich mal Gitarre spielen. Ich mag Romane und mehr noch Gedichte, aber leider kann ich selbst keine schreiben. Mein Lieblingsdichter heißt Giovanni Pascoli. Als ich Mitglied bei der Gewerkschaft war, habe ich auch Bücher über Geschichte, Politik und Geographie gelesen, jetzt dagegen ziehe ich kurze Romane vor.*

FÜHRERSCHEINE: *Ich habe nie ein Auto besessen. Ich kann Fahrrad und Moped fahren.*

Der Herr liest, was ich geschrieben habe, und nach dem Zucken in seinem Gesicht muss er sich entweder das Lachen verbeißen oder möchte sich die Haare raufen. Doch dann hebt er nach der letzten Zeile den Kopf und sagt überzeugt: »Sehr originell, ich würde es so lassen.«

Wortlos tippt er meine Worte in den Computer, druckt etwa zwanzig Kopien aus und sagt, ich solle sie unterschreiben. Briefkuverts habe er nur mit Firmenlogo, sonst hätte er mir welche geschenkt.

»Dass ich im Gefängnis war, habe ich nicht reingeschrieben«, gestehe ich ihm, meine Füße betrachtend.

Aber ich glaube, der Typ ist Jesus Christus in Anzug und Krawatte, denn er ist kein bisschen entsetzt und sieht mich auch nicht strafend an. Er sagt nur: »Danach wurde ja auch nirgends gefragt.«

Darauf schaue ich ihn mit einem Blick an, den man nur als verliebt bezeichnen kann, und sage spontan: »Willst du mal an einem Abend mit deiner Frau zum Essen kommen? Das würde mich sehr freuen und meine Frau sicher auch. Maddalena ist eine hervorragende Köchin.«

»Ich habe keine Frau, ich habe einen Partner«, sagt der gute Mensch freundlich.

»Wie meinst du das, einen Partner?«

»Ich lebe mit einem Mann zusammen, er heißt Pietro.«

Mein kurzes Schweigen verrät meine Verwirrung, aber ich versuche, die Lage zu retten, indem ich begeistert fortfahre: »Na und? Dann komm mit Pietro! Komm, mit wem du willst!«, allerdings nicht mit der gleichen Seelenruhe, die er an den Tag legt, doch da er vielleicht der auf die Erde herabgestiegene Jesus Christus ist, kennt er sich in Sachen Toleranz bestimmt besser aus als ich.

Ich lasse ihm eine Kopie meines Curriculums für die Büros des Wolkenkratzers da, wobei ich ihm versichere, dass mir auch Treppenputzen recht wäre. »Vielleicht nicht alle ganz allein, das sind ja sechzig Stockwerke hier …«, und er nickt lächelnd. Dann wiederhole ich, er könne problemlos mit Pietro kommen, auch unangemeldet.

»Wir sind sowieso immer zu Hause. Maddalena sieht fern, und ich rauche am Fenster.«

Zuletzt fällt mir auf, dass ich mich gar nicht vorgestellt habe, und ich strecke ihm die Hand hin: »Angenehm, Ninetto. Vielen Dank noch mal.«

»Ich heiße Paolo.«

Ganz stolz auf mein Euro-Curriculum verteile ich achtzehn Exemplare an einem Vormittag. Bei den Geschäften eines Einkaufszentrums, einer Putzfirma und weiteren Wolkenkratzern mit Glastüren. Als Nächstes gehe ich in den Schreibwarenladen und lasse noch mehr Kopien machen, dann endlich lehne ich mich an eine Mauer und rauche eine wohlverdiente Zigarette.

Um eins bekomme ich Hunger und finde einen Pizza-Service. Dort arbeiten zwei Afrikaner. Einer bäckt Pizzas, die wunderbar aussehen, der andere nimmt am Telefon Bestellungen entgegen. Ich bestelle ein Stück Margherita und eine kleine Flasche Wasser und setze mich zum Essen auf einen Hocker, die Ellbogen auf die Theke gestützt. Neben mir isst ein Paar still seine Pizza, ganz darauf bedacht, den Belag nicht vom heißen Teig fallen zu lassen. Während ich kaue, beobachte ich die Afrikaner bei der Arbeit. Ein Kommen und Gehen von Leuten, das Telefon klingelt ununterbrochen, die Bleche zischen eines nach dem anderen auf dem Marmor … Nicht wie in der Pizzeria bei uns gegenüber, wo bloß ab und zu jemand kommt und die Tische nie voll besetzt sind. Ich warte, bis der Schwarze an der Kasse einen Moment Pause hat, schaue wieder, ob jemand hinter mir ist, und frage: »Macht ihr auch Lieferservice?«

»Natürlich.«

»Braucht ihr jemanden, der euch die Pizza ausfährt?«

»Kannst du Moped fahren?«

Ich nicke. »Ich kann dir auch mein Curriculum dalassen, Euroformat«, sage ich mit einem gewissen Stolz.

»Was willst du mir dalassen?«

»Mein Curriculum!«

»Curriculum? Nein, nein, schreib mir Namen

und Telefonnummer auf den Zettel hier, dann rufe ich dich später an, um dir die Schichten für die Woche zu sagen. Kannst du auch Samstag und Sonntag?«

Er erklärt mir, dass drei Ausfahrer bei ihnen arbeiten, zwei Studenten und ein Cousin von ihm. »Aber gelegentlich brauchen wir noch jemanden. Kennst du die Straßen hier in der Gegend?«, fragt er, so dass mir ganz schwindelig wird.

»Fast alle«, erwidere ich, ohne dass er das Stückchen Leben verstehen kann, das in meinem »fast alle« enthalten ist.

Maddalena ist sofort dagegen. War ja klar. Doch ich beginne noch am selben Abend und habe sogleich das Gefühl, in einem Film gelandet zu sein, der von einem handelt, der nie vorwärtskommt. Die Stadt ändert sich, die Bewohner ändern sich, aber er ändert sich nicht. Als alter Mann macht er dasselbe wie als kleiner Junge: Er fährt durch die Gegend und liefert Waren aus. Es ist wie verhext: Er versucht sein Leben zu ändern, tritt aber auf der Stelle, vielleicht, weil er jedes Mal die gleichen Fehler macht. Ich weiß nicht genau, warum es mir die Kehle zuschnürt, während ich mit dem spotzenden Moped von *Non solo pizza* durch die Gegend um Porta Garibaldi, Isola und Piazza della Repubblica kurve. Vielleicht hängt es damit zusammen, dass ich nun für afrikanische Immigranten arbeite, die mir jedoch zehn Euro die Stunde zahlen, mehr als ein Callcenter oder eine Putzfirma, und höflich zu mir sind, sie haben mir Arbeit gegeben und wollten nicht einmal mein Curriculum sehen, und sie haben auch keine Kaution verlangt wie damals diese fette Menschenschinderin aus der Wäscherei. Vielleicht ist es dieser Geruch nach Holzofen und Feuchtigkeit, der an meiner Jacke klebt, der mich traurig macht. Oder vielleicht sind es die Gewissensbisse, dass ich ein besseres Leben hätte haben können. Es ist nicht wahr, dass der gute Wille genügt, um das Blatt zu wenden und neu zu beginnen. Wenn du ein gutes Leben willst, in dem du dich freust, morgens aufzustehen, darfst du es nicht aufs Spiel setzen, nicht kaputtmachen. Doch was schert mich mein Gewissen – wenn ich sein Murren nicht mehr aushalte, drehe ich mein Handgelenk und gebe kräftig Gas, das Moped röhrt, und irgendwie verstummen die Gedanken mal für eine Weile.

Karim und Magdy schicken mich auch dann los, wenn nur ein belegtes Brötchen bestellt wird. Sie schrecken vor nichts zurück. Vorgestern Abend haben sie den Holzofen wieder angezündet wegen einer einzigen Pizza Margherita für einen Herrn, der nach elf Uhr mit regennassen Haaren hereingekommen ist. Manchmal essen wir auch am Ende des Abends zusammen, einfach so, an der Theke an der Wand. Keiner von uns trinkt Alkohol, sie, weil sie Moslems sind, und ich, weil ich nichts vertrage. Wir ziehen uns gutes Sprudelwasser rein. Magdy hat mir erzählt, dass er diesen Sommer zum ersten Mal seit sechs Jahren den Laden für zehn Tage zumacht, um nach Ägypten zu fahren.

»Ich hole dreihundert Kilo Weizen, dort kostet er weniger und ist sehr gut. Außerdem hat mein Vater eine Frau für mich gefunden.«

»Ach ja? Und du weißt schon, dass sie dir gefällt?«

Er nickt überzeugt, und daraufhin tue ich es ihm gleich, und wir stoßen zu dritt mit Wasser an.

Wenn ich an der Sprechanlage klingle, kommen die Leute in Pantoffeln herunter an die Haustür, um die heißen Kartons entgegenzunehmen. Die Eltern kleiner Kinder und die alten Leute bitten mich, zu ihnen hinaufzukommen. Die wenigsten wundern sich, einen weißhaarigen Herrn diese Arbeit machen zu sehen. Die Krise muss ihren Horizont erweitert haben. Wenn sie mir Trinkgeld in die Hand drücken, stecke ich es stets unbesehen ein. Schon beim Anfassen spürt man, dass es sich um leichte, wertlose Münzen handelt, die nur um der Geste willen gegeben werden.

»Pizza!« und »Danke, guten Appetit!« sind die einzigen Worte, die ich während der Arbeit ausspreche. Wenn ich heimkomme, ist Maddalena immer noch wach oder vor dem laufenden Fernseher eingenickt. Sie fragt mich, ob ich etwas Warmes möchte, und ich verneine, um ihr nicht zur Last zu fallen. Dann leere ich die Gürteltasche mit dem Trinkgeld auf den Tisch und übergebe ihr meine dreißig bis fünfunddreißig Euro, von denen ich vier für die Schachtel Zigaretten abziehe. Sie brauchen mich drei Abende in der Woche, etwa hundert Euro bringe ich also zusammen. So bessere ich Maddalenas Hausmeisterrente auf, und wir kommen fast auf tausend. Wenn ich dann auch Rente kriege, haben wir keine Probleme mehr.

Trotzdem ist Maddalena gar nicht zufrieden, sie fürchtet, ich könnte mich erkälten. Und sie hat ja recht, auf dem Moped ist es eiskalt. Immer tropft meine Nase, und wenn ich keine Ohrenschützer trage, bekomme ich Kopfschmerzen. Doch eins hat sich geändert, das fällt mir jetzt auf: Da meine Frau mir ein schönes Paar Handschuhe genäht hat, sind meine Hände nicht mehr so rot und rissig wie damals, als ich auf dem Fahrrad unterwegs war. Vielleicht ist das doch ein Fortschritt.

18

Aus der Traum. Nicht, dass ich mein ganzes Leben als Pizzabote hätte arbeiten wollen, aber noch einige Monate hätte ich gerne weitergemacht. Doch heute hat mich Magdy angerufen, und anstatt mir meine Schichten für die kommende Woche mitzuteilen, erklärte er mir, dass ein weiterer Verwandter von ihm in Italien eingetroffen ist und sie ihn beschäftigen müssen. Er sagte, wenn ich wolle, könne ich bei einer anderen Pizzeria an den Navigli nachfragen, er könne dort anrufen und ein gutes Wort für mich einlegen. Dann verabschiedeten wir uns, als würden wir uns wiedersehen, wussten aber alle beide, dass wir uns nicht mehr begegnen würden.

Maddalena vernimmt es mit Vergnügen.

»Ein Glück!«, ruft sie. »Wenigstens verbrauchst du dann nicht mehr so viele Taschentücher und wirst den elenden Husten los!«, und schon setzt sie das Wasser für meinen Kopfdampf mit Bikarbonat auf. Die Erkältung scheint schon am Nachmittag wie weggeblasen, aber damit ist mir, glaube ich, auch die Lust auf Arbeitssuche vergangen. Es ist so anstrengend und bringt doch nichts, und ich merke, dass ich es nervlich nicht mehr durchstehe. Da gibt es nichts zu pinseln, die wahre Strafe beginnt, wenn man aus dem Gefängnis rauskommt.

Da ich so zappelig bin, dass ich nicht einmal am Fenster sitzen kann, wandere ich, die Hände hinter dem Rücken, im Flur auf und ab. Auf und ab, auf und ab. Über eine Stunde lang. Bis mir ganz schwindlig ist.

»Schluss jetzt! Das ist ja nicht auszuhalten!«, bricht es aus Maddalena plötzlich heraus.

»War dir wohl lieber, als ich im Gefängnis war? Sag mir die Wahrheit, wenn ich krepieren würde, ginge es dir besser, stimmt's?«, frage ich provozierend. »Willst du, dass wir getrennt leben, damit du deine Tochter und deine Enkelin sehen kannst?«

Aber Maddalena geht nicht darauf ein, es ist nicht leicht, mit ihr zu streiten, sie dahin zu bringen, wo ich sie haben will. Diese Frau ist frei wie ein Fisch. Du kannst neben ihr herschwimmen, aber ihr sagen, wo es langgeht – vergiss es. Daher schreit sie erst noch einmal, ich sei unerträglich, dann kommt sie so nah heran, dass ich ihren Atem spüre, und sagt todernst: »Meine Tochter und meine Enkelin sehe ich auch, wenn wir uns nicht trennen! Die werde ich immer sehen!«

Diese Worte lähmen mich, und wir bleiben im Flur voreinander stehen wie zwei feindliche Soldaten, die sich unerwartet duellieren müssen. Als sie sieht, dass ich nicht vom Fleck weiche, beginnt sie, mir auf die Füße zu treten und mich zur Tür zu schieben. Ich lasse sie machen – ich gestehe, dass ich mir sogar ein bisschen das Lachen verkneife –, aber ihr ist es ernst, sie macht weiter und scheucht mich davon, als wäre ich eine Maus, die man mit dem Besen vertreiben muss. Sie nimmt meine Jacke vom Kleiderständer, setzt mir die Mütze auf, schmeißt mir den Schal um den Hals und wirft mich raus. Die Tür öffnet sie nur noch mal, um mir das Buch hinterherzuwerfen, das ich auf dem Sofa habe liegen lassen.

»Die Sonne scheint, geh bei den Chinesen einen Kaffee trinken und setz dich in den Park zum Lesen. Solltest du schon vor dem Mittagessen wieder zurückkommen, mache ich dir nicht auf!« Damit knallt sie die Türe zu und dreht den Schlüssel zweimal um.

Die Mütze schief auf dem Kopf, den Schal über der Schulter, stehe ich mit offener Jacke auf dem Treppenabsatz wie eine Vogelscheuche. Dann kommt mir Signora Rovelli entgegen, die Einzige, die mich grüßt, und ich schaffe es nicht einmal, zurückzugrüßen.

Diese Chinesen sind besser, als ich dachte. Still, diskret. Der Espresso ist allerdings eine miese Brühe. Er schmeckt nach Sand. Das Lokal ist nicht besonders sauber und ziemlich dunkel, weil sie einen Spielautomaten vors Fenster gestellt haben. Aber sie selber sind freundlich und höflich. Als ich ihm das Tässchen zurückgebe, fragt der junge Mann: »Ist gut?« Ich erwidere: »Geht so«, und mache die entsprechende Handbewegung, denn mit Wörtern kommt man hier nicht weit. Er verzieht bedauernd das Gesicht, und daraufhin lächle ich ihn erst an, dann erkläre ich ihm eindringlich, ebenfalls mit Gesten, dass sie den Kaffee frisch mahlen und gut andrücken müssen. Es ist ein junges Paar, und je länger ich die beiden ansehe, umso mehr kommen sie mir vor wie Kinder. Sie rühren mich, so ganz allein in einer Bar an der Via Jugoslavia, wo das Leben exakt genauso abläuft wie vor vielen Jahren im Bienenkorb an der Via Gorizia: Tagsüber sieht man keine Menschenseele, nur bei Arbeitsbeginn und Arbeitsschluss ist was los. Ich gehe hinter die Theke und reguliere ihm das Wasser an der Kaffeemaschine, diese Dummköpfe haben fünf bar eingestellt. Ich reguliere auch die Kaffeemühle, die zu grob mahlt. »Logisch, dass er bei dir verbrannt schmeckt, logisch!« Ich klopfe ihm freundschaftlich auf den Nacken, seine Haare sind so glatt wie Spaghetti. Nach allen Regeln der Kunst bereite ich einen Kaffee für ihn zu, mit haselnussbraunem Schaum obendrauf, der sich nicht einmal auflöst, wenn man die Tasse schwenkt. Sie schütteln mir die Hand und bedanken sich mit ihrem zeremoniellen Gehabe. Die Stimme der jungen Chinesin klingt wie das Miauen einer Katze. Sie wollen nicht, dass ich bezahle, aber ich lasse trotzdem einen Euro auf dem Tresen liegen.

Während ich Richtung Park gehe, denke ich an die beiden jungen Leute, vielleicht sind sie ja gar keine Kinder mehr, aber doch fast, wer weiß, das Alter dieser Schlitzis ist schwer einzuschätzen. Ich finde auch, dass es schön war, sich ohne Worte zu verständigen. Mit den Armen fuchteln, auf ein Blatt kritzeln, energisch hierhin und dahin zeigen. Auf diese Art sollte man immer kommunizieren, dann gäbe es keine Gemeinheiten, keine bösen Absichten, nur Gesten, wie bei den Kindern. Die Chinesen wissen nichts von mir, davon, was ich angerichtet habe, von meiner Geschichte als Emigrant, die vielleicht weniger hart ist als ihre eigene, da sie von so weit her gekommen sind. Sie schauen mich an, ohne zu sehen, was schon gewesen ist, und mit ihnen wäre es vielleicht wirklich möglich, neu anzufangen. Ja, denn die Unbekannten, das begreife ich, als ich mich im Park auf die kalte Bank setze, müssen dir nichts verzeihen. Nichts vergessen.

Gegen eins entvölkert sich die kleine Grünanlage, und ich bleibe allein. Vollkommen allein mit den leeren Bänken, dem Tretkarussell und den Krähen, die sich zwischen den Ästen der knorrigen Bäume verstecken, wo ab und zu der Wind durchfährt. Ich versuche zu spüren, ob rundum Frieden herrscht oder nur die Grabesstille des Viertels, aber es ist der Tag der Geheimnisse, ich begreife nichts. Ich schiebe das Buch in die Tasche, schmal, wie es ist, passt es hinein, und spaziere auf und ab. Ich muss zugeben, ich fühle mich nicht so schlecht wie daheim im Flur. Die frische Luft hilft.

Irgendwann überkommt mich ein seltsames Bedürfnis. Ich blicke mich um. Gemächlich nähere ich mich der Schaukel. Zuerst stupse ich sie mit dem Fuß an, wie man es bei auf der Straße liegenden Tieren macht, um herauszufinden, ob sie tot sind oder noch leben, und dann setze ich mich drauf. Hände um die kalten Ketten, Hintern auf das Holzbrett. Ich strecke die Beine und beuge meinen Hautundknochen-Körper vor. Ich schaukele. Erst langsam, dann schneller, schwungvoll und leicht. An einem bestimmten Punkt ist die Luft auf dem Gesicht wie

Wind, und ich fühle mich nicht mehr schlecht, weil ich mich gar nicht fühle. Ich bin nur noch Luft. Luft auf dem Gesicht und offener Atem.

Beim Heimkommen erzähle ich es Maddalena. Sie mustert mich streng, dann fängt sie an zu lachen und sagt, während sie wieder in die Küche geht: »Bravo, hilf dir selbst, dann hilft dir Gott!«, und ein wenig beruhigt zünde ich mir am Fensterbrett eine Zigarette an.

19

Wir besuchten meine Mama. An der Beharrlichkeit meines Vaters – »ihr braucht nicht extra nach Catania zu fahren, ich grüße sie von euch, wenn ich das nächste Mal hingehe« – hätte ich erkennen müssen, dass ich sie in einer schlimmen, sehr schlimmen Lage antreffen würde. Das Altenheim war eine mit bröckelnden Kacheln verkleidete Riesenkaserne, und die Abteilungen erreichte man über schmutzige Korridore. In den Ecken Ameisen und Kakerlaken. Es sah aus wie in Dantes Höllenkreisen. In jedem Korridor gab es massenhaft Menschen mit mehr oder weniger ähnlichen Leiden. Maddalena klammerte sich an meinen Arm und sagte, bei dem Arzneigestank komme ihr die Frühstücksmilch hoch. Wir sahen unvorstellbare Sachen, und jedes Mal, wenn wir einen der Säle voller alter Menschen betraten, die sich selbst überlassen in zerwühlten Betten lagen oder auf Stühlen zusammengesunken die Spinnweben anstarrten, betete ich, dass meine Mama nicht dabei sein möge.

Schließlich fanden wir sie auf einer Art Terrasse in einem Rollstuhl, mit verschränkten Armen ließ sie sich von der Sonne die Wangen wärmen. Zu sechst oder siebt waren sie da draußen geparkt, stumm, mit blicklosen Augen. Ich drückte Maddalena fest die Hand und zeigte sie ihr. Es war nicht leicht, sie aus ihrem Halbschlaf zu wecken, ihr begreiflich zu machen, dass ich nicht mehr der Knirps war, den man im Zuber waschen musste, sondern ein gestandener Mann von fünfzehn Jahren mit Zigarette im Mund und Ehefrau am Arm.

Vielleicht erkannte sie mich schon, als sie mein Gesicht berührte, denn um seine Kinder zu erkennen, reicht einer der fünf Sinne. Ich bin sicher, dass auch ich Elisabetta gleich in der Luft riechen würde, oder wenn ich mit den Fingern ihr verändertes Gesicht abtasten könnte. Als meine Mama mich sah, hielt sie sich die Hände schützend über die Augen und schob mich von sich, um mich genauer zu mustern. Dabei atmete sie tief. Sie sah von mir zu Maddalena und wieder zurück und lächelte endlich, aber immer noch wortlos. Bis zum Schluss war Stummheit ihre Art, sich zu behaupten. Gegen den Schmutz, die Ärzte, die Einsamkeit.

Meine Mama sah mich nicht so wie das restliche Dorf. Für sie war ich immer noch gleich. Anders, aber gleich. Ihre Augen blickten durch mein gewachsenes Äußeres in mich hinein, wo ich immer noch das kleine Kind war, das sie aufgezogen hatte, und gleichzeitig war ich nun genau wie sie, weil auch ich mich gegen vieles hatte behaupten müssen.

»Sag, wirst du hier anständig behandelt? Und wie ist das Essen, gut? Und sag, besucht Papa dich regelmäßig und bringt dir, was du brauchst?« Ich betonte jedes Wort, als ob sie taub wäre. Doch meine Mama beantwortete diese Fragen mit einem Achselzucken, als wollte sie sagen, es lohnt sich nicht, über so was zu reden, das Leben geht sowieso seinen vorbestimmten Gang.

Ich ließ Maddalena beim Rollstuhl zurück, sie sollte Mama erzählen, wie wir uns kennengelernt hatten, während ich mich auf die Suche nach dem Arzt machte. Ich wollte mich in allen Einzelheiten über ihren Gesundheitszustand informieren und persönlich überprüfen, ob es in ihrem Schränkchen Süßigkeiten und kleine Dinge gab, die sie aufmuntern konnten. Aber das Schränkchen war abgeschlossen, und den Arzt fand ich nicht. Zwar begegnete ich im Flur mehreren Ärzten, doch die blieben nicht stehen, auch wenn ich sie höflich ansprach oder ihnen hinterherlief. Mit wehendem Kittel rauschten sie einfach an mir vorbei und antworteten: »Ich bin nicht für sie zuständig«, oder: »Jetzt ist keine Sprechstunde.« Eine Dreiviertelstunde lang behandelten sie mich wie den Hinterletzten, ich lief hin und her, rauf und runter, bis ich irgendeinen von ihnen an der Gurgel packte und mit dem Rücken gegen das Metallregal drückte. Er war viel kräftiger als ich, aber das zählt nicht, gewinnen tut immer der, der mehr Wut und Schmerz im Bauch hat. Die lange Reise, mein verwahrloster Vater, die Trauung vor Tagesanbruch, als wären wir zwei Diebe, meine einsame, vernachlässigte Mama: Niemand konnte mich aufhalten. In einem Atemzug fauchte ich: »Du sagst mir jetzt klipp und klar, wie es meiner Mutter geht, Signora Immacolata Consolo, Zimmer 14, oder du bringst mich augenblicklich zu dem Arzt, der sie betreut, sonst drücke ich zu und erwürge dich.« Während ich diese Drohungen ausstieß, kamen zwei Pflegerinnen mit dem Medikamentenwagen vorbei. Sie rissen die Augen auf, hielten aber den Mund. Der Arzt begleitete mich zu einem Kollegen und sagte ihm in Dialekt, er solle mich empfangen. Der andere, ein ganz Wortkarger, erklärte mir, dass sich an der körperlichen Gesundheit nichts mehr ändern würde. Die rechte Seite war gelähmt, und das Gehirn funktionierte manchmal und manchmal auch nicht.

»Das Hauptproblem ist ihre Depression«, sagte er. »Die ist nämlich der Grund, warum sie nicht sprechen kann«, schloss der Klugscheißer. Er hatte nichts kapiert. Noch schlimmer als Dottor Cucchi war er. Selbstverständlich konnte meine Mama sprechen! Bloß hatte man sie in diesem verdammten Dreckloch hier eingesperrt, und das hebt bei niemand die Stimmung, um das zu wissen, braucht man keinen Doktortitel noch sonst irgendwelche Diplome. Das war der Grund ihrer Stummheit. Ich habe gelesen, dass einige Frauen, die später heiliggesprochen wurden, das genauso gemacht haben. Wenn irgendein bestialischer Mann ihnen Gewalt antat, hüllten sie sich in Schweigen, und zwar in eins der totalen Verweigerung. Ja, denn Schweigen ist sehr vieles, Frieden, Gebet, Betrachtung, aber auch ein unüberwindlicher Schutzwall. Zudem lebte Immacolata Consolo nicht nur in diesem ekelhaften Altenheim, sondern hatte auch noch diesen vom Weg abgekommenen Mann, der noch ärmer war als der Durchschnitt der armen Teufel, das machte die Dinge nicht leichter.

»Ich möchte Sie mal sehen, lieber Doktor Wiewardername, wie viel Lust zu plaudern Sie hätten!«, argumentierte ich auf meine Art. Aber der Arzt erwiderte, er habe nichts weiter hinzuzufügen, und ich ging wütend mit gesenktem Kopf durch den Flur davon. Ich dankte Maddalena, die eines Abends in meiner Hosentasche das Messer meines Vaters gefunden und mich gezwungen hatte, es vor ihren Augen in den Müll zu werfen. Beim Gedanken an meine

Mutter überkam mich der heftige Wunsch, richtig erwachsen zu sein, schon eine Wohnung und eine Stelle in der Fabrik zu haben, um meine Mama zu mir nach Mailand zu holen, wo die Ärzte besser sind und die Altenheime heller und freundlicher. Hätte ich sie in meiner Nähe gehabt, wäre ich vielleicht nicht mal an dem Tag durchgedreht, an dem ich dann doch noch mit dem Messer zugestochen habe. Eine Mutter kann ihren Sohn immer bremsen. Sie versteht es, den Arm aufzuhalten, bevor er niedersaust.

Als ich ins Zimmer zurückkam, erlebte ich eine ganz unerwartete Überraschung. Die bucklige Besserwisserin war da und fütterte meine Mama. Als sie mich sah, überließ sie Maddalena den Teller und umarmte mich. Mittlerweile reichte sie mir bis zur Schulter, und ein Arm genügte, um sie zu drücken. Die Zeit hatte ihr Gesicht sanfter gemacht und ihr die Klagen und Litaneien aus dem Mund genommen.

»Ich komme fast jeden Tag«, sagte sie. »Wenn ich es nicht mehr schaffe, kommt ihr und löst mich ab, ja?«, fragte sie lachend.

Es tat gut, sie zu sehen. Es war eine Erleichterung, selbst wenn einen dann genau das dazu verführt, seine Hände in Unschuld zu waschen wie Pontius Pilatus. Nach dem Essen kämmte die Tante meine Mama und machte sie schön zurecht. Während sie ihr mit der Bürste durchs Haar fuhr, erzählte sie, dass sie, bevor sie herkam, bei Turuzzu im Lebensmittelgeschäft oder auf dem Markt von Catania immer ein paar gute Sachen einkaufte, und zeigte mir stolz das Schränkchen ihrer Schwester, das bestbestückte des Zimmers.

»Man muss es mit einem Vorhängeschloss sichern, denn die Mitbewohner sind ganz verrückt nach Süßigkeiten und Leckereien. Sie klauen wie die Raben!«, rief sie.

Meine Mama machte uns Zeichen, etwas zu nehmen, ein Mandelplätzchen, ein Böhnchen. Um ihr eine Freude zu machen, griffen wir zu, obwohl sich uns der Magen zusammenzog wie eine Faust.

Nachdem die Tante noch mehrfach wiederholt hatte: »Du treuloser Bub, bist nicht mal vorbeigekommen, um mir guten Tag zu sagen«, erklärte sie mir draußen vor dem Zimmer, wie die Dinge liefen, und bestätigte mir, dass mein Vater wirklich am Ende war. »Don Alfio ist so gut und behält ihn noch bei der Arbeit, weil er weiß, dass dein Vater in der Klemme ist.« Tante Filomena betrachtete die Sonne, die auf die kahle Terrasse schien. »Ich möchte sie gern zu mir nehmen«, setzte sie hinzu, »ich bin doch auch allein, aber dein Vater ist stur, den kriegst du nicht rum.«

Als ich andeutete, dass ich mit ihm reden würde, zuckte sie die Achseln, genau wie ihre Schwester.

Und sie hatte recht, denn als wir heimkamen, erreichte ich gar nichts. Eher würde man Blut aus Rüben pressen. Er erfand tausend Ausreden, und wenn ich Fragen stellte, wechselte er das Thema.

»So ist es und basta!«, brüllte er plötzlich. »Ich habe sie dorthin gebracht, weil es die beste Lösung ist!« Und während er mich beschimpfte, hieb er mit der Faust auf den Tisch und lief erregt hin und her, bis er erneut brüllte: »Kümmere du dich um deine Frau, ich kümmere mich um meine!« Damit verließ er türenschlagend das Haus.

Ich sagte zu Maddalena: »Wir packen unsere Koffer und nehmen den nächsten Bus.« Ich wollte keine Minute länger bei diesem Mann und in diesem Dreckloch von Wohnung sein.

Am Bahnhof von Catania sagte man uns, der erste Zug nach Kalabrien fahre am folgenden Tag. Daher übernachtete ich mit Maddalena im Hotel, auch wenn sie, um zu sparen, sagte: »Mach dir keine Sorgen, Ninè, wir schlafen im Mondschein.« Aber ich bezahlte, und sie gaben uns ein schönes Zimmer mit einem duftenden Bad. Vom Fenster aus sahen wir aufs Meer und die Möwen, da legte sich die Wut ein wenig. Und den Schmerz, der mir auf der Seele lag, linderte Maddalena allmählich, indem sie mich in jener Nacht im Hotelzimmer umarmte und mich die Liebe kennenlernen ließ.

20

Maddalena telefoniert mit Elisabetta. Jedes Mal, wenn meine Tochter anruft, verheddern sich meine Gedanken und gehen ihre eigenen Wege. Meine Stimmung kippt. Um das Gespräch nicht zu hören, würde ich am liebsten zu den Chinesen runtergehen und sehen, ob ihr Espresso jetzt besser oder immer noch so eine Katastrophe ist. Doch seit zwei Tagen ist der Himmel wie aus Blei. Eine geballte, dicke graue Wolkendecke hängt über Mailand. Da möchte man nicht vor die Tür. Der Park ist bestimmt menschenleer, der Sitz der Schaukel feucht, alles rundherum kahl, schlimmer als im November. Vielleicht sollte ich in anderen afrikanischen Pizzerien nachfragen, ob sie einen Boten brauchen, kann mich aber nicht vom Sofa aufraffen, woher dann erst die Kraft nehmen, um mein Curriculum zu verteilen oder ein paar Stunden Schwarzarbeit zu erbetteln.

Beim Zappen von einem Sender zum anderen stoße ich auf einen Western, der gerade erst angefangen hat. Gar kein so langweiliges Genre, der Western. Man könnte es meinen, weil meistens nur eine Handvoll Affen mit Hut und Pistole ihre Show abziehen, doch wenn er gut gemacht ist, zeigt er einem, dass das Leben ein Kampf ist, denn das Gesetz ist keineswegs für alle gleich und lässt sich viel leichter mit der Pistole durchsetzen als mit einem Rechtsanwalt. Der Film gefällt mir, aber gegen vier Uhr klingelt die Rossi aus dem siebten Stock, eine Signora, mit der sich Maddalena angefreundet hat, und mit zwei gickelnden, gackelnden Frauen nebenan ist die Ruhe dahin. Ich drücke die rote Taste der Fernbedienung, gehe in die Küche und beginne, den Hackbraten zuzubereiten. Doch der Tag ist schon verdorben, und das Ergebnis von zwei Stunden Arbeit ist ein steinhartes Stück Kohle, umlagert von verbrutzelten Kartoffeln. Beim Abendessen sagt Maddalena, es sei besser, wenn ich mir im Fernsehen die Pistoleros anschauen und die Hände in den Schoß legen würde. Zum Glück gibt es noch Kaktusfeigen, daran können wir uns satt essen. Als sie mit dem Abräumen beginnt und ein Windhauch zum Fenster hereinweht, schaue ich wieder hinaus auf die Via Jugoslavia.

In Catania erwachten wir bei Sonnenaufgang. Frühstück in der Hotelbar mit köstlichen Zuckerbrötchen, und dann *addio* Sizilien. Diesmal reisten wir tagsüber, und es herrschte kein Aufruhr in Maddalenas Seele, sie konnte sich kaum sattsehen an der Landschaft, die immer bergiger wurde. Besonders, als wir in Villa San Giovanni umstiegen, um nach Cosenza zu fahren. Es war ein titanisches Unterfangen, nach Spezzano della Sila zu gelangen, wo Maddalena wohnte, da war die Reise mit Giuvà fast besser gewesen, von der Nacht am Bahnhof und den Salztüten einmal abgesehen. Maddalena kannte sich in Cosenza nicht aus, und wir brauchten Stunden, um den Bus zu finden. Ich war etwas besorgt, denn der Bahnhof lag außerhalb, und bis zur nächsten Herberge musste man kilometerweit laufen. Zuletzt gelang es uns, den klapprigen Bus zu finden, der dann ununterbrochen bergauf ratterte, und schon auf dieser Fahrt gelangte ich zu der Meinung, die ich heute noch habe, nämlich dass Sizilien besser ist als Kalabrien, und wenn Signor Campanella in Kalabrien geboren ist, heißt das, auch Genies werden per Zufall mal hier, mal dort geboren, von Gottes Hand ausgestreute Samen, nichts weiter. In jenem Dorf roch es nach Verlassenheit. Es schien völlig aus der Welt zu sein. Vier steile Straßen, die mich ins Schwitzen brachten, und während ich unsere Koffer dort hinaufschleppte, sah ich verblüfft einigen alten Frauen nach, die mühelos die Gassen hochhuschten. Aus dem Augenwinkel beobachtete ich Maddalena. Vielleicht hielt auch sie nun den Kopf gesenkt, um die Dorfbewohner nicht grüßen zu müssen.

Endlich erreichten wir unser Ziel. Via Dante, ohne Hausnummer. Ich lernte meine Schwiegermutter kennen, Mama Giacinta. Sie wirkte wie eine Oma auf mich, vielleicht, weil meine Eltern alles sehr jung erledigt hatten, heiraten und Kinder kriegen und so. Ich weiß, Maddalena war das jüngste von fünf Kindern, die Signora hatte also einiges geleistet, aber kurzum, in meinen Augen war sie ziemlich alt. Eine freundliche, sehr an ihrer Familie hängende Frau. Am liebsten erzählte sie von ihrem Mann, der als Partisan umgekommen war, und von ihren drei Söhnen, die alle aus Italien ausgewandert waren. Nach Belgien, Amerika und Deutschland.

Eltern, die emigrierte Kinder haben, halten sich später bei deren Besuchen zurück. Sie wissen, dass sie sie nicht aufhalten konnten, und fühlen sich nicht berechtigt, sie abzukanzeln, zu verurteilen oder zu schlagen. So war es bei meinem Vater Rosario und auch bei Maddalenas Mutter. Sie sagte: »Das habt ihr gut gemacht, dass ihr geheiratet habt«, aber mehr nicht. Schon frühmorgens klapperte sie mit den Töpfen, und wenn sie uns die Teller vor die

Nase gestellt und das Haus geputzt hatte, meinte sie, ihr Möglichstes getan zu haben.

Es waren ruhige Tage. Ich entdeckte, was für ein Mamakind Maddalena war. Alle fünf Minuten küsste sie die Alte und hockte stundenlang neben ihr auf einem kleinen Stühlchen und sah zu, wie sie nähte oder Erbsen aushülste. Sie verstand es, sich mit dem zu begnügen, was die Beziehung zu ihrer Mutter noch zu bieten hatte. Zum Glück hat meine Frau einen ganz anderen Charakter als ich, ich sehe das Glas immer halb leer.

In Spezzano della Sila fand ich Wärme, und darüber war ich glücklich und unglücklich zugleich. Glücklich für Maddalena und unglücklich wegen meiner eigenen Familie, die gar keine Familie mehr war, sondern nur noch Zerrissenheit und Einsamkeit. Wer weiß, wie lange es in dem Haus in San Cono nicht mehr nach Lammbraten, frisch gebackenem Kuchen oder Zwiebelfrittata gerochen hatte.

Meine Frau war stolz auf mich und froh darüber, wie anständig ich war. Abends im Bett sagte sie zu mir: »Ich hab mir meinen Mann wirklich gut ausgesucht ... Du kannst zwar nicht tanzen, und es stimmt auch nicht, dass du Gitarre spielen kannst, aber so wie du rauchst, raucht keiner«, und dabei kicherte sie und warf den Kopf in den Nacken.

Eines Morgens bat mich Giacinta, sie Mama zu nennen. Ich musste mir richtig Gewalt antun, denn je öfter ich sie Mama nannte, umso mehr fühlte ich mich als Waisenkind. Ich willigte nur ein, um Maddalena eine Freude zu machen, versuchte aber, meine Schwiegermutter möglichst selten direkt anzusprechen.

Im Dorf besuchten wir die Verwandten und einige Freundinnen von Maddalena, die in ihrer Straße wohnten. In jedem Haus erhoben sich fröhliche Stimmen: »Los, kommt herein!«, »Esst mit uns!«, »Trinkt einen Espresso!«, und so verstrichen die wenigen Tage mit Besuchen, Festessen und Kartenspiel in den Wohnungen der freundlichen Dorfbewohner. Ich war zum Umfallen müde, als wir wieder den Zug nach Mailand bestiegen, und im Abteil saß ich da wie jetzt und schaute reglos aus dem Fenster.

In der Scheibe gespiegelt beobachte ich verstohlen Maddalena. Abgesehen von ihrem Körper hat sie sich nicht verändert. Wenn ihre Mutter noch lebte, würde sie sich wie eh und je zu ihrem Stühlchen hinunterbeugen und ihr kindliche Schmatzküsse geben. Maddalena ist noch so frisch wie damals, als wir zusammenkamen. Eine Frau ohne Getue. Zäh und bereit, ihr Teil zu leisten, ohne zu klagen. Nicht wie so viele, die sich nur mit den anderen anlegen können, aber nie mit sich selbst. Giuvà hatte recht mit seinem Spruch, den ich oft zu hören bekam: »Bevor du anfängst, dich zu beklagen, spuck dir selber ins Gesicht.«

In Kürze wird Maddalena mich rufen, um mir ein paar Aufträge zu erteilen. Sie behält mich im Auge, und wenn ich zu lange vor mich hin grüble, fängt sie an: »Ninetto, gib den Kanarienvögeln frisches Wasser!«, »Geh mal die Flaschen entsorgen!«, »Hol mir bitte eine Dose Tomaten aus dem Keller« … Oder sie stellt alberne Fragen, nur um mir ein paar Worte zu entlocken. Gewöhnlich beginnt es damit: »Was möchtest du zum Abendessen?«

»Pasta mit Zucchini«, antworte ich.

»Oh, jetzt habe ich aber schon eine Wurst gebraten!«

»Wieso fragst du dann überhaupt?« Ich schüttle den Kopf.

Da pustet sie mir auf die Nase und sagt, sie wollte doch nur ein bisschen mit mir reden, und bei unserer Hochzeit habe sie ja nicht gewusst, dass ich so ein alter Griesgram sei, sonst hätte sie es sich zweimal überlegt. Dann kommt sie zu mir und legt mir ihre weichen Hände auf die Schultern. So wird mir nach und nach wieder warm. Ja, denn wenn ich mich in meinen Geschichten verliere, bin ich nicht mehr Haut, Knochen und Muskeln. Nur noch Seele und Stimme.

21

Heute Nacht habe ich von meiner Enkelin geträumt. Wir machten Hand in Hand einen Spaziergang. Sie erzählte mir von einem Lied, das sie für die Aufführung am Schuljahresende auswendig lernen musste. Die Sonne schien uns ins Gesicht, während wir den Bürgersteig entlanggingen, und Lisa sagte, sie hätte gern so eine dunkle Brille wie das Mädchen auf dem Plakat, um auch Sängerin zu werden. Mein Herz hüpfte vor Freude, endlich mit meiner kleinen Enkelin, die ich noch nie gesehen hatte, spazieren zu gehen, doch gleichzeitig klopfte es heftig vor Angst, dass ihr jemand etwas antun könnte. Ich hatte das Messer nicht in der Tasche, und das beunruhigte mich, so dass ich mich dauernd nach allen Seiten umsah. Man muss immer tausend Augen haben. Überall kann einer auftauchen, der dich bedroht. Trotzdem bemühte ich mich, nicht an diese Angst zu denken, hörte ihrem Liedchen zu und sah dabei den Bienenstock auftauchen, wo ich mit Giorgio, Giuvà und der Mena gewohnt hatte. Der Bienenstock war noch genauso hässlich, wie ich ihn 1960 verlassen hatte. Völlig heruntergekommen, die Fassade noch grauer geworden vom Rauch aus dem hohen Schlot. Rundherum standen allerdings nicht mehr reihenweise Fabriken und Industriehallen, sondern Sozialwohnungsblocks und stillgelegte Betriebe. In den Riesenkästen wohnten keine armen Schlucker aus Süditalien mehr, sondern Araber, Chinesen und Schwarze, die vor dem Elend, dem stürmischen Meer, der italienischen Polizei geflüchtet waren. Ich beobachtete eine Gruppe Afrikaner, die einen Neuankömmling feierten. Sie bildeten einen Kreis und spielten Bongo für ihn, und er tanzte dazu ganz allein, mit einem Lächeln auf dem Gesicht, das aussah wie die Reklame für Zahnpasta. Meine süße Lisa fragte mich, ob sie mir das Liedchen noch einmal vorsingen dürfe, und ich sagte: »Ja, Schatz, sing es noch mal für Opa«, und derweil äugte ich zu dem Bienenstock und seinen neuen Bewohnern hinüber. Dann zupfte sie mich an der Jacke und rief: »Opa! Was machen wir jetzt?«

Ich war drauf und dran, ihr in einem Atemzug meine ganze Geschichte zu erzählen, wie ich als kleiner Knirps in Mailand ankam und all das, von Anfang bis Ende, um sie ihr zu hinterlassen, wie man einen Ring in einem Schatzkästchen hinterlässt. Ich wollte ihr die Kirche zeigen, den

Cinzano-Kiosk, die Straßenbahnhaltestelle, und dann mit ihr hineingehen, damit sie sieht, was ein Bienenstock ist, ihr sagen, dass ich in ihrem Alter schon malochte und es in San Cono immer Brot mit diesen verdammten Sardellen zu essen gab, ich war nicht wie sie, sie war mit fünf Jahren noch wie eine Lilie, das Leben hatte sie noch nicht berührt und durfte sie auch nicht berühren, denn das hätte mich wahnsinnig gemacht. Doch mir fehlten die Worte, und ich schaffte es nicht, ihr zu erklären, was es bedeutet, arm zu sein. Außerdem gefielen mir die Leute, die um das Haus herumstrichen, überhaupt nicht. Lauter finstere Gesichter. Deshalb sagte ich zu ihr: »Komm, Lisa, komm, Opa kauft dir was Süßes, und dann müssen wir heim.« Die Sonne im Gesicht, gingen wir noch eine Weile, und während wir uns entfernten, drehte sie sich noch einmal um und betrachtete den Fabrikschlot. »Opa, hast du gesehen, wie schrecklich es hier ist?«, fragte sie. Ich nickte, aber ihre Frage machte mich traurig, denn die Orte unserer Kindheit sind nie einfach nur schrecklich.

»Jetzt kommen wir gleich hinaus zu den Feldern, dann wird es besser«, sagte ich, um sie zu trösten.

Die Hupe eines verdammten Lastwagens, der im Verkehr steckengeblieben ist, reißt mich aus dem Schlaf. Desorientiert, mit schweißbedeckter Stirn, setze ich mich auf, den Rücken an das Kopfteil gelehnt, und schaffe es kaum aufzustehen.

Die Ellbogen auf die Theke der Bar Aurora gestützt, frage ich mich, ob Lisa wirklich so ist wie in meinem Traum und wann sie sie mir wohl vorstellen werden. Falls diese rachsüchtigen Menschen mir überhaupt je erlauben, sie zu sehen. Ich bedaure, dass ich ihr den Bienenstock nicht von innen gezeigt habe, denn wenn du die Dinge nicht mit eigenen Augen siehst, bleiben sie nicht haften.

Während ich den Zucker im Espresso umrühre, frage ich mich, ob Elisabetta und Paolo sie wohl richtig erziehen und auch nicht allzu streng sind, meine Tochter neigt nämlich dazu, vom Charakter her.

»Guten Morgen, Ninetto, wie geht's?«, sagt Helin, der aus dem Hinterzimmer auftaucht.

»Gut, mir geht's gut«, erwidere ich automatisch.

Verträumt bleibe ich noch eine Weile an der Theke stehen, bis Helin mit Windjacke und Wollmütze auf dem Kopf wiederkommt und mich in seinem Italienisch voller *l* und Verben im Infinitiv fragt, ob ich ihn zur Metro begleiten will, wo er Vorräte für die Bar kaufen muss. Es sind diese schwarzen Augen, die sich nicht schämen, Verwirrung zu zeigen, die mir an ihm und seiner Frau gefallen. Vor dem Einsteigen fragt er, ob ich ihm helfe, den Rücksitz umzulegen, um Platz für die Einkäufe zu schaffen. Ich finde, dass er schrecklich fährt, und verschweige ihm das nicht, ich sage, wenn in China alle so fahren wie er und wenn sie wirklich eine Milliarde sind, muss es ein einziger Auffahrunfall sein. Aber dieses Schlitzauge ringt sich nicht mal ein Lächeln ab, konzentriert, wie er ist, die Kupplung zu treten und alles im Kopf zu behalten, was er besorgen will.

Der Metro-Markt ist ein Laden für Riesen. Drei-Kilo-Tüten mit Chips, Bierfässer, Weinballons, Öl in Kanistern, Packungen nicht mit zehn, sondern mit fünfzig oder hundert Stück. Auch die Einkaufswagen sind so groß wie Wohnwagen. Ab und zu fragt mich Helin: »Finden Ninetto, das gut?«, und deutet auf eine Schachtel mit Bonbons oder ein Paket Pasta oder die Marke einer abgepackten Brotsorte. Ich antworte ihm, so gut ich kann, und denke, dass dieser junge Mann sich vielleicht wie ein Waisenkind fühlt und keinen Besseren findet als mich, um ein bisschen väterliche Zuneigung zu ergattern. Ich wollte, er würde mir haarklein seine Geschichte erzählen, aber er ist scheu, und wenn ich nachfrage, weicht er aus. Es bräuchte überzeugendere Worte als meine, um an ihn heranzukommen, Worte, die ich nicht kenne. Also rede ich nicht länger herum, sondern strenge mich an, ihm Ratschläge zu geben und den Einkauf dann so zu verstauen, dass wir ihn anschließend leicht ausladen können.

Nachdem ich ihm geholfen habe, die Tüten ins Hinterzimmer zu tragen, sagt er: »Möchtest du was trinken, Ninetto?«

»Nein, danke, jetzt ist's Zeit zum Abendessen, ich gehe nach Hause.«

Seine Frau Mei schenkt mir ein chinesisches Zeug, das Soja heißt, ein Fläschchen mit einer Flüssigkeit, die aussieht wie Tinte. Ich habe es genommen, um nicht unhöflich zu erscheinen und wegen ihrem Lächeln, das mich an Elisabetta erinnert.

Als ich durch die Via Jugoslavia gehe, schaue ich instinktiv zum Fenster unserer Wohnung hinauf und sehe ein schwaches Licht, bestimmt das aus der Kochnische. Aus Sparsamkeit achtet Maddalena auch darauf, keinen Strom zu verschwenden.

22

Seit einem Monat ist schönes Wetter. Der Himmel leuchtet, und durch die Via Jugoslavia schweben ein paar Pollenflocken. Mittlerweile meide ich das Fenster. Nähere mich nur zum Rauchen oder um die Pflanzen zu gießen. Langsam leere ich den Krug, damit das Wasser nicht aus den Töpfen überläuft, und dann setze ich mich wieder in den Sessel. Elisabetta wird nicht vorbeikommen. Verzeihen gehört nicht zu den Haupttugenden dieser Welt, um das zu wissen, muss man nicht studiert haben.

Ich habe noch zwei Romane gelesen, *Herr der Fliegen* und *Chronik einer Familie*. Mehr als einmal musste ich Maddalena grob Kontra geben, denn sie sagt, ich verstehe doch sowieso nichts.

»Halt die Klappe, oder gleich fliegt dir mein Schuh an den Kopf«, knurre ich und hebe den Blick vom Buch.

Wenn ich aus dem Haus gehe, schaue ich immer in der Bar Aurora vorbei. Beim Hereinkommen strahlen die Chinesen mich an und sagen mit ihrer

Kleinkindstimme: »Guten Molgen, Ninèto.« Wir unterhalten uns teils mit Worten, teils mit Gesten und verstehen uns prächtig. Wir haben uns einen ganz eigenen Wortschatz und ein ansehnliches Repertoire an Gesten zugelegt. Sie zeigen mir immer die Sachen, die sie einkaufen, und fragen mich um Rat bei der Zubereitung. Es sind zwei unsichere junge Leute, und von Italien haben sie keine Ahnung. Sie leben in einem Teil des Planeten, den sie nicht kennen und wahrscheinlich nie kennenlernen werden, weil sie hart arbeiten, sie haben bis zu fünfzehn Stunden am Tag geöffnet, und ich glaube kaum, dass sie noch Zeit finden, um sich zu amüsieren oder spazieren zu gehen. In den letzten Wochen haben wir uns auch persönliche Dinge erzählt. Sie haben mir Fotos von ihren Eltern und ihrem Land gezeigt. Über einen Computer haben sie direkt mit ihren Angehörigen gesprochen und großen Wert darauf gelegt, dass auch ich ihnen guten Tag sage, obwohl ich vor dem Bildschirm nur »ciao, ciao« und »kuckuck« wiederholen und winken konnte.

Nach dem Espresso gehe ich in den Park, und obwohl ich manchmal wirklich nichts von den Seiten verstehe, mit denen ich mich herumplage, darf Maddalena sich nicht erlauben, so mit mir zu reden, denn es zu versuchen ist immer noch besser, als aufzugeben.

Mittwochs gehe ich zu den Sitzungen der Krankenkassen-Psychotherapie, die jeder Exsträfling absolvieren muss. Der übliche Blödsinn, den der Staat vorschreibt, um seine Hände in Unschuld zu waschen und zu zeigen, dass er dich unter Kontrolle hat. Ich habe gebeten, die Sitzungen auf acht Uhr morgens zu legen, um diese Zeit will sonst nie jemand. Im Bett halte ich es im Moment sowieso nicht aus. Sobald Gott einen Lichtstrahl auf die Erde schickt, will ich aufstehen und die Decke wegstrampeln. Ich rasiere mich und mache mich hurtig auf den Weg, Zigarette im Mund. Um diese Zeit aus dem Haus zu gehen gibt mir das Gefühl, dass niemand etwas von mir will, die Stadt muss noch aufwachen, und am Morgen neigen die Menschen weniger zur Bosheit.

Nach einem zweiten Espresso bei Helin und Mei nehme ich den Bus. In einer halben Stunde erreiche ich die Kassenpraxis am Viale Famagosta, und dort empfängt mich Dottoressa Gabrielli in einem nüchternen blaugestrichenen Zimmer. Sie hat ein schönes Gesicht, ohne Make-up und ohne Schmuck. Natur pur, wie es mir gefällt. Kurze Haare, leicht vorstehende Zähne, schmale Hände. Sie macht ihre Arbeit gern, nicht so wie ich damals in der Fabrik, wo ich weiß Gott nicht mit Leib und Seele dabei war. Und dann lächelt sie auch noch nett und ist die Geduld in Person. Auch mit mir, obwohl ich von der ersten Begegnung an überheblich geschwiegen habe. Diese Seelenklempner wollen dir bloß dauernd sagen, was dieses und jenes bedeutet. Was es heißt, wenn du dir auf eine bestimmte Art die Nase putzt und wenn du bah statt beh sagst. Ich weiß nicht, ob sie auch zu dieser Sorte gehört, aber jedenfalls traue ich ihr nicht und bleibe stumm und starr auf der Stuhlkante sitzen. Sie dagegen wirkt entspannt und schlägt mir mit ihrer Mädchenstimme mehrere Gesprächsthemen vor. Sie fragt, ob ich darüber nachgedacht hätte, was ich angerichtet habe, über meine Jahre in Haft, ob mich Schuldgefühle überkommen, ob ich an Panikanfällen leide, wie ich die Arbeitslosigkeit erlebe und ähnliches Zeug. Ich bin von all dem so unvorstellbar genervt wie ein Pferd, dem die Fliegen ums Maul schwirren. Ich schnaufe ihr ins Gesicht und trommle mit den Fingernägeln auf den Tisch oder säubere mir mit der Zunge die Zähne. Im besten Fall antworte ich auf sizilianische Art, indem ich nur leicht das Kinn hebe, oder mit merkwürdigen Gesten, als wollte ich sagen: Was scheren mich deine blöden Fragen. Selbst dass es keinen Grund für diesen Messerstich gab, mag ich nicht sagen. Es war die Dunkelheit, die mich verwirrt hat.

Nach dem dritten Termin habe ich auch mit den Gesten und Grimassen aufgehört. Nur ab und zu werfe ich einen Blick auf das T-Shirt, das unter dem weißen Kittel hervorschaut, oder auf ihre Haare, die je nach Licht unterschiedlich schimmern, auf ihre schmalen Schultern, die ein wenig eckig sind, wie meine. Oder ich schaue alle zwei Minuten auf die Uhr und ziehe sie auf, als verlangte diese Tätigkeit größte Konzentration. Sie wiederholt mir geduldig ihre Fragen, doch bevor sie damit anfängt, sagt sie erst mal: »Guten Morgen, Signor Giacalone, wie geht es Ihnen? Etwas besser heute? Bitte, nehmen Sie Platz.« Ich bleibe stumm. Ungezogen und stumm.

»Aber warum kommen Sie überhaupt her, wenn Sie nicht reden wollen?«, hat sie mich eines Tages mit ihrem freundlichen Lächeln gefragt.

»Weil ich muss«, habe ich erwidert und mich bemüht, ebenfalls freundlich zu klingen, aber es klappte nicht.

Ich dachte, Dottoressa Gabrielli sei es inzwischen ganz recht, die Zeit so zu verbringen, auch weil sie meine Stunde dazu nutzte, ihren Schreibtisch und ihre Akten zu ordnen. Doch an diesem Morgen schob sie nach nicht einmal zwanzig Minuten Grabesstille die Mappen in die Schublade, knallte sie zu und platzte überraschend bissig heraus: »Hören Sie, Signore, da Sie nicht reden, sage ich Ihnen jetzt mal was, vielleicht hilft Ihnen das, sich ein bisschen am Riemen zu reißen. Ich wohne in der Gegend von Sondrio, wissen Sie, wo das ist? Ich habe ein Diplom, eine Spezialisierung und einen Master, und das Beste, was ich an Arbeit bekommen kann, sind Vertretungen, die mehr als hundert Kilometer von meinem Wohnort entfernt sind. Ich beziehe ein mieses Gehalt, knapp über tausend Euro, und gebe es direkt an die Babysitterin weiter, die auf meine Tochter aufpasst, weil der Trotzkopf nicht in den Kindergarten gehen will. Wissen Sie, wie lange ich schon dieses Leben führe? Soll ich es Ihnen sagen? Seit sechs Jahren. Sechs! Jetzt begreifen Sie vielleicht, dass die anderen nicht auch noch Ihre Probleme ausbaden müssen, nur weil es Ihnen schlechtgeht. Also, entweder Sie sagen jetzt was, oder ich schreibe auf der Stelle einen Bericht, in dem ich Ihre mangelnde Bereitschaft zur Mitarbeit festhalte!« Und während sie diesen Satz brüllte, streckte sie die Arme aus und fegte alles vom Schreibtisch, einen Becher mit Stiften, Stöße von Papier, eine Million Heftklammern, und ich dachte mit weit aufgerissenen Augen, mein Gott, die ist ja wie von der Tarantel gestochen.

Doch irgendwie hat es genützt. Da ich nun über ihr langes Studium, den weiten Weg und die prekäre Arbeitssituation Bescheid wusste und auf ihren Wangen doch auch noch Spuren von Jugend erkannte, sagte ich mir, dass es ungerecht von mir war, sie mit meinem unverschämten Schweigen zu malträtieren. Also holte ich ganz tief durch die Nase Luft, half ihr, den ganzen Kram vom Boden aufzuheben, und fing mit tonloser, im Hals kratzender Stimme, die aber nach und nach doch Farbe bekam, zu reden an. »Hören Sie, Dottoressa, ich habe einfach keine Lust, auf Ihre Fragen zu antworten. Die interessieren mich nicht.« Nur mit Mühe sah ich vom Boden auf. »Aber wenn Sie wollen, kann ich Ihnen eine Sache erzählen. Nicht aus Angst vor Ihrem Bericht, sondern weil ich trotz all meiner Fehler im Grunde ein anständiger Mensch bin.«

Ihre Stirn glättete sich, sie verschränkte unter ihrem kaum vorhandenen Busen die Arme und nickte.

»Sehen Sie, seit ich aus dem Knast gekommen bin, mache ich nichts. Am Fließband zu arbeiten war zwar nicht meine größte Leidenschaft, im Gegenteil, aber die Beschäftigung bei Alfa Romeo hielt mich den ganzen Tag in Atem. Bei meiner Verhaftung habe ich dann die Stelle verloren, und während ich die Strafe abgesessen habe, wurde das Werk, in dem ich zweiunddreißig Jahre gearbeitet habe, geschlossen. Als ich rauskam, habe ich sofort mit der

Arbeitssuche angefangen, aber ohne Ergebnis. Bis vor einigen Wochen habe ich in der Pizzeria von zwei Afrikanern als Ausfahrer gejobbt, aber dann haben sie einen anderen genommen. Und weil ich jetzt die Nase voll habe, mache ich nichts. Ich treffe niemanden, meide die Menschen, rede kaum, nur das Nötigste mit meiner Frau, die mich aber meiner Ansicht nach gar nicht mehr liebt, weil ich ihr Leben zerstört habe und ihre Ruhe für immer dahin ist. Das Einzige, was ich tue, ist auf Parkbänken in der Stadt oder auf dem Stuhl am Fenster in unserer Stube herumsitzen und mir haarklein mein Leben erzählen. Angefangen habe ich damit, als ich im Knast eines Nachmittags den Eindruck hatte, durchs Zellenfenster einen Typen zu sehen, der meinem Grundschullehrer glich, Signor Vincenzo Di Cosimo, der allerdings seit vielen Jahren tot ist und sein ganzes Leben in San Cono verbracht hat und schon deshalb sowieso nicht durch den Gefängnishof von Opera gehen konnte. Jedenfalls hat mir das jeden Tag mehr Spaß gemacht. Ich habe da angefangen, wo meine genaue Erinnerung einsetzt, das heißt, bei den Schuljahren, und bin bis zu meiner Hochzeit gekommen.«

»Und worum dreht sich das nächste Kapitel?«, fragte sie neugierig.

»Ich weiß nicht, ob ich noch weitermache.«

Das habe ich ihr geantwortet. Danach hat die Dottoressa mir keine Fragen mehr gestellt, aber sie hat auch nicht mehr ungehalten geschnaubt. Sie hat mich freundlich angesehen, so dass ich mich nicht nur wie ein schäbiger Greis gefühlt habe, sondern auch wie ein Mann, der sich in der Welt auskennt, so wie früher.

Als ich nach der Anstrengung, so viele Wörter herausgerückt zu haben, tief Luft holte, sagte sie: »Glauben Sie, dass Sie depressiv sind?«

»Ich?«, erwiderte ich verblüfft. »Kein bisschen, Dottoressa. Wie kommen Sie darauf?«

»Weil Menschen mit Depressionen die Tage genauso verbringen wie Sie.«

»Depression ist doch etwas, das gelangweilte reiche Damen trifft, die ihre Nachmittage mit Kartenspielen verbringen, aber nicht solche wie mich«, gab ich überzeugt zurück.

Daraufhin lächelte sie, denn sie ist weder reich noch gelangweilt, sondern im Gegenteil ständig überlastet und leicht erschöpft. Unser Gespräch lief gut, sie bat mich zum Beispiel, ihr von diesem Vincenzo Di Cosimo zu erzählen, und ich begann ihr die Geschichte mit dem Tagebuch zu erklären. Aber dann schaute sie auf die Uhr, stand auf und sagte, dass wir schon fünf Minuten überzogen hätten und ich gehen müsse. Da sie wusste, dass ich nur vier Stunden pro Nacht schlafe, riet sie mir zu Passiflora-Tabletten, die habe ich aber nicht gekauft.

»Wenn ich ein Häufchen Asche bin, kann ich noch lange genug schlafen …« Damit habe ich mir die Mütze aufgesetzt und leise die Tür geschlossen.

Bei der nächsten Sitzung fragte Dottoressa Gabrielli, was mich denn veranlasse, die Tage auf diese Weise zu verbringen. Auf Umwegen versucht sie immer wieder, über die Messerstecherei zu reden, aber ich winde mich heraus, so gut ich kann. Ich antworte, dass ich nicht daran glaube, dass man das, was ich bin, mit dem erklären kann, was ich war, und das, was ich tue, mit dem, was ich getan habe – nein, daran glaube ich einfach nicht.

»Da können Sie mir noch so viele Namen österreichischer und austroungarischer und teutonischer Wissenschaftler auftischen, ich bleib dabei«, habe ich gesagt.

Da hat die Gabrielli den Kopf geschüttelt und mir, als sie mir den Termin für die folgende Woche gab, ein Lächeln geschenkt, das Gold wert war.

Jetzt gehe ich gern zu ihr und frage sie, ob viel Verkehr war und wie es ihrer jüngeren Tochter geht, die ein ganz schlaues Baby ist. Früher oder später möchte ich ihr auch im Schreibwarengeschäft einen Becher für die Kugelschreiber und Bleistifte kaufen, oder einen Strauß Gladiolen, einfach so, um etwas Farbe reinzubringen in dieses triste Zimmer mit seinen faden schlafanzugblauen Wänden.

Heute habe ich wieder einen Termin, und in der Nacht habe ich zur Abwechslung wieder mal kein Auge zugetan. Nachdem ich mir die üblichen albernen Fragen gestellt habe, die mir um diese Zeit einfallen – wohin verschwindet der Lärm des Tages? Gibt es einen Himmel oder viele? –, ist es mir gelungen, mich zu konzentrieren und eine Rede vorzubereiten, die ich mir auf der ganzen Busfahrt nach Famagosta immer wieder vorsage. Punkt acht betrete ich das blaue Zimmer, und ohne Zeit zu verlieren, lege ich meine Mütze auf den Tisch und beginne: »Dottoressa, ich habe ein Problem.«

»Da sind Sie nicht der Einzige.«

»Letztes Mal habe ich Ihnen gesagt, wie ich die Tage verbringe, erinnern Sie sich?«

»Ja.«

»Na ja, die Sache ist die: Ich schaffe es nicht mehr, mir meine Geschichte weiterzuerzählen. Ich bin blockiert.«

»Und warum?«, fragt sie.

»Keine Ahnung«, sage ich.

»Das kann nicht sein«, beharrt sie.

»Also gut, ich weiß, warum. Weil ich mir nun alles haarklein bis zur Hochzeit nacherzählt habe und jetzt von der Fabrik reden müsste, zweiunddreißig Jahre das ewiggleiche Leben. So ewiggleich, dass es mir Angst macht. Oder besser gesagt, mich ankotzt. Die Geschichte ist in zwei Minuten erzählt, da brauche ich nicht nach Wörtern zu suchen, die kenne ich. Vier Jahre am Fließband die Drehmaschine überwachen und weitere achtundzwanzig auf einem Gabelstapler – das bin ich. Jeden Tag neun Stunden pro Tag Motorteile hochhieven und sie von einem Ort zum anderen transportieren, Ende. Stopp. Ein Roboter, kein Mensch. Ein mechanischer Arm, kein schlagendes Herz. Und das Leben geht unterdessen weiter, es wartet nicht auf dich, da ist die Rate für die Hypothek, pünktlich wie der Wecker, dann der Urlaub, immer bei unseren Alten unten in Kalabrien und in San Cono, etwas anderes von der Welt bekommen wir nie zu sehen, schließlich eine Tochter, die heranwächst und mir vor meinen Augen entgleitet und so weiter und so fort … Ich weiß nicht, was ich sagen soll, Dottoressa. Und das bedeutet, dass ich nicht gelebt habe, oder noch schlimmer, dass man mich angeschmiert hat und ich das Leben, das Gott mir geschenkt hat, einfach weggeworfen habe, dass ich es schon vor dem Knast versaut habe!« Aufgebracht knete ich meine Mütze zwischen den Händen.

Sie sieht mich stumm an, ich habe wahnsinnige

Lust zu rauchen, doch als ich sie frage, sagt sie: »Auf keinen Fall, Signor Giacalone, rauchen können Sie dann draußen. Jetzt bleiben Sie sitzen, regen sich nicht auf und erklären mir genau, warum.«

»Wie meinen Sie das, warum?!«, schreie ich verärgert. »Kapieren Sie das nicht von selber?«

Darauf lächelt sie mit ihren intelligenten Augen – sie ist eine schöne Frau, dabei könnte sie meine Tochter sein – und nickt, doch dann dreht sie die Handflächen nach oben und sagt, sie könne mir nicht helfen.

»In jedem Leben gibt es einen wunden Punkt, und es tut weh, daran zu rühren, das geht nicht nur Ihnen so, Signor Giacalone.«

Nicht zu fassen!, denke ich, die Augen verdrehend, diese Frau hat einen Doktor und einen Master, und das Einzige, was sie zu sagen weiß, ist, dass jeder im Leben einen wunden Punkt hat! Am liebsten würde ich ihr antworten, dass Helin und Mei das auch mit einer Handbewegung ausdrücken könnten.

»Hören Sie, Dottoressa«, fahre ich fort, mit einer Stimme so hoch wie zu meiner Schulzeit. »Wollen Sie wissen, zu welcher Schlussfolgerung ich gelangt bin, nachdem ich so viel Zeit damit verschwendet habe, mir selbst was vorzumachen? Wollen Sie das wissen?«

»Schießen Sie los!«

»Das wahre Leben war für mich meine armselige Kindheit, die Emigration nach Mailand und das Überleben in diesen schwierigen Jahren. Mit dem Eintritt in die Fabrik hatte ich zwar ein geregeltes Auskommen, aber ich bin in einen dunklen Tunnel geraten. Es war wie ein Rosenkranz, Dottoressa. Ja, Sie haben recht verstanden, ein Rosenkranz, das dümmste Gebet, das es gibt, denn wenn man mechanisch immer dieselbe Leier wiederholt, verhallt auch das Wort Gottes im Leeren, wie eine Stimme in einem Kupferkessel. Und der Knast, liebe Dottoressa, wissen Sie, was der Knast für mich bedeutet hat? Zweiter Rosenkranz und zweiter Tunnel!«

Während ich ihr das aufgebracht und mit schweißnasser Stirn entgegenschleudere, bleibt sie still und stumm auf dem Stuhl sitzen, und vielleicht will sie mir mit ihrem liebevollen Hundeblick sagen, dass sie mich versteht.

23

Gut, Signor Giacalone, wir sehen uns nach dem Sommer wieder. Dann haben wir etwas seltener einen Termin«, sagt Dottoressa Gabrielli zu mir. Der Satz trifft mich wie eine kalte Dusche, und ich muss den Kopf senken, um meine Enttäuschung zu verbergen. Ich drücke ihr die Hand und gehe davon, ohne noch anzumerken, dass sie mir vom ersten Tag an in den Ohren gelegen habe, ich solle reden, und jetzt, wo ich damit angefangen habe, serviere sie mich einfach ab. Während ich die Tür schließe, ruft sie mich jedoch zurück, ich drehe mich um, und sie sagt mit dem Bleistift am Kinn: »Signor Giacalone, warum gehen Sie nicht selbst zu Ihrer Tochter, anstatt mit verschränkten Armen am Fenster auf sie zu warten? Für wen halten Sie sich denn, für Romeo und Julia?«

Draußen an der frischen Luft habe ich keine Lust, den Bus zu nehmen und mich zu einem Sitzplatz durchzuboxen. Deshalb gehe ich eine gute Stunde zu Fuß. Ich wandere an den Navigli entlang, starre in das schmutzige Wasser und rauche, um mich abzureagieren. Auf der Brücke sehe ich einen Hund, einen Deutschen Schäferhund, der aus dem Fenster eines Wohnhauses schaut, mit übers Fensterbett hängenden Pfoten starrt er ins Leere. Ich reiße an der Mauer ein Streichholz an und beobachte ihn. Ich versuche herauszufinden, ob auch er sich eine Geschichte erzählt.

Daheim hat Maddalena einen Reissalat vorbereitet. Ich schlinge ein paar Löffel davon hinunter, dann stehe ich auf und ziehe meinen Stuhl ans Fenster. Maddalena räumt den Tisch ab und sagt, dass ich kaue wie ein Schaf und dass ihr bald die Lust am Kochen vergeht.

In der Via Jugoslavia ist ein Trupp Kanalarbeiter unterwegs, um die Gullys zu kontrollieren. Wie umnebelt sehe ich ihnen zu, die Ellbogen aufs Fensterbrett gestützt, und beneide sie. Diese Arbeit ist besser als in der Fabrik. Im Trupp fährt man mit einem kommunalen Lieferwagen durch die Stadt und verbringt den Tag in Gesellschaft, und wenn die Kloaken auch nicht das Paradies auf Erden sind, so sieht man doch den Himmel, unterhält sich, trifft Leute.

Hätte ich nicht mit fünfzehn Jahren bei dem Gedanken, eine reguläre Stelle zu bekommen, diese naive elektrisierende Begeisterung empfunden, hätte ich vielleicht genauer auf die Drehkreuze bei Alfa Romeo geachtet. Sie sind nichts anderes als Zellengitter. Sie drehen sich wie Postkartenständer, aber tatsächlich sind es Eisenstäbe, die keinen Ausweg lassen.

An jenem 8. Mai waren wir etwa ein Dutzend Neuanfänger, alle in meinem Alter, abgesehen von einem namens Goffredo, der zehn Jahre älter war. An die Gesichter erinnere ich mich nicht. Ab und zu versuche ich sie mir vorzustellen, aber sie sind weg. Die Gesichter aus der Fabrik habe ich alle vergessen, außer dem von Sergio. Im Gefängnis habe ich, bevor ich anfing, mich mit den Erinnerungen zu beschäftigen, die Zeit mit Auslöschen verbracht, weil ich hoffte, dass die Haft dadurch erträglicher würde.

Sergio war groß und kräftig, mit buschigem Schnauzbart. Er trug stets eine kaffeebraune Samtjacke. In der Innentasche steckte eine zusammengerollte militante Zeitung oder Fotokopien französischer Streitschriften, Sachen, die in der Fabrik nicht zirkulieren durften. Sergio war Dreher, aber das spielt keine Rolle, denn jegliche Tätigkeit wurde mit den Jahren ein dummer Automatismus, der den Arbeiter zu einem Überwacher von Maschinen degradierte. Was jedoch eine Rolle spielt, ist, dass

Sergio Radaelli, ein Mailänder Mitte fünfzig, ein bedeutender und mutiger Gewerkschafter war. Einer jener Männer mit Eiern in der Hose. Er hatte in den vierziger Jahren als Metaller bei Alfa Romeo angefangen und wurde aufgrund seiner Redegewandtheit und seines hartnäckigen Wesens bald bekannt, selbst Dottor Mantovani respektierte ihn, obwohl er ihn gerne losgeworden wäre. Sergio prahlte nie mit den gewonnenen Schlachten, er sagte niemals »ich«. Er erinnerte nur gerne daran, wie er es geschafft hatte, dass die Fabrik den Männern an den Schmiedemaschinen Lederschürzen und Lederhandschuhe zur Verfügung stellte. Zuvor arbeiteten sie in Stoffkleidung, und die Arbeiter verbrannten sich alle naselang Brust und Hände.

Die erste Woche waren wir in seiner Obhut. Während er erläuterte, wie man die Leitspindeldrehmaschine bediente, fragte er mich aus, um zu testen, ob man mich in politische Initiativen einbeziehen konnte oder ob ich ein Streikbrecher war. Sofort erklärte er mir, die Arbeit sei disqualifizierend, genau dieses Wort benutzte er, mittlerweile müsse man nur noch die Roboter überwachen, bis diese uns dann irgendwann endgültig wie ausgedientes Spielzeug auf den Speicher verbannen würden.

Ein großartiger Mann, dieser Sergio Radaelli. Dennoch mied ich ihn in der ersten Zeit, und wenn er kam und sich erkundigte, ob alles in Ordnung sei, fasste ich mich kurz. Mir schien, seine Ideen und Verhaltensweisen könnten mich auf die schiefe Bahn und in Schwierigkeiten bringen. Ich war noch in der Probezeit und wollte einen guten Eindruck auf Dottor Mantovani machen, ihm beweisen, dass er sich bei meiner Einstellung nicht in mir getäuscht hatte. Die Arbeiter, vor allem die Heerscharen von jungen Männern in meinem Alter, sah ich als Versuchung und als Bedrohung, die Arbeit zu verlieren, die ich dringend brauchte, um *sciura* Lenuccia die Miete zu bezahlen und uns bald diese Wohnung in der Via Jugoslavia zu kaufen. Denn es waren bekanntlich heiße Zeiten für die Fabriken. An Hitzköpfen aller Sorten fehlte es nicht, und drei oder vier Jahre lang wusste man nie, wie der Arbeitstag endete. Daher wischte ich mir zwar, wenn ich neuen Gesichtern begegnete, die schmutzige Hand am Overall ab, um mich vorzustellen, aber dann eilte ich rasch auf meinen Platz zurück.

Meine Aufgabe bestand darin, die Leitspindeldrehmaschine zu überwachen und zu kontrollieren, dass die zentrale Schraube fest angezogen war, eine Arbeit, bei der mir die Adern am Handgelenk anschwollen, so anstrengend war das. Einmal habe ich auch eine Venenentzündung bekommen, der ganze Arm war bläulich angelaufen, und es war das einzige Mal in zweiunddreißig Jahren, dass ich die Krankenkasse in Anspruch genommen habe, Dottor Pirovano, der Betriebsarzt, hat mich persönlich fünf Tage krankgeschrieben. Heute wird es meine Arbeit gar nicht mehr geben, weil die Maschinen noch technologischer geworden sind, wahrscheinlich muss man sie nicht einmal mehr überwachen, wie auch immer das funktioniert. Es war eine idiotische Arbeit, sonst nichts. Die Dottoressa Gabrielli und alle, die nie am Fließband gearbeitet haben, können das nicht begreifen, aber so ist es. Es war eine idiotische Arbeit, die auch diejenigen, die sie machten, verblöden ließ. Man brauchte keinerlei Vorkenntnisse. Die Leute, die im Unterschied zu mir Ausbildungskurse zum Schmied, Schweißer und Dreher gemacht hatten, fühlten sich total angeschmiert, wenn sie ein Metallding überwachen mussten, das alles vorgab und sogar stoppte, wie lange man zum Pinkeln und zum Naseputzen brauchte. Dann doch lieber eine Trattoria am Meer eröffnen, wie Maddalena sagte. Sich nicht zufriedengeben. Alles sollte anders werden.

Wie auch immer, ich schloss mich erst nach einer ganzen Weile den anderen Arbeitern an, als meine Frau und ich diese Wohnung gekauft hatten und regelmäßig die Hypothek abzahlten und sie als Hausmeisterin im städtischen Kindergarten arbeitete und schon langsam das Bäuchlein mit meiner Elisabetta drin bekam. Erst da fühlte ich mich sicherer und beteiligte mich gelegentlich an den betriebsinternen Freizeitinitiativen von Alfa – Boccia-Turniere, Landpartien, Ausflüge in die Schenken von Lambrate, wo gesungen wurde und der Rotwein floss. Alle anderen kamen mit ihren Frauen und drängten mich, ich solle doch auch meine Frau mitbringen, aber allein bei der Vorstellung, Maddalena könnte zwischen so vielen zum Teil auch noch gleichaltrigen Männern sitzen und einer würde sie gar zum Tanzen auffordern, brach mir der kalte Schweiß aus. Daher gab ich es bald wieder auf, bei diesen Sachen mitzumachen, und eines Tages, als ich mich mehr langweilte als gewöhnlich, sagte ich zu Sergio, ich wolle an den Treffen teilnehmen, die er organisierte.

»Nur so, aus Neugier.«

Er lächelte unter seinem graumelierten Schnauzbart und nahm mich am Arm.

»Darauf habe ich schon lang gewartet, du Dickkopf von einem Sizilianer!« Er legte mir die Hand auf die Schulter.

Genau zu der Zeit plagte mich ein wiederkehrender Alptraum. Ich arbeitete am Fließband wie jeden Tag, und plötzlich stehen zwei Arbeiter vor mir. Sie verraten mir, dass alles, was wir machen, nicht der Autoherstellung dient, sondern der Produktion von Minen und Feuerwaffen. Kaum haben sie das gesagt, verschwinden sie wieder. Ich stehe stumm vor der Maschine und werde schier verrückt bei dem Gedanken: Bin ich dann auch schuld? Werde ich, wenn ich hier weiterarbeite, auch zum Waffenfabrikant oder bleibe ich bloß der arme Teufel, der für die Drehmaschine zuständig ist? Wochenlang träumte ich diesen Traum, ohne die Frage je beantworten zu können, auch nicht im Wachen.

Jedenfalls kannte ich nach zwei Treffen schon die Vor- und Nachnamen aller Fabrikarbeiter, die Gewerkschaftsmitglieder waren. Auch ich wurde Mitglied. Bei den Versammlungen ging es um Dinge, die mich heute gleichgültig lassen würden, mich damals aber begeisterten. Die Treffen fanden im Gewerkschaftshaus an der Via Ciro Menotti in Arese statt, einem kleinen Gebäude, dessen Räume wie Hörsäle eingerichtet waren. Überall standen Stühle mit Klapptischchen an den Armlehnen, damit man bequem schreiben konnte. Während ich diesen Debatten über Lohnkäfig, gleitende Lohnskala, die Überlegungen zur Notwendigkeit von Betriebskantinen und anderen Rechten zur Wahrung der Würde der Arbeiter lauschte, kam ich mir vor, als sei ich in die Schule zurückgekehrt. Eine Schule für gestandene Männer, in der man nicht den Lehrsatz des Pythagoras und das Einmaleins lernt, sondern von Ideen und Projekten hört, die einem ermöglichen, das Funktionieren der Welt besser zu durchschauen. Zum zweiten Treffen erschien ich mit Heft und blauem Stift, damit ich mir Notizen machen konnte. Ich begann zu lernen, mir Bücher zu fotokopieren, kurz, mir den Kopf mit all diesen Flausen vollzustopfen, die mich immerhin einige Jahre bei der Stange gehalten und mir geholfen haben, eine Arbeit zu ertragen, die ich immer mehr hasste. Einige Kollegen aus der Abteilung wollten mich überreden, in die Kommunistische Partei oder in Gruppen wie Lotta Continua oder Potere Operaio einzutreten, und berichteten mir von ihren Treffen, von Streikposten, Massenschlägereien und Flugblattaktionen. Ich erwiderte, dass ich mich kommunistischer fühlte, wenn ich über die Schichtzeiten und die Ausrüstung mit Arbeitsschutzkleidung verhandelte, anstatt Komplotte zum Umsturz des Systems zu schmieden. Außerdem hätte mich Maddalena verlassen, wenn ich der Partei beigetreten wäre, denn sie ist aus Kalabrien, und wenn sie etwas sagt, bleibt sie dabei.

Doch auch diese Begeisterung, wie lang hat sie gedauert? Zwei Jahre? Drei? Danach war die Atmosphäre vergiftet, und die Treffen glichen keiner Schule für gestandene Männer mehr, sondern waren ein einziges Tohuwabohu, ein Wettstreit, wer lauter ins Mikrophon brüllte. Kurz, die verschiedenen Gruppierungen bekämpften sich, die Initiativen wurden nicht mehr vorangetrieben, weil man mit denen streiten musste, die politisch aktiv waren und fast immer das Gegenteil von dem taten, was sie predigten. Daher blieb die Heftseite weiß, und ich verbrachte die Zeit weniger mit Zuhören als damit, an meinem Stift zu nagen. Ohne die Hand zu heben und meine Meinung zu sagen. Das letzte Mal, dass ich in die Via Ciro Menotti gegangen bin, war 1975. Es war ein Winterabend, und auf den Gehsteigen lag Schnee.

24

Maddalena behandelte ich immer gut, und es verging kein Zahltag, ohne dass ich ihr eine Kleinigkeit mitbrachte. Eine Orchidee, einen Schal, ein gerahmtes altes Foto von uns. Doch meine besitzergreifende Veranlagung wurde immer schlimmer, und an manchen Sonntagen musste ich mich zwingen, mit ihr auszugehen, denn mir schien, alle würden sie mit den Augen verschlingen, und das machte mich rasend. Nach Elisabettas Geburt befürchtete ich ständig, jemand könne sich Maddalena oder gar dem Baby nähern und ihnen etwas antun. Mir war, als könnte ich diese ganze Aufregung nicht ertragen, und nur wenn ich in der Tasche das neue Messer umklammerte, das ich heimlich gekauft hatte, beruhigte sich mein Herzklopfen.

»Schluss jetzt! Gehen wir nach Hause, ich halte dich nicht mehr aus!«, rief Maddalena und zog ihren Arm aus meinem.

Ab und zu schlug sie mir vor: »Komm, wir rufen Pasquale und Vittoria an. Frag sie, ob sie lieber auswärts oder bei uns Lasagne essen wollen.« Dann spielte ich ihr das ganze Theater vor, betrat mit der Münze in der Hand die Telefonzelle, tat so, als wählte ich die Nummer, und sprach in den Hörer. Wenn ich herauskam, sagte ich zu ihr: »Heute Abend haben sie schon was vor.« So führte ich meine Maddalena allein aus oder ging mit ihr ins Kino, um einen dieser rührseligen Filme anzuschauen, die sie so gern mochte, aber sie musste immer ganz außen sitzen, damit sich niemand neben sie setzen konnte. Nur ich.

Jedenfalls habe ich als Dreher gearbeitet, bis der Abteilungsleiter mich aufforderte, den Führerschein für den Gabelstapler zu machen, der Kurs wurde von Alfa bezahlt und fand in der Arbeitszeit statt. Der alte Sergio, dem ich gestanden hatte, dass ich es bedauerte, so früh die Schule abgebrochen zu haben, riet mir: »Sag ihnen, dafür sollen sie dich in das Hundertfünfzig-Stunden-Programm für den Grund- und Hauptschulabschluss aufnehmen.« Das tat ich, und mein Antrag gelangte bis in die höheren Etagen zu Dottor Mantovani, der mich im folgenden Jahr auf die Liste setzte.

Nach der Schicht fuhren wir im Bus hin und hatten vier Stunden Unterricht. Ich war der aufmerksamste Schüler, saß in der mittleren Reihe in der ersten Bank. Es war mir gleich, ob mich die anderen

Arbeiter lächerlich fanden, die auf ihren Stühlen lümmelten und nur mit einem Ohr hinhörten oder im Schulzimmer rauchten oder sagten, die politisch korrekte Vier sei sowieso garantiert. Ich nahm jede Stunde ernst und stellte oft Fragen, um auch alles genau zu verstehen, denn später zu Hause konnte mir niemand helfen. Die Lehrer waren zum größten Teil gar nicht schlecht, einige sogar sehr gut, aber ich muss sagen, einen zweiten Lehrer Vincenzo wird Gott nie mehr auf die Erde schicken, der war einzigartig. Ich sehe ihn, wie er im Himmel die Engel unterrichtet oder die Ungetauften im Limbus, denn er arbeitete gern an schwierigen Orten und war überzeugt, wo das Elend am größten ist, ist die Schule am nötigsten. Meiner Ansicht nach steigt Vincenzo Di Cosimo auch jetzt als federleichte Seele im Paradies morgens von seinem reservierten Platz oder seiner Wolke herunter und geht mit seiner abgewetzten Ledertasche los, um neuen Zöglingen Gedichte beizubringen oder vom Privateigentum zu erzählen, das dort oben ja wahrscheinlich direkt vom Chef selbst abgeschafft wurde, der wollte schon immer, dass alle Menschen gleich sind, und meiner Ansicht nach ist auch er Kommunist.

Auch wenn die Arbeitskollegen mich für zu ernst und ein bisschen komisch hielten (»Giacalone, der

Streber«, nannten mich einige), auf der Busfahrt redeten und lachten wir. Und einmal geschah in der Schule sogar etwas Lustiges. Tonio, ein netter Junge, amüsierte sich damit, allen einen Spitznamen zu geben. Eines Tages, ich weiß nicht mehr, warum, umarmte er mich, und als er meine Schulterblätter spürte, staunte er, wie mager ich war. Er wiederholte genau das, was Peppino und die Kinder in der Via dei Ginepri zu mir gesagt hatten: »Du bist wirklich ein *pelleossa,* nur Haut und Knochen.« Mir kamen fast die Tränen. Rasch erklärte ich ihm, dass er meinen alten Spitznamen ausgegraben hatte, und so wurde ich bald für die ganze Fabrik das, was ich schon in der Via dei Ginepri gewesen war, Ninetto Pelleossa oder, wenn einer es eilig hatte, einfach Pelleossa.

Am besten gefiel mir der Geschichtsunterricht. Ich wollte die Daten lernen, die Namen der Könige, Minister und Schlachten, und machte mir Notizen wie ein Besessener. Noch heute empfinde ich eine unsagbare Genugtuung, wenn ich mich in einem Thema auskenne. Das geht ja nicht allen so, es gibt Leute, die nicht an Wissen interessiert sind, sie leben gut mit ihrer Unwissenheit. Ich dagegen bin neugierig, ich ärgere mich maßlos, wenn von Dingen die Rede ist, von denen ich noch nie gehört habe, und genieße es, wenn mir jemand eine Frage stellt und ich sie so ausführlich beantworten kann, als hätte ich das Fach studiert.

Manchmal stelle ich mir vor, wie ich die kleine Lisa von der Schule abhole und ihr einen Happen zu essen hinstelle, bevor sie ihre Hausaufgaben macht. Während sie ein Nutella-Brot isst, schaue ich unauffällig in ihrem Schulkalender nach, was die Lehrerin ihr für morgen aufgegeben hat, und verbringe den Abend nicht mehr an diesem vermaledeiten Fenster, sondern über Bücher gebeugt, um eine Leuchte der Wissenschaft zu werden. Wenn wir uns dann am nächsten Tag an den Tisch setzen, staunt sie über mein Wissen, das ich in keiner Schule, sondern ausschließlich im Selbststudium erworben habe, wie Giacomo Leopardi, der als Kind Tag und Nacht lernte, bis die Kerzenstummel vollkommen heruntergebrannt waren, und was er mit zehn Jahren wusste, hatten ihm nicht die Lehrer beigebracht, die ihm höchstens noch die Füße waschen konnten.

Vielleicht erhoffe ich mir, dass ich durch Lisa wieder eine Beziehung zu Elisabetta und Paolo haben könnte. Ja, denn ich denke, wenn Lisa mich mag, werden ihre Eltern mich nicht mehr nur verachten.

25

Eines Abends besuchte Giuvà uns zu Hause mit seiner Familie und schlug mir vor, in ihre Maurerfirma für alles einzusteigen, die Giorgio und er »Doppel-G« getauft hatten. Sie hatten sofort jede Menge Arbeit und brauchten neues Personal. Es war ein netter Abend mit Giuvà, dem Mann aus meinem Dorf. Wir sprachen über das Elend, das wir hinter uns gelassen hatten, über San Cono, das nun so weit weg war, über unser jetziges Leben, über die Fabrik und auch über den Bienenstock. Dass wir ein Stück Weg gemeinsam zurückgelegt hatten, ließ das Gespräch nie versiegen, denn Giuvà und ich hatten immer Erinnerungen und Witze parat, die auch unsere Frauen und seine Töchter zum Lachen brachten, und vielleicht auch meine Elisabetta, die uns mit ihren seligen Babyaugen und dem Häubchen auf dem Kopf aus dem Kinderwagen ansah. Was die Firma betreffe, sagte ich, könne ich samstags und sonntags bei ihnen arbeiten, doch er erwiderte, er brauche jemand für die ganze Woche, und so musste ich ablehnen. Zufällig hörte ich dann im Umkleideraum bei Alfa von zwei Brüdern, die nach der Fabrik in einer Bar jobbten, und es funktionierte, weil sie sich in den Schichten abwechselten.

Aha, sagte ich mir, das mache ich auch. Ich ging zu Sergio und fragte ihn, welcher Arbeiter es seiner Ansicht nach am nötigsten hatte, seinen Lohn etwas aufzubessern. Da gebe es einen namens Gaetano, sagte Sergio, in der Lackiererei. Gesagt, getan. In der Mittagspause ging ich zu Gaetano und erklärte ihm, während ich in mein Brötchen biss, was, warum und wie. Gaetano antwortete, es freue ihn sehr, dass ich an ihn gedacht hätte. Er musste die Hypothek für die Wohnung abzahlen und hatte fünf Kinder. An seine Erzählungen über die Armut in der Basilikata und das Leben in der Nähe von Matera erinnere ich mich heute noch. Sie klangen wie traurige Märchen, denn sie waren voller müder Tiere und Höhlen, voller Berge und Banditen, abergläubischer Riten und Hexen.

Als wir zu Roberto, unserem Abteilungsleiter, gingen und ihn baten, uns entgegenzukommen, schloss er als echter Neapolitaner mit den Worten: »*Fate chill che cazz vulite basta ca venite a faticà!*« Macht, was ihr wollt, Hauptsache, ihr kommt pünktlich zur Arbeit. Also richteten wir unsere

Schichten entsprechend ein. Morgens Gaetano-Alfa-Romeo und Ninetto-Doppel-G und nachmittags umgekehrt. Wir renovierten Wohnungen, mussten Mauern hochziehen, Bäder herausreißen, Wände streichen, Fußböden verlegen. Ich hielt das Tempo gut durch, auch wenn ich mich heute frage, wie ich dieses Leben bloß dreißig Jahre lang ausgehalten habe. Im Gefängnis haben mir viele erzählt, dass sie schon bei geringeren Anstrengungen Kokain schnupften und andere Muntermacher konsumierten. Mir dagegen haben immer ein Marmeladebrötchen und ein doppelter Espresso zusätzlich zu den Mahlzeiten gereicht. Nur manchmal schlief ich in den leeren Wohnungen auf dem Boden ein und erwachte ganz verfroren. Wenn ich für Giorgio und Giuvà arbeitete, dachte ich immer an die Baustelle in Bollate, wo man sich auf dem Gerüst gelegentlich was zurief und den Passantinnen hinterherpfiff, und in der Pause ging's ab auf den Gehsteig, um zu Mittag dieses herrliche Stangenbrot mit Speck zu vertilgen, nach dem man sich wie neugeboren fühlte. Dort fehlte es nie an Himmel, davon gab es, wenn auch grau und bleich, so viel du wolltest, und ab und zu, wenn die anderen sangen und ich nicht gerade an meine Mama oder andere traurige Dinge dachte, fiel auch ich in den Chor mit ein. Oder ich erinnerte mich, wenn Giorgio und Giuvà mich zum

Anstreichen schickten, oben auf der Leiter zum Zeitvertreib an Currado und die Abruzzesen, lauter außergewöhnliche, erstklassige Leute. Andere Male wiederum dachte ich an Elisabetta, der es bei drei Gehältern, zwei von mir und einem von Maddalena, an nichts fehlte. Ich stellte sie mir schon als Frau vor, eine Akademikerin mit Klasse, nicht so eine einfache Person wie ich. Und ich dachte auch an den kleinen Sohn, den ich mir wünschte und den ich Luigi nennen wollte, nach Maddalenas Vater, dem Partisan, während mein Vater Rosario gewiss kein Denkmal verdient hatte.

Doch der Junge ist nie gekommen. Nach Elisabetta ist Maddalena nicht mehr schwanger geworden. Wir versuchten es immer wieder, aber nichts. Ich hatte es mir so sehr in den Kopf gesetzt, dass ich mit meiner Frau schlief, ohne es zu genießen, und jeder Monat war wieder eine Enttäuschung, die mir die Laune verdarb, und ich fühlte mich als Versager. Nach einigen Jahren habe ich sie gefragt, ob sie einen kleinen Jungen adoptieren wolle, denn die Raten für die Wohnung waren erträglich, und Geld hatten wir genug. Doch davon wollte Maddalena nichts wissen.

»Nur wenn es hier rauskommt, ist es mein Kind!«, schrie sie weinend, die Hände schützend auf den Bauch gelegt. »Lass mich in Ruhe!«, brüllte sie tränenüberströmt aus dem abgeschlossenen Schlafzimmer. »Hau ab!«

Ich dagegen hätte gern ein armes Würmchen aus irgendeinem anderen Teil des Planeten aufgenommen. Für mich machte es keinen Unterschied, ob es aus einem anderen Bauch kam, aus einem anderen Samen. Durch die Liebe und den Schutz, die ich ihm gegeben hätte, wäre es mein Kind geworden. Ein Samen bedeutet nichts ohne die warme Erde, die Hände des Bauern, die Sonne, das sollten die Leute wissen. Sogar ein kleines Negerlein hätte ich genommen, auch wenn man in jenen Jahren kaum schwarze Kinder sah. In den Grünanlagen trifft man heute welche, die so lebhaft sind, dass man Lust bekommt, mit ihnen zusammen hinter den Hunden herzulaufen.

Jedenfalls fehlt mir ein männlicher Nachkomme. Elisabetta ist ein Einzelkind wie ich; ich hatte zwar eine ältere Schwester, Maria, doch habe ich sie nie kennengelernt, weil sie mit einem Jahr gestorben ist. Sie und Luigi sind zwei Menschen, die es in meinem Leben nicht gegeben hat, und an manchen Tagen denke ich an sie und würde gern kleine Gedichte über sie schreiben, wenn ich könnte. Es ist nicht schön, ein Einzelkind zu sein. In deinem Wortschatz fehlt ein wichtiges Wort: Bruder. Ein Wort, das viele außerordentliche Dinge bedeutet, deshalb haben es sich nicht nur Pfaffen und Politiker, Leute, denen ich nicht vertraue, zu eigen gemacht, sondern auch Heilige wie Franz von Assisi und berühmte Schriftsteller. Leute, vor denen man den Hut ziehen und sich verneigen muss.

26

Ich verlasse das Haus und schaue bei Helin und Mei vorbei. Ich schimpfe mit ihnen, weil sie so mager und abgehärmt sind, vor allem Mei.

»In den nächsten Tagen lade ich euch zu uns nach Hause ein, damit ihr mal was richtig Gutes zu essen bekommt. Meine Frau macht einen Auberginenauflauf, der euch nur so auf der Zunge zergehen wird.«

Dann verabschiede ich mich von ihnen und möchte eigentlich zum Lesen in den Park gehen, schlage aber einen anderen Weg ein. Ich umklammere mein Buch auf die gleiche Art wie vorher das Messer in der Hosentasche. Ich überquere die Umgehungsstraße. Im Ohr verdichten sich die Geräusche, und der Verkehr klingt wie das Scheppern in der Fabrik. Via Lampugnano, Via Natta, Via Salmoiraghi, Piazzale Lotto. Und schließlich Via Monte Bianco. Eine kaum befahrene Straße, lauter dreistöckige Wohnhäuser. In der Nummer 28 wohnt Elisabetta. Ich will schon klingeln, doch plötzlich erschrecke ich und ziehe die Hand zurück.

Hinter einer Reihe niedriger Hecken öffnet sich ein kleiner Hof mit Blumenbeeten, einem Brunnen und zwei Rutschbahnen. Er ist bestimmt nicht so wie unserer, voller Löcher und Gullys. Ich sehe mich um und bin froh, dass Elisabetta in ein vornehmes Haus gezogen ist, nicht in eine Sozialwohnung wie wir. Hier kann Lisa sicher in aller Ruhe spielen, vielleicht könnte man sogar ohne Messer aus dem Haus gehen, sage ich mir und nicke.

Ich weiß nicht, warum ich in die Via Monte Bianco gekommen bin. Nicht um zu spionieren. Nicht um zu warten. Vielleicht, weil ich nicht weiß, wohin ich sonst gehen soll, da ich jetzt niemanden mehr habe.

Gegenüber von Elisabettas Haus befindet sich ein kleiner Park mit Steinbänken und einem Freigehege, wo man Hunde ohne Leine laufen lassen darf. Die Pinien bilden ein schattiges Dach. Ich setze mich auf eine dieser Bänke, die Arme auf die Rückenlehne gestützt. Ich schlage die Beine übereinander, betrachte die im Hof spielenden Kinder und ziehe einen neuen Roman heraus, *Der Fremde*. Den habe ich vorgestern für einen Euro an einem Stand am Piazzale Loreto gekauft, denn der Besitzer hat gesagt: »Jetzt haue ich noch die letzten Bücher raus, und dann wechsle ich den Beruf.«

»Was wird aus dem Stand?«, habe ich gefragt.

»Wenn Sie wollen, verkaufe ich ihn Ihnen.«

Schade, dass ich so wenig Geld habe, sonst hätte es mir nicht missfallen, an der frischen Luft Bücher zu verkaufen und dabei den ganzen Tag das Gewimmel von Mailand zu beobachten, mir das Leben all dieser Leute auszumalen, die herumflitzen wie Autoscooter auf der Bahn.

Die Lektüre packt mich gleich auf der ersten Seite. Nur ab und zu werfe ich einen Blick auf die Haustüre, um zu sehen, wer da ein und aus geht.

So halte ich es von nun an Tag für Tag. Auch Maddalena erzähle ich von meinem neuen Zeitvertreib. Sie sagt nichts dazu, sieht mich nur mit fragender Miene von der Seite an.

Auf der Bank denke ich zwischen einem Kapitel und dem nächsten immer an Elisabetta, spüre aber auch eine gewisse Enttäuschung. Wie Sand, der durch die Finger rinnt. In meiner Erinnerung ist meine Tochter ein Kind und dann auf einmal erwachsen. Dazwischen sehe ich nichts. Sie liegt in der Wiege, krabbelt, stammelt die ersten Worte und ist im Nu eine gestandene Frau mit vorstehendem Busen und einem engelsgleichen und zugleich frechen Gesicht voller Sommersprossen wie ihre Mutter. Ich entsinne mich, wie wir stritten, als sie ein junges Mädchen war, es ging um Lippenstift, hohe Schuhe, Taschengeld und wann sie zu Hause sein musste. Heute weiß ich nichts über die Lebensgewohnheiten meiner Tochter, ich kenne keine Einzelheiten, was schlimm ist, denn ich habe in einem Buch gelesen, dass man die Menschen kennt, wenn man Einzelheiten von ihnen weiß, und auch die Vollkommenheit Gottes erkennt man daran, dass sich seine Geschöpfe in vielen Einzelheiten voneinander unterscheiden und nichts schlampig gemacht ist. Es war Maddalena, die Elisabettas Entwicklung verfolgte, sie erzog, sie ermutigte. Ich war für meine Tochter nie ein Bezugspunkt.

Sie war sechsundzwanzig und kam gewiss nicht zu mir, um über ihren Freund zu reden, denn wie gesagt, ich war der Herr Niemand, ich zählte nicht, und wirklich hörte man meine Stimme nur gelegentlich danke oder bitte sagen, wenn wir uns bei Tisch Schüsseln und Gläser reichten. Die Familie funktionierte damals anders als jetzt. Heute sind die Männer im Haushalt besser als die Frauen, sie waschen, kochen, bügeln Hemden. Bis vor wenigen Jahren dagegen kam der Mann abends nach Hause, und seine Frau erwartete ihn mit den Pantoffeln an der Tür. Die Kinder brauchte man zur Begrüßung nur kurz unter dem Kinn zu kraulen, schon hatte man seine Pflicht erfüllt. Dennoch, unsere Beziehung war hohl wie ein Kürbis, und ich litt darunter. Ja, ich litt darunter, auch wenn ich nicht wusste, wo ich anfangen sollte, um das Problem zu lösen. Ich war unfähig, den ersten Schritt zu tun, nur ein einziges Mal in meinem Leben hatte ich mich dazu durchgerungen, damals mit Maddalena, an jenem fernen Tag, als ihr Fahrrad einen Platten hatte. Elisabetta war für mich wunderschön, und ich hätte ihr gerne viele Dinge gesagt, die aber in meinem Mund verschlossen blieben. Wie gern hätte ich sie noch einmal auf der Fahrradstange mitgenommen oder wäre Hand in Hand mit ihr durch die Straßen spaziert oder in die Bar gegangen, um Fanta zu trinken. Doch dieser Zug war abgefahren, sie war nicht mehr klein, die Nähe zwischen uns war verloren, und das Leben drängte sie weiter. Weiter, immer weiter, während es mich kurzhielt wie einen Hund an der Kette. Die Fabrik, die Arbeit als Maurer, meine immer schlimmere Müdigkeit führten dazu, dass ich mich mehr und mehr zurückzog, so dass ich Elisabettas Bedürfnisse nicht erkennen und nicht zu ihrer Seele vordringen konnte. Als ich daher an jenem Samstagnachmittag das Fahrrad holen wollte und sie im Dunkeln mit zurückgelehntem Kopf im kalten Gang des Kellers sah, während ein großer, breitschultriger Mann, wie Paolo einer ist, sie an sich drückte, da hat es mich überkommen, mir schien, als wollte er sie vergewaltigen oder umbringen oder für immer schänden, meine Elisabetta, und nie, nie!

hätte ich gedacht, dass es einfach ein bisschen Lust auf Liebe war. Ich sah Finsternis, Trostlosigkeit und den Körper eines Mannes an den meiner Elisabetta gepresst, die ich an den offenen Haaren und an der weißen Bluse erkannte, die wir ihr einige Tage zuvor zum Geburtstag geschenkt hatten. Deswegen habe ich zugestochen. In der für meine schmalen Augen zu schwarzen Finsternis habe ich mehrmals mit dem verfluchten Messer zugestochen, das ich stets in der Tasche trug, schon bevor meine zu rasch groß gewordene Kleine überhaupt auf die Welt gekommen war. Er ist zusammengesackt, ein Schwall Erbrochenes kam aus seinem Mund, und Elisabetta schrie und begriff nicht, dass es ihr Vater war, der zugestochen hatte. Als sie mich dann sah, gellte sie noch lauter und riss sich die Haare aus über ihrem Paolo, bis sie ohnmächtig wurde. Ich stand reglos da, das schmutzige Messer in der Hand. Schon jetzt erinnerte ich mich an nichts mehr, auch wenn ich später den Polizisten und Anwälten alles hundertmal ganz genau wiederholen musste. Ich erinnere mich nur an ihr Ohnmächtigwerden in der Dunkelheit. Und ich weiß noch, dass mir etliche Sätze, die ich ihr sagen wollte, im Hals steckenblieben: »Jetzt kann er dir nichts mehr antun«, »Ich hab dir doch gesagt, du sollst zu Hause bleiben« und so weiter. Signor Marino aus dem Erdgeschoss war es, der die Schreie hörte, den ganzen Horror sah und Hilfe holte.

Paolo wurde x-mal operiert und hinkt noch immer, hat Maddalena mir gesagt. Aber er hat überlebt und sich allmählich erholt. Langsam haben sie ihr Glück wiedergefunden. Sie haben geheiratet, eine geräumige Wohnung gekauft und, vor fünf Jahren, die süße Lisa in die Welt gesetzt.

27

Ich habe nicht einmal die Ankunft des Rettungswagens abgewartet. Ich bin die Treppe hinaufgelaufen und aus dem Keller wieder ans Licht gekommen. Es stach, das Licht an jenem Nachmittag. Signor Marino hat mich entsetzt angesehen, aber nicht gewagt, mich aufzuhalten. Vor der Haustür war die Luft frisch, und man merkte, dass die Welt sich weiter drehte, ohne mit der Wimper zu zucken, als wäre sie aus Stein. Die Wolken waren an jenem Tag sogar noch weißer, der Wind spielte im Laub der altersschwachen Platanen in der Via Jugoslavia, leicht gekleidete Mädchen radelten vorüber. Zweifellos war dieses Schauspiel die Strafe Gottes, damit ich mich mieser fühlte denn je zuvor.

Langsam und entschlossen schlug ich den Weg zum Kommissariat in der Via Falck ein. Im Gehen umklammerte ich immer noch das Messer. Auf den Fingerkuppen spürte ich die Blutstropfen, die allmählich verkrusteten. »Jetzt kann er dir nichts mehr antun«, »Ich hab dir doch gesagt, du sollst zu

Hause bleiben.« Nur das wiederholte ich innerlich wie ein Roboter, wie eine Drehmaschine. In der Via Fichera habe ich einen Rettungswagen gesehen, der sich zwischen den Autos durchschlängelte und Richtung Zentrum abbog, ohne an der Ampel auf Grün zu warten. Ich tastete nach den Zigaretten. Da ich kein Feuerzeug hatte, steckte ich mir eine in den Mund und kaute auf dem Filter herum. Ich wollte jemanden bitten, mir Feuer zu geben, aber die Sprache war mir abhandengekommen. Das Schweigen hatte begonnen, eine hohe, stacheldrahtbewehrte Mauer um mich zu errichten. Gewiss befinden sich in dem Rettungswagen Elisabetta und Paolo, er ist an der Verletzung gestorben, Elisabetta an gebrochenem Herzen. So dachte ich, während sich das Heulen der Sirenen entfernte.

Ich fand eine Telefonzelle, am Stadtrand gab es damals noch ein paar. Innen lagen Glasscherben, und es stank nach Pisse. Auch der Hörer war übel zugerichtet, die Kupferdrähte hingen heraus. Trotzdem funktionierte er. Ich habe zwanzig Cent eingeworfen und mit Mühe unsere Telefonnummer gewählt.

»Hallo«, hat eine unbekannte Stimme gesagt.

Noch einmal habe ich zwanzig Cent eingeworfen. Die Anstrengung, mich an die Nummer zu erinnern, trieb mir den Schweiß auf die Stirn, und meine Hände wurden steif. Am anderen Ende antwortete niemand. Ich stellte mir vor, wie das schnurlose Telefon, das Maddalena immer auf dem Sofa vergaß, läutete. Ein fröhliches Geklimper hallte durch die leere Wohnung, während Maddalena vielleicht in Hausschuhen die Treppe hinuntereilte und sich am Geländer festhielt, ohne zu verstehen.

Ich habe den Hörer herabhängen lassen und bin weitergegangen. Ein Streifenwagen der Polizei kam auf mich zu, fuhr aber vorbei, ohne mich zu beachten. Unter den Fußsohlen spürte ich das Knirschen der Glassplitter, die ich auf den Gehsteig mitgeschleppt hatte.

Im Kommissariat standen die Fenster offen. Ununterbrochen klingelte die Telefonanlage, und ein Typ brüllte Befehle auf Neapolitanisch. Am Eingang sah ich einen Carabiniere auf und ab gehen und rauchen, wodurch sich die automatische Tür hinter ihm unentwegt öffnete und schloss. Bevor er seinen Zigarettenstummel auf dem mickrigen Grünstreifen austrat, blickte er mich finster an. Beeil dich, schien er zu sagen, wir haben schon zu lange auf dich gewartet.

Ich beschleunigte meine Schritte und hielt vor dem Eisentor inne. Als ich daran rüttelte, um es zu öffnen, blieb am Gitterstab ein rötlicher Fingerabdruck zurück. Auch ich fühlte, dass ich schon zu lange auf mich hatte warten lassen. Nach einigen Minuten kam ein älteres Ehepaar Arm in Arm aus dem Gebäude die Treppe herunter. Sie brummte etwas über die Alarmanlage in der Wohnung, die nicht funktioniert hatte. Ich rannte los, ohne ihnen den Vortritt zu lassen, und prallte dabei gegen die Schulter des Mannes, der mich erbost in mailändischem Dialekt zurechtwies. Im Warteraum saßen Leute, und als ich auf den Schalter zuging, hat mir der Carabiniere befohlen zu warten, bis ich an die Reihe käme. Ohne um Erlaubnis zu fragen, bin ich daraufhin den Korridor hinuntergegangen und ins erste Zimmer eingebogen, wo einer am Computer Protokolle abschrieb. Er hat erst den Kopf gehoben, als ich mich auf den Stuhl fallen ließ.

»Ihr müsst mich festnehmen«, habe ich gesagt.

Das Klappern der Tasten verstummte. Ich habe das blutverschmierte Messer herausgezogen und es auf den Schreibtisch gelegt. Die Schneide hat sich in einen Stoß Papiere geschoben.

Ich habe keine Frage beantwortet, sondern nur gesagt, dass ich im Dunkeln zugestochen habe. Mit Maddalena hätte ich vielleicht gesprochen, aber ich brachte es nicht fertig, darum zu bitten, dass man sie holen sollte. Es folgten mehrere Telefonate, es kamen weitere Leute, die mich bestaunten wie ein Museumsstück. Jeder stellte seine Fragen, und jedem antwortete ich mit Schweigen. Dann schlossen sich die Handschellen um meine steifen Handgelenke.

An den Fenstern der Mannschaftswagen sind schwarze Netze, damit man nicht hinausschauen kann. Ich wollte unbedingt wissen, welchen Weg sie fuhren, um mich ins Gefängnis von Opera zu bringen. Die Gedanken verengten sich allmählich immer mehr, fixierten sich auf unbedeutende Einzelheiten. Am nächsten Tag erschien dann der Pflichtverteidiger. Ein fetter, kahlköpfiger junger Mann um die dreißig mit der Brille eines Kurzsichtigen, die sein Gesicht noch runder machte. Wir gingen in einen Raum, der genauso war wie der im Kommissariat, aber kleiner und mit einer Klimaanlage, die mir eisig in den Nacken blies. Er stellte mir in etwa die gleichen Fragen, nur ein wenig rücksichtsvoller, in ruhigerem Ton, doch auch ihn habe ich abblitzen lassen. Der bescheuerte Anwalt glaubte, es sei eine Frage des Tonfalls. Als er endlich aufstand, habe ich ihn am Hosenbein gepackt und auf den Stuhl zurückgezogen.

»Sagen Sie meiner Frau, das Messer war nicht das, das sie mich vor vielen Jahren in den Abfall hat werfen lassen.«

»Soll ich sonst noch etwas bestellen?«, hat er gefragt, doch mir war schon wieder die Stimme weggeblieben.

Nach dieser Begegnung haben sie mich in die Zelle 44 verlegt. Ich weiß nicht, wer an jenem Tag mit mir dort war, und könnte auch nicht sagen, wie viele Leute in zehn Jahren gekommen und gegangen sind. Ich weiß, dass mir irgendwann jemand ein Feuerzeug hingeschoben hat und ich die ganze Schachtel aufgeraucht habe.

Dann ist Maddalena gekommen. Wir haben die ganze Stunde kein Wort gesprochen. Sie wartete darauf, dass ich ihr etwas erklärte, und ich, dass die Zeit verging. Am Ende hat sie jedoch der Wache eine Stange Zigaretten für mich ausgehändigt.

»Ich weiß nicht, wann ich wiederkomme.« Damit ist sie aufgestanden. Ich habe sie zwei Jahre lang nicht mehr gesehen.

Nachdem ich eine Woche das Essen verweigert hatte, haben sie mich zum Gefängnisarzt gebracht, einem grauhaarigen Typen mit Händen, die nie stillhielten. Am liebsten hätte ich sie ihm auf dem Tisch festgehalten, diese behaarten Hände.

»Wenn Sie weiterhin das Essen verweigern«, hat Seine Hoheit mit dem weißen Kittel verkündet, »müssen wir Sie intravenös ernähren.«

Am Abend habe ich einige Löffel Brühe runtergewürgt. Manchmal aß ich ein paar Bissen altbackenes Brot, das ich unter meinem Kopfkissen verwahrte.

Niemand rührte mich an, und niemand richtete das Wort an mich. Bis es unmöglich wurde, die Tage zu zählen. Unmöglich zu wissen, ob es draußen kalt oder warm war, ob es Montag oder Samstag war, und im Lauf der Monate auch, ob es Tag oder Nacht war, denn ich lag bäuchlings auf meiner Pritsche und rauchte mit geschlossenen Augen. Manchmal fiel mir Alfa Romeo ein. Endlich war ich diese riesige Fabrik los. Ich sah sie immer kleiner werden. Mittlerweile hatte sie bequem auf meiner Hand Platz, wie eine Nippfigur.

Dann, eines Abends, kam Titta selbstsicher herein, schob ein paar Sachen unter die Matratze und blickte in die Runde, um die Gesichter seiner neuen Mitbewohner zu studieren. Nach dem Essen setzte er sich, ohne zu fragen, auf meine Pritsche. Er nahm die gleiche Haltung an wie ich, legte die Arme um die angezogenen Knie.

»Rauch mal eine von diesen.« Er hielt mir sein offenes Päckchen Multifilter hin. Dieses Angebot machte er später jedes Mal, wenn er sah, dass ich mich zu viele Tage in meiner Abwesenheit verlor.

Als er mir die Hand auf die Schulter legte, reagierte mein Körper wie ein Eisblock, der langsam auftaut. Spätnachts habe ich ihm alles erzählt, mit einer Stimme, die ich nicht wiedererkannte. Kurz vor dem Morgengrauen führte er mich an den Fensterspalt, um hinauszuschauen, und nach einem tiefen Seufzer sagte er versonnen: »Der Schmerz verbindet mehr als alles andere.«

28

Maddalena sagt, sie verstehe mich einfach nicht, ich hätte mir wohl das Hirn weggesoffen. Unterdessen lebe ich auf der Bank in der Via Monte Bianco. An manchen Tagen komme ich nicht einmal zum Mittagessen nach Hause. Mit Mustafa, dem Straßenhändler, esse ich eine Focaccia vom Bäcker oder eines dieser arabischen Brötchen, bei denen man nicht kapiert, wonach sie schmecken, und die mit vom Drehspieß abgesäbelten Lammstückchen belegt sind. Sie sind nicht schlecht, höchstens ein bisschen schwer verdaulich. Vorgestern drängten wir uns sogar zu viert auf der Bank, denn wenn man immer dieselben Leute trifft, ergeben sich Freundschaften. Mustafa hat einen Inder namens Anish mitgebracht, und ich habe Ciro, den Briefträger, herbeigerufen, der frisch geschieden ist und sich wie ein Putzlumpen fühlt. Allein hockte er auf dem Sattel seines Mopeds von der Post und kaute an einem Brotkanten, und da habe ich ihn eingeladen. Anspruchslose Gespräche ohne zu viel Nähe, aber ohne Falschheit. Immer noch besser, als belemmert die Tauben anzustarren, die auf den Stromleitungen der Via Jugoslavia hocken.

Ich dachte, auf dieser Bank würde ich mehr Menschen vorbeigehen sehen als am Fenster daheim. Aber es sind auch hier jeden Tag die gleichen Gesichter. Familien, deren Namen ich nicht kenne, leben von Montag bis Freitag das gleiche Leben, öffnen und schließen jeden Tag das Tor zur gleichen Zeit, auf die gleiche Weise, der eine sorgfältig, der andere mit einem Knall. Da sind die Busfahrer, die immer die gleiche Strecke fahren, mit der gleichen Nummer über dem Kopf. Die Politesse, die jeden zweiten Tag mit der Ampel am Piazzale Lotto kämpft, wenn sie plötzlich blinkt und den Verkehr lahmlegt. Der Barmann, der husch, husch mit dem Schwamm über die Tische fährt, weil sie sowieso zu nahe an der Straße stehen und sich niemand dort hinsetzt. Und so weiter. Alle gefangen in den gewohnten paar Straßen und den gewohnten Wegen. Wo die Leute hingekommen sind, die ich kannte, weiß ich nicht. Verschwunden, wie weggeblasen. Das Gefängnis hat einen so tiefen Graben zwischen mir und der Welt hinterlassen, dass auf meiner Seite nur Maddalena geblieben ist. Oder nein, nicht einmal Maddalena. Nur ich.

Jedenfalls habe ich *Der Fremde* ausgelesen. Vielleicht fange ich bald einen neuen Roman an, aber dass ich keinen besseren finden werde, weiß ich jetzt schon. Auch ich bin ein Fremder. Lebenslang ausgestoßen und disqualifiziert. Auch ich fühle, dass es keine Gründe gibt, und die wenigen, die sich eventuell finden lassen, kann ich nur in einer Sprache erklären, die die anderen nicht verstehen.

Das Schuljahr ist vorbei, und wenn die Kinder im Hof spielen, beobachte ich sie stundenlang. So kann ich mir die süße Lisa besser vorstellen und mich ein bisschen an mich selbst erinnern, ich war in diesem Alter wirklich ganz anders.

Elisabetta und Paolo habe ich dreimal gesehen. Es stimmt, er hinkt noch. Als sie sich der Haustür näherten, bin ich unwillkürlich unter die Arkaden des Nebenhauses geflüchtet, wo die Liebespaare zum Knutschen hingehen. Er hat immer noch schwarze Haare und kleidet sich sehr seriös, wie es seine Art ist. Er ist ein gutaussehender Mann. Und vor allem hat er meine Tochter verdient, denn er hat sie von Anfang an geliebt, trotz des gesellschaftlichen Unterschieds und trotz ihres kriminellen, hirnlosen Vaters, der ihn beinahe ermordet hätte. Die Ledertasche, die er in der Hand trug, glich der des Lehrers Vincenzo, aber bestimmt waren keine Gedichte darin. Paolo ist ein Mann des Rechners, er ist Ingenieur. Elisabetta dagegen geht es gut, und vielleicht hat ihr die süße Lisa das Böse, das ich ihr angetan habe, aus den Augen gewischt. So sind die Kinder, das weiß man, sie erleichtern dir die Lasten und lassen dich die alten Geschichten vergessen. Vorgestern Abend kam sie ein wenig abgehetzt nach Hause. Wahrscheinlich hatte sie es eilig, aus Vorfreude, ihre Tochter zu sehen, oder weil sie spät dran war und das Abendessen machen musste, oder auch, weil sie dringend Pipi machen musste. Dennoch wirkt sie auf mich nicht wie eine gestandene Frau. Das eigene Kind kommt einem nie ganz erwachsen vor. Als ich sie so laufen sah, hatte ich überhaupt nicht das Bedürfnis, mich hinter dem Baum zu verstecken, sondern musste mich mühsam zurückhalten. Ich klammerte mich an die Holzlatten der Bank wie an einen Rettungsring.

Maddalena treibe ich wirklich zur Verzweiflung. Ich sage ihr nichts und lasse sie den ganzen Tag allein mit ihren Sorgen. Vorher hing ich immer reglos im Esszimmer herum wie die Lampe, und nun bin ich zum Zigeuner geworden.

Es trennt uns, wenn Dinge passieren, die größer sind als wir, so ist das nun mal. Vorgestern habe ich sie bei Elisabetta und Paolo ins Haus gehen sehen. Sie blickte sich um wie ein Spatz, dessen Nest zerstört wurde. Bestimmt will sie ein wenig aufräumen oder ihnen helfen. Oder eine Form mit Lasagne vorbereiten, damit Elisabetta am Abend nicht am Herd stehen muss, sondern mit Lisa spielen kann. Könnte ich mich heimlich hineinschleichen, würde ich auch für sie kochen. Seelachs mit Oliven für alle.

Kurzum, wer noch fehlt, ist nur meine fünfjährige Enkelin. Vielleicht ist sie ja eins dieser kleinen Mädchen, die hier vorne spielen und zu den Großeltern laufen, um sich die Nase putzen zu lassen, und sie um ein paar Münzen für ein buntes Wassereis anbetteln. Im September kommt Lisa in die Schule. Gewiss wird sie eine vorbildliche Schülerin, genau wie Elisabetta und auch Paolo. Ich habe gehört, dass der andere Großvater sie vom Kindergarten abholt, und das macht mich so wütend, dass ich die Fäuste balle. Der Kerl ist viel vertrottelter als ich, vielleicht schaut er nicht genau, bevor er die Straße mit ihr überquert, oder kann sie nicht richtig beschützen. Es ist unvorsichtig, dass sie ihm das Kind anvertrauen.

Heute ist wieder so ein Tag, an dem keine Menschenseele vorbeikommt und die Zeit auch im Freien nicht vergeht. Sobald das Kribbeln im Bein aufhört und das Blut wieder zu kreisen beginnt, gehe ich Richtung Bar. An der Kreuzung sehe ich den Fahrer von Bus Nummer 68. Auch er ist ausgestiegen, um sich die Beine zu vertreten. Ich gehe auf ihn zu und rede ihn an, ohne guten Tag zu sagen: »Entschuldigung, eine Frage. Schaffst du es, beim Fahren an deine eigenen Sachen zu denken?«

Er blickt mich verblüfft an, man merkt, dass er kein schlagfertiger Typ ist, denn nur mit Mühe ringt er sich ein unsicheres »ja« ab, begleitet von einem Herunterziehen der Mundwinkel.

»Angenehm, Ninetto.« Ich strecke ihm die Hand hin.

»Ist das dein Taufname oder dein Spitzname?«

»Mein Taufname«, antworte ich, »mein Spitzname ist Pelleossa.«

Er lacht, das passe ja wie angegossen.

»Ich dagegen bin ein Bauchmensch, ich brauche Substanz«, sagt er und klopft sich mit der Hand auf die Wampe zwischen den Hosenträgern.

»Sind die Gedanken, die du bei der Arbeit hast, wirklich echte Gedanken?«

»Was ist denn ein echter Gedanke?«

Ich kratze mich an der Nase. »Das ist ein Gedanke, der hängenbleibt, bei dem du das Bedürfnis spürst, ihn später mit wachem Geist wiederaufzunehmen.«

»Ach Quatsch!«, sagt er entschieden und wehrt mit den Händen ab. »Meine Gedanken sind kleine Ablenkungsmanöver. Weiter nichts.«

Zu hören, dass es Pino, dem Busfahrer, genauso

geht wie mir, dass die Arbeit ihm Hirn und Bewusstsein lähmt, gibt mir nicht das Gefühl, dass geteiltes Leid halbes Leid ist, dieses Sprichwort entspricht nicht der Wahrheit. Geteiltes Leid ist doppelte Verarschung, daran lässt sich nicht rütteln. Bevor er wieder losfährt, zeigt er auf eine Konditorei, wo sie jede Stunde frische Krapfen mit Cremefüllung aus dem Ofen holen.

»Geh und iss mal einen, du hast es nötig, bist ja wirklich nur Haut und Knochen!« Damit legt er den Gang ein. Ich winke ihm mit erhobener Hand, und während ich ihm nachsehe, fällt mir wieder der Lehrer Vincenzo ein: Eines Morgens hatte er uns im Unterricht von einem Griechen namens Sokrates erzählt, der herumlief und die Leute ausfragte, weil er genauer wissen wollte, wo die Wahrheit steckt. Es sieht nämlich ganz so aus, als sei diesem Sokrates die Wahrheit lieber gewesen als eine schöne Frau. Wenn ich könnte, denke ich, würde ich ganz gern den gleichen Beruf ausüben wie er.

Als die Polizistin die grüne Kelle hochhält, gehe ich über die Straße. Sie pfeift mit der Trillerpfeife, weil ich mitten auf der Kreuzung am Piazzale Lotto wie gebannt stehen bleibe. Denn aus einem anderen Bus ist, wie mir scheint, gerade die Dottoressa Gabrielli ausgestiegen. Wie gewöhnlich läuft sie hektisch los und stolpert andauernd, weil sie wegen ihrer prekären Arbeit kurz vorm Ausrasten ist und jeden Morgen aus den Bergen von Sondrio herunterkommt. Den Espresso trinke ich im Stehen, während ich an die Dottoressa Gabrielli denke, an das letzte Mal, an dem wir uns gesehen haben. Dann lege ich die Münzen auf den Tresen und gehe nach Hause. Heim zu meiner Maddalena.

29

Bis vor ein paar Wochen empfing mich Maddalena, wenn ich dann doch mal heimkam, mit in die Seiten gestemmten Händen und sagte: »Hast du den Rückzug angetreten?«, oder in polemischem Ton: »Oh, guten Abend!«, und ich zuckte die Achseln und erwiderte nichts. Jetzt sagt sie nicht einmal mehr diese paar Worte. Vielleicht denkt sie, dass ich lüge. Dass ich das bisschen Geld, das uns die miese Regierung rüberschiebt, bei Pferderennen mit Wetten verspiele. Abends stellt sie mir den Teller vor die Nase, und wenn ich nichts mehr will, räumt sie ihn ab. Fast nie esse ich die Mahlzeit auf. Schon während ich kaue, kann ich es kaum erwarten, mir eine Zigarette anzuzünden. Auch zu Bett gehen wir zu unterschiedlichen Zeiten. Sie pünktlich um zehn, ich drei bis vier Stunden später, denn meine Schlaflosigkeit hat sich keinen Deut gebessert.

Ich habe beschlossen, sorgfältig zu prüfen, bis zu welchem Punkt ich schon verblödet bin. Deswegen wechsle ich heute den Standort. Ich setze mich nicht mehr auf die Bank, sondern unter das Schutzdach an der Bushaltestelle. Sobald ich nähertrete, überlässt mir ein Junge mit Ohrhörern seinen Platz. Das passiert mir zum ersten Mal.

»Sehe ich schon so alt aus?«, frage ich.

Der Junge hebt zuerst die Augenbrauen, weil er wegen der Stöpsel nichts hört, dann zieht er sie heraus und sagt: »Wie bitte?«

»Sehe ich schon so alt aus?«, wiederhole ich.

»Dass Sie älter sind als ich, sieht man.« Damit wendet er sich ab und zeigt mir seine Unterhose, die oben aus den Jeans herausschaut.

Die Dottoressa Gabrielli steigt aus dem fünften Bus, genau da, wo ich stehe. Ich empfange sie mit der Mütze in der Hand, und sie kraust erst die Nase, dann ruft sie aus: »Signor Giacalone! Was machen Sie denn hier an der Bushaltestelle?«

»Und Sie, Dottoressa? Arbeiten Sie nicht am anderen Ende der Stadt?«

Daraufhin erklärt sie mir, dass sie sie über den Sommer als Vertretung hier in diese Gegend geschickt haben, und fängt sofort wieder mit den ewigen Aushilfejobs an, und dass sie es kreuzweise satthat, in ganz Mailand den Lückenbüßer zu spielen. Ich würde sie gern zu einem Espresso einladen, aber sie lässt mir nicht einmal die Zeit, sie zu fragen. »Kommen Sie«, sagt sie sofort, »stehen Sie nicht da herum wie eine Salzsäule, begleiten Sie mich!« Und ich laufe hinter ihr her wie ein Hündchen.

Ich muss den Schritt beschleunigen und nach einer Weile auch meinen Atem kontrollieren, weil ich mich geniere zu zeigen, dass es mich anstrengt. Sie redet wie ein Maschinengewehr, und während ich hinter ihr herrenne, denke ich, zu Hause müssen sie diese Frau wohl knebeln, wenn sie jedes Mal so ungebremst losquasselt. Dann erreichen wir die Beratungsstelle. Endlich hört sie auf, so zu rennen, und sieht mir in die Augen. Sie schiebt die Manschette ihrer Bluse zurück, blickt auf die Uhr und seufzt zufrieden: »Wir sind zu früh!«

»Das glaub ich gern, Dottoressa, wir sind ja auch gerannt wie Marathonläufer! Dürfen wir jetzt einen Espresso trinken?«

Sie führt mich zum Kaffeeautomaten in einem öden Korridor, der genauso aussieht wie der im Krankenhaus. Der Espresso ist entsprechend, eine Brühe, bitter wie die Sünde. Wir trinken schweigend. Ich betrachte ihre Beine und den schönen karierten Rock, der ihr genau bis zum Knie reicht.

»Und? Erzählen Sie mir gar nichts? Wie geht's mit den Selbstgesprächen?«

»Die Selbstgespräche sind vorbei. Jetzt sitze ich auf einer Bank an der Bushaltestelle am Piazzale Lotto.«

»Und was machen Sie da?«

»Manchmal unterhalte ich mich mit Passanten.«

Neugierig horcht sie auf und fixiert mich argwöhnisch.

»Darf man hier irgendwo rauchen?«, frage ich.

»Erklären Sie mir diese Geschichte mit der Bank«, erwidert sie, ohne auf meinen Einwurf zu achten.

»Na ja, ich will ja nicht nur meine Tochter wiedersehen und ihren Mann um Verzeihung bitten«, sage ich, in meinen Becher starrend, »sondern vor allem möchte ich meine Enkelin kennenlernen und ihr meine Geschichte erzählen, die, die ich im Geist bis vor kurzem mir selber erzählt habe. Sie soll sie hören und hüten, denn sie ist vielleicht noch zu klein, um mich zu hassen.«

Dottoressa Gabrielli fixiert mich immer noch mit diesem Schweigen, das mich zum Weitersprechen ermuntert, also füge ich hinzu: »Bei den Enkeln können die Großeltern die Fehler wiedergutmachen, die sie bei den Kindern gemacht haben, nicht wahr, Dottoressa?«

Sie seufzt erneut und legt nachdenklich den Finger ans Kinn. Schließlich sagt sie: »Ich finde es gut, dass Sie jetzt aus dem Haus gehen, das ist eine prima Idee. Sie sind auf dem richtigen Weg, Signor Giacalone.«

Bei diesen Worten spreize ich mich wie ein Pfau,

oder vielmehr, ich blähe mich auf wie ein Heißluftballon.

»Aber Sie müssen noch eine letzte Anstrengung unternehmen, sonst nützen Ihnen die Fortschritte, die Sie bisher gemacht haben, gar nichts. Und noch etwas: Ihre Frau wird es leid sein, einen stummen Mann zu haben und jetzt auch noch einen Stadtstreicher, meinen Sie nicht?«

Ich nicke.

»Fassen Sie sich ein Herz, gehen Sie hin und entschuldigen Sie sich, dann werden die anderen entscheiden, wie sie es in Zukunft halten wollen, und Sie sind endlich wieder frei, können aufhören, sich zu quälen und durch die Scheiben das zu betrachten, was man nicht ungeschehen machen kann.« Damit wirft sie unsere Plastikbecherchen in den Abfalleimer.

Ich höre ihr benommen zu. Doch nachdem Dottoressa Gabrielli damit fertig ist, mir ihr Rezept zu verabreichen, zieht sie wieder ihr Oscar-Lächeln heraus und fordert mich auf, sie in ihr Sprechzimmer zu begleiten. Vor der Türe warten schon drei Typen, die mich schief ansehen, als ich mit ihr hineingehe. Drinnen zieht sie den weißen Kittel über und lässt ihn offen. Dann fährt sie fort: »Sagen Sie mir noch eins, Signor Giacalone. Wieso wollten Sie bei unseren Sitzungen nie über das Gefängnis sprechen? Eigentlich hätte es bei diesen Terminen um Ihre Jahre als Häftling und um Ihre Zukunftsperspektiven gehen sollen. Sie benehmen sich, als wären Sie ein alter Mann, das sind Sie aber nicht, im Gegenteil, es ist sogar höchst wahrscheinlich, dass Sie noch ziemlich lange leben.«

Ich senke erneut den Kopf und bleibe stumm. Als ich dann spreche, klingt die Stimme so zaghaft wie ein tröpfelndes Rinnsal.

»Da drinnen, Dottoressa, ist man kein Mensch, sondern ein Überbleibsel seiner selbst, das überleben muss. Das Gefängnis schaltet das Bewusstsein aus, man möchte nur noch gehasst werden.«

»Vielleicht täte es Ihnen gut, darüber zu reden.«

Ich schüttle verneinend den Kopf, obwohl ich vielleicht gerne ja sagen würde.

Auch als sie nicht lockerlässt und fragt, ob ich wenigstens gebührend über die Jahre im Gefängnis nachgedacht hätte, schüttle ich den Kopf. Daraufhin schaut sie mich mit ihrem wunderschönen Ausdruck an, und während ich noch ganz versunken bin in den Anblick dieses Engels in Menschengestalt, kommt eine Frau herein, noch dazu eine echte Vogelscheuche, um zu sagen, dass die Patienten draußen schon ziemlich lange warten.

Mit einem raschen Händedruck verabschieden wir uns noch einmal, und mit dem Finger auf mich zeigend, sagt sie drohend: »Ich will Sie nicht mehr auf dieser Bank sehen, haben Sie verstanden, Signor Giacalone? Sonst rufe ich die Polizei wegen widerrechtlicher Besetzung öffentlichen Grundes!«, fügt sie hinzu und lacht mit leicht zurückgeworfenem Kopf. Ich erwidere, dass eine so gute Therapeutin wie sie um nichts auf der Welt nur Vertretungsjobs bekommen dürfe, und falls sie eine Unterschriftenaktion für eine Festanstellung starten wolle, wäre mein Name der erste auf der Liste, und ich würde auch Freunde unterschreiben lassen, die ich kürzlich kennengelernt hätte.

Ich gehe durch den Flur hinaus und kehre auf die Bank in der Via Monte Bianco zurück. Dort lauere ich wieder bis zum Abend, lese keine einzige Seite, mein Blick folgt weder einem Menschen noch einer Wolke. Die ganze Zeit habe ich nur einen Gedanken: Wenn das Gesicht von Dottoressa Gabrielli so wunderschön ist, wie zauberhaft muss dann erst das Antlitz Gottes sein, und welchen Frieden muss es meinem Herzen schenken.

Ganz brav warte ich auf Elisabetta und Paolo. Es ist Freitag, und ich weiß, dass sie freitags gegen halb acht heimkommen. Es sind endlose, bange Stunden. Gegen sechs kommt Mustafa, doch ich sage ihm, dass ich lieber allein sein möchte, eines Tages werde ich ihm vielleicht erklären, warum.

Als ich sie kommen sehe, überläuft es mich eiskalt. Plötzlich stehen mir Bilder der Tage in der Zelle vor Augen, ich über meinem Leben eingeschlafen, ohne zu lesen, ohne an der Stunde Hofgang teilzunehmen, ohne die Unterrichtskurse zu besuchen und ohne aus dem Fensterspalt zu schauen. Gesicht auf dem Kissen, Beine gelähmt. Unglücklich, noch am Leben zu sein.

Ich schaffe es nicht, wegzulaufen, und auch nicht, meiner Tochter entgegenzugehen. Ich kauere mich am Ende der Bank zusammen, mache mich klein wie damals als Kind im Zug. Den Kopf halte ich gesenkt, und im Dunkel sehe ich plötzlich, wer weiß, warum, das Gesicht von Maddalena vor mir, als sie mich im Gefängnis besuchte und mir Mut machte und ihr nie eine einzige Träne über die Wange lief. Dann, ich weiß nicht, wie viel Zeit vergeht, hebe ich den Blick und habe die beiden vor mir und begreife nicht mehr, ob es mein in Panik geratenes Gehirn ist oder ob sie wirklich in Fleisch und Blut dastehen.

»Mama hat mir gesagt, dass du immer hier sitzt. Spionierst du uns nach?«, fragt sie streng.

»Weil ich euch wiedersehen möchte«, erwidere ich mit einer Stimme, die mir in der Kehle gefriert.

Mich schaudert, es sind die gleichen Schauer, die mir im Gefängnis in die Knochen fuhren, wenn ich nicht einschlafen konnte und draußen Winter war und aus den Gängen die Geräusche von Gittertüren und die schweren Schritte der Wärter zu hören waren und ich mich dem Wahnsinn nahe fühlte. Elisabetta und Paolo rühren sich nicht. Ich glaube, dass sie voller Abscheu meinen halb kahlen gesenkten Kopf betrachten. Wer weiß, woher ich die Kraft nehme, mich aufzurichten, vielleicht ist immer noch die große unsichtbare Hand Gottes im Spiel. Sie weichen zurück, als ich aufstehe, als würde ich das Messer auf sie richten.

»Bitte, lasst mich Lisa sehen.«

Das ist alles, was ich herausbringe. Um den Hals fühle ich eine Schlinge, die mir den Atem abschnürt. Paolo fixiert mich schweigend, Elisabetta sieht mich gar nicht an. Ohne Papa oder Ninetto zu sagen, hakt sie sich bei ihrem Mann ein, und sie gehen auf ihr Haus zu. Ich folge ihnen mit dem Blick, und als die Eingangstür zufällt, gehe ich schlurfend davon.

Auf der anderen Straßenseite lehnt Mustafa weiterhin an der Wand und macht ein bekümmertes Gesicht, wie immer am Ende eines Tages, an dem es ihm nicht gelungen ist, auch nur eine Packung Papiertaschentücher oder ein Feuerzeug zu verkaufen. Ich winke ihm kurz zu und verziehe mich unter das Schutzdach an der Haltestelle, um auf den Bus zu warten, der ewig lang nicht kommt.

Als ich in der Via Jugoslavia aussteige, verschwindet die Sonne gerade rot hinter der Baustelle des Wohnhauses. Auf der Straße spielen zwei kleine Buben Fußball, und der Herr aus der Nachbarschaft führt wie immer seinen Hund aus. Ich fahre nicht mit dem Aufzug, sondern steige zu Fuß hinauf, und auf dem Treppenabsatz spüre ich, dass ich mein Herz überanstrengt habe.

Maddalena schneidet im Esszimmer Auberginen in Scheiben. Sie hebt nicht einmal den Kopf, als ich die Tür hinter mir schließe. Ich lege meine Jacke und das Halstuch ab und hebe zum Gruß kurz das Kinn. Sie schneidet weiter ihre Auberginen. Gleichgültig. Laut wiederhole ich meinen Gruß. Keine Antwort. Also gehe ich in die Küche, trinke ein Glas Wasser und hole das Fleischmesser aus der Schublade. Ich knöpfe mein Hemd auf und halte mir das Messer an die Brust. Lasse die Kälte der Schneide in meine Haut eindringen. Langsam beruhigt sich das Herz.

»Ich muss nur zustechen«, wiederhole ich mit geschlossenen Augen, »ich muss nur zustechen.«

Dann erreicht mich Maddalenas Stimme, die das Schweigen durchbricht. Wie ein Fußball eine Glasscheibe.

»Komm und hilf mir.«

Das Messer rutscht mir aus der Hand und fällt mit einem dumpfen Geräusch auf den Fußboden.

»Los, komm und hilf mir«, wiederholt sie.

Ich starre auf das Messer, als sei es voll Blut. Dann, ohne es aufzuheben, gehe ich hinüber. Ich ziehe den Stuhl vom Fenster weg und stelle ihn neben ihren.

30

Ich bin nicht auf die Bank in der Via Monte Bianco zurückgekehrt. Mustafa, Anish, Pino und Ciro verlängern die Liste der Menschen, die ich nie mehr gesehen habe.

Damit Maddalena mir verzeiht, habe ich ihr vorgeschlagen, ihre Schwester in Sirmione zu besuchen, und eines Tages habe ich ihr sogar einen Korb Mimosen gebracht, ihre Lieblingsblumen. Sie hat sie auf das Deckchen auf dem Tisch gestellt, das ganze Esszimmer duftet danach. Während der Zugfahrt habe ich ihr erzählt, dass mir bei dem Gespräch mit Elisabetta und Paolo die Worte im Hals steckengeblieben sind. Dass ich alptraumartige Bilder vor mir sah und die Schweißtropfen mir den Rücken hinunterliefen wie krabbelnde Insekten.

»Es ist keine leichte Sache, sich zu entschuldigen«, habe ich gesagt.

Sie hat die Achseln gezuckt, ihre Zeitschrift zugeschlagen und gemurmelt: »Manche Dinge sind unentschuldbar.«

Die Maurer haben das Haus gegenüber fertiggebaut. Jemand, der eine Wohnung gekauft hat, ist mit dem Auto vorgefahren, um das vollendete Werk zu betrachten. Er träumt schon davon, wie sein Leben in der neuen Wohnung sein wird, und vergisst einen Moment lang, dass das Leben überall gleich ist. Die gleiche Plackerei. Ein Schritt vor und zwei zurück, genau wie mein Vater Rosario, der arme Kerl, immer sagte.

In den folgenden Tagen widme ich mich Maddalena, wir kochen zusammen. So eine Kochnische ist viel besser als eine Wohnküche! Jahrelang habe ich sie geringgeschätzt, dabei ist sie von Vorteil. Dauernd stoßen wir beim Hantieren aneinander, und das hebt meine Laune beträchtlich. Im Gefängnis hatte ich keinerlei Körperkontakt, nur Maddalenas Hand an der Glasscheibe.

Sonntags gehen wir spazieren, und manchmal schauen wir auch auf ein Eis bei Helin und Mei vorbei. Maddalena hat mir versprochen, dass wir die beiden nächste Woche zum Mittagessen einladen und sie einen Auberginenauflauf macht. Arbeit suche ich keine mehr. So ist es jetzt eben.

Zum Zeitvertreib habe ich ein paar Sachen in der Wohnung repariert. Unter der Tür habe ich eine Gummilitze angebracht, damit es nicht mehr zieht, denn Maddalena geht immer barfuß und hat auch im Sommer dauernd eiskalte Füße. Ich habe mir den Fernsehbildschirm vorgenommen, der jetzt nicht mehr flimmert, und das Bad neu gestrichen. Es ist jetzt blau wie das Sprechzimmer von Dottoressa Gabrielli. Nächste Woche könnte ich eventuell das Parkett abschleifen. Mal sehen, ob ich danach am Abend so müde bin, dass ich ein paar Stunden durchschlafen kann.

Eines Tages hat Maddalena mich ganz aufgeregt gerufen, während ich am Fenster saß und die Passanten beobachtete, mit gefalteten Händen wie die Nonnen.

»Ninè, komm schnell, beeil dich, hör dir das an!«, schrie sie.

Aus dem Rauchabzug in der Küche kam das heisere Krächzen eines Vogels, der sich in den Rohren verfangen hatte. Sie hat so lange gezetert, bis ich den Abzug zerlegt und das Tier herausgezogen habe. Es war eine dumme Taube, schwarz vom Ruß wie ein Schornsteinfeger. Als ich sie in den Händen hielt, klopfte ihr das Herz bis zum Hals. Nachdem sie sich beruhigt hatte, habe ich das Fenster geöffnet, aber sie wollte nicht wegfliegen. Ich musste sie mit den Händen verscheuchen.

»Vielleicht ging es ihr im Gefängnis besser«, habe ich zu Maddalena gesagt, während ich zusah, wie sie mühsam abhob.

Ab und zu lese ich einen Roman aus der neuen Reihe, die donnerstags mit der Tageszeitung herauskommt, *Das Beste unserer Literatur*. Doch meinen Lieblingsschriftsteller habe ich schon gefunden, es ist Herr Camus, der Autor von *Der Fremde*. Ich habe gelesen, dass er bei einem Autounfall ums Leben gekommen ist, der Ärmste, sonst hätte ich mir vorstellen können, mich mit ihm auf die Bank zu setzen, um einen Happen zu essen und dann zu rauchen, was das Zeug hält, denn auf dem Foto hat er eine Zigarette im Mund. Ich hätte ihn gefragt, wie er es geschafft hat, so viele gescheite Worte aneinanderzureihen, die die Saiten der Seele zum Klingen bringen wie die Hand eines virtuosen Gitarristen. Wie er es geschafft hat, meine Geschichte zu erzählen, obwohl er doch seine eigene Geschichte erzählt hat.

Jetzt darf ich endlich auch abends lesen. Maddalena hat aufgehört, sich über das Licht der Nachttischlampe zu beschweren. Im Eisenwarenladen habe ich mir nämlich eine Stirnlampe gekauft, wie die Feuerwehrmänner sie tragen, mit einem Gummiband um den Kopf. Ich habe eine Niedervolt-Birne hineingeschraubt, und so kann ich meine Bücher weiterlesen, ohne ihren Schlaf zu stören. Als ich mit diesem Ding auf dem Kopf ins Bett gestiegen bin, haben wir uns schiefgelacht.

Doch die allerbeste Neuigkeit ist das Fahrrad. Mittlerweile benutze ich es jeden Tag, denn der Arzt hat mir dringend zu mehr Bewegung geraten. Vor allem aber habe ich es herausgeholt, damit ich gerüstet bin, falls ich doch noch irgendwann den verflixten Ausflug mit der süßen Lisa unternehmen kann. Zu dem Zweck habe ich auch schon einen Kindersitz gekauft und montiert, die zwanzig Euro werden uns wohl nicht in den Ruin treiben. Elisabetta wird mir meine Enkelin nicht von selber bringen, das weiß ich, aber ich habe kapiert, dass wir trotzdem, auch wenn wir die Messerklinge auf der Brust spüren, nicht aufhören dürfen zu hoffen, dass dieses verdammte Leben sich bessert und uns das Unheil, das wir angerichtet haben, verziehen wird.

Daher glaube ich es zwar nicht mehr, hoffe aber darauf. Und auch wenn ich das Leben satthabe, lebe ich. Und radle. Ganz gemächlich. Ich bummle durch dieses Mailand, das ich kaum wiedererkenne und das wenig zu tun hat mit den Orten, an denen ich früher verkehrte, mit den Gesichtern, die sich meinem Gedächtnis eingeprägt haben. Von außen gesehen wirken meine Streifzüge wahrscheinlich wie eine absurde Schatzsuche, denn ich dringe bis in manche Gassen und Winkel vor, die nicht leicht zu finden sind und vielleicht nur mir etwas bedeuten. Nutzlose, anonyme Straßen, die zu meiner Zeit schon genau so waren. Und vielleicht seit je. Manche werden als Hauptstraße geboren, manche als Sackgasse. Das Gesetz, das bestimmt, wer ein armer Teufel ist und wer nicht, gilt ja für das gesamte Universum, nicht nur für die Menschen.

Ich habe die Ecke aufgesucht, wo ich bei der Nutte war, und dann die alte Kneipe von Lambrate, wo ich mit meinen Kollegen von Alfa hinging und der einzige Trottel war, der Limonade trank. Und noch andere Orte. Elisabettas erste Wohnung, das Krankenhaus, wo Maddalena entbunden hat, den Hauptbahnhof, der jetzt voller Geschäfte ist, den alten Tabakladen und das Lebensmittelgeschäft, wo ich schon damals einkaufte. Doch fast alles hat sich verändert, und was gleich geblieben ist, wirkt fremd auf mich.

Einmal bin ich auch am Gefängnis vorbeigekommen. Mit offenem Mund habe ich es betrachtet und mich gefragt, was mich mehr erschüttert, seine Hässlichkeit oder meine Dummheit, dass ich dort gelandet bin. Ich habe nach dem Fensterspalt meiner Zelle gesucht, konnte ihn aber nicht ausfindig machen. Ich wusste nicht, was ich mir sagen, woran ich mich erinnern sollte, also habe ich ein Gebet gesprochen für die, die noch drin sind. Aber mit meinen eigenen Worten, kein von den Pfaffen vorgefertigtes Gebet und keins von denen, die man als Kind im Religionsunterricht lernt. Meiner Meinung nach muss jeder mit seinen eigenen Worten beten, sonst sind es bloß Litaneien. Ich hätte gern Dottoressa Gabrielli an meiner Seite gehabt, während ich mit auf den Lenker gestützten Armen das Gefängnis betrachtete. Und wäre dann auch noch der Lehrer Vincenzo bei mir gewesen, dann hätte ich, glaube ich, den Mut gefunden und endlich von meinen Gefängnisjahren erzählt.

Maddalena hat mir berichtet, dass Elisabetta und Paolo nicht in Urlaub fahren werden. Paolos Firma geht es nicht gut. Sie haben Personal abgebaut und alle, die sie behalten haben, dazu aufgefordert, auf ihren Urlaub zu verzichten. Die Zeiten sind hart. Du kannst das Elend heute nicht mehr verjagen wie eine lästige Fliege, wenn du dir nur die Ärmel aufkrempelst. Man sieht rundherum niedergeschlagene, resignierte Gesichter. Der alte Sergio hatte recht, Auflehnung ist nicht jedermanns Sache, dazu muss man berufen sein. Die meisten Leute schieben immer bloß den anderen die Schuld in die Schuhe, tun so, als regten sie sich auf, und jammern, doch wenn man ihnen dann das Geld für ein schönes Auto und den Samstagabend in der Pizzeria zusteckt, werden sie auf einmal blind für alle Missstände und erklären sich bereit, für den größten Schreihals zu stimmen. Und denen, die bei ihnen anklopfen, schlagen sie die Tür vor der Nase zu. Bissige Hunde und hohe Zäune, wie in der Geschichte vom Privateigentum.

Vorgestern bin ich in einer alten Schachtel auf meine Notizen aus den Politikstunden gestoßen, die die Aktivisten im Gewerkschaftsbüro abhielten. Sie sind vergilbt wie alte Pergamente. Was ich da mit Blaustift notiert hatte, habe ich vollkommen vergessen. Kein einziges Wort ist in meinem Kopf hängengeblieben, kein einziger Name. Das ist der Beweis, dass alles nur Geschwätz war, denn die Gedichte, die ich mit dem Lehrer Vincenzo gelernt habe, sind mit Feuerbuchstaben hier in meiner Rübe eingebrannt und werden niemals verblassen. Auch die Postkarten, die mein Vater mir schickte, lagen dabei, telegrafischer als ein Telegramm. Auf einer war der Ätna abgebildet, an dessen Hängen ein Häufchen Häuser klebte. »Ninuzzo, arbeite nicht zu viel und iss genug, ciao Papa. P. S. die Katze ist über die Dächer abgehauen. Besser so, eine Sorge weniger«, stand hintendrauf.

Das Tagebuch, das Vincenzo Di Cosimo mir 1959 geschenkt hat, befand sich ebenfalls in der Schachtel. Ich habe es vor und zurück durchgeblättert und kann nicht ausdrücken, was ich empfunden habe. Nicht mit den Wörtern, die ich kenne. Maddalena war nicht zu Hause, also habe ich mich mit meiner Brille für neunzehn Euro aus der Apotheke an den Tisch gesetzt, habe das alte Tagebuch genommen und versucht zu schreiben. Ich habe auch an Herrn Camus gedacht, aber das genügte nicht. Inspiration kann man sich nicht borgen, entweder hast du sie in dir, oder du kannst es vergessen und wechselst den Beruf. Nachdem ich stundenlang an dem Bleistift gekaut hatte, war die Seite immer noch schneeweiß. Die Sonne war unterdessen weitergewandert, knallte nicht mehr auf die Fensterscheibe. Irgendwann hat sich die Hand bewegt, leicht zittrig, aber rasch. »Entschuldigen Sie, Herr Lehrer, dass ich es nicht gekonnt habe.« Bestürzt starrte ich mit offenem Mund auf diese Worte, als handelte es sich um Blutflecken. Weitere Stunden sind vergangen, und irgendwann begann es trotz Sonnenschein zu regnen. Der Himmel verfärbte sich violett. Ich bin ans Fenster getreten, um mit aufs Fensterbrett gestützten Ellbogen auf die Via Jugoslavia hinunterzuschauen, und während ich das neue Haus gegenüber musterte, ist mir Peppino eingefallen, mein bester Freund aus der Via dei Ginepri, der in Deutschland lebt, wer weiß, was für ein Gesicht er jetzt hat. Er war so arm, dass er jedes Stück Brot, das er ergatterte, mit Wasser streckte und eine Suppe draus machte. Wenn sein großer Bruder kam und etwas abhaben wollte, verjagte er ihn mit Fußtritten, wenn aber die kleine Schwester etwas wollte, schlug er es ihr nie ab und ließ sie mit den Fingern in die Schüssel greifen. Das ist nur eine Kleinigkeit, ich weiß, doch in meiner Geschichte habe ich es nicht erzählt, und sollte ich es je eines Tages lernen, ein Tagebuch zu führen, werde ich davon ausgehen. Von dieser wirklich wahren Begebenheit, die sich erst vor einer Handvoll Jahren zugetragen hat.

31

Und sie sind doch gekommen. Gestern. Es war ein sehr heißer Tag, und Mailands Straßen waren wie ausgestorben. Obwohl diese Hampelmänner vom Fernsehen ständig von der Krise reden und dass die Leute nicht in Urlaub fahren, sah man weit und breit keine Menschenseele. Nur Zugewanderte und neue Flüchtlinge. Wie soll man das verstehen. Ich las gerade die Zeitung, die ich donnerstags wegen dem dazugehörigen Buch kaufe. Sie haben direkt an der Wohnungstür geläutet, denn der Hausmeister kümmert sich um nichts und lässt den Eingang immer offen. Wozu wir ihn eigentlich bezahlen, weiß ich wirklich nicht.

Lisa hing am Rock der Mutter und würdigte mich keines Blickes. Als Oma Maddalena sie auf den Arm nahm und in der Seite kitzelte, hat sie ihr sofort die Arme um den Hals geschlungen und die Eltern vergessen, die reglos vor mir standen. Ich habe gefragt, ob ich ihnen einen Espresso oder etwas anderes anbieten könne, und dabei einladend die Stühle vom Tisch gerückt und die Obstschale mit Kiwis und bunten Pralinen in die Mitte gestellt.

»Wir fahren zum Baden an den See«, hat Elisabetta gesagt und den Stuhl weggeschoben.

»Da ist es nicht so schön wie am Meer, aber immerhin Wasser«, habe ich geantwortet, um das Gespräch in Gang zu halten. »Immer noch besser, als zu Hause bleiben. Auch wenn es längst nicht mehr so ist wie zu meiner Zeit, damals leerte sich die Stadt gespenstisch. Jetzt gibt es jeden Tag Freizeitaktivitäten und Festivals. Auch hier im Viertel haben sie versprochen, ein aufblasbares Schwimmbecken aufzustellen …«

Sie hörten gar nicht zu und sahen mich an wie eine Nippesfigur, die man langsam mal in den Müll werfen sollte. Ich habe noch etwas davon gemurmelt, dass wir kürzlich auch am See waren und es uns gefallen hatte.

»Ich mag mittlerweile auch Forelle und Hecht«, habe ich abschließend gesagt, dabei war das eine Lüge, denn diese Fische schmecken mir eigentlich nicht, ja sie sind mir sogar unheimlich.

Sie haben den Mund erst wieder aufgemacht, um zu sagen, dass sie gegen Abend zurückkämen.

»Kümmerst du dich um Lisa, Mama?«, hat Elisabetta gefragt, als sei ich der Schirmständer und nicht ihr Vater.

Vom Spielen mit der Enkelin abgelenkt, hat Maddalena bloß genickt, und sie haben sich mit einem Ciao verabschiedet. Es war schon eine Gnade, dass sie überhaupt Ciao gesagt haben.

Ich habe dem freudigen Gekicher gelauscht, das aus dem Schlafzimmer kam, und mich nicht getraut hinüberzugehen, denn ich hätte sie bestimmt unterbrochen, ich war ja für Lisa ein hässliches, zerrupftes und unbekanntes Gesicht. Da ich nicht wusste, was ich machen sollte, habe ich mich zum zweiten Mal rasiert und schön angezogen, mit hellblauem Hemd. Meine Haare waren ganz unordentlich, und ich habe mich darangemacht, die wenigen Strähnen, die mir geblieben sind, mit meinem Schildpattkamm glatt nach hinten zu streichen und mit ein bisschen Haarspray festzukleben. Unters Kinn und hinter die Ohren habe ich mir auch einen Tropfen Rasierwasser getupft. Danach habe ich mich wieder aufs Sofa gesetzt und gewartet, dass sie kommen.

Maddalena hat mir geholfen, Freundschaft zu schließen, und nachdem sie Lisa ein paar Minuten lang wiederholt hatte, ich sei Opa Ninetto, saßen wir schon alle drei um den Tisch und malten mit Pastellkreiden. Ich habe eine Kuh gezeichnet, dafür musste ich nicht um zu viele Farben bitten, sondern brauchte nur eine einzige, schwarz, ansonsten sind Kühe ja so weiß wie das Papier. Dann ist Maddalena in die Küche gegangen, um Dinkel aufzusetzen, und Lisa und ich sind allein geblieben. Sie hat mich gefragt, ob ich Lust hätte, auf dem Boden zu malen. Bäuchlings auf dem Teppich kolorierte ich die Flecken der Kuh, und während wir die Stimmen der Tiere nachahmten, musterte ich die süße Lisa, um zu sehen, ob dieser kleine Springinsfeld mir irgendwo im Gesicht auch nur entfernt ähnlich sah. Sie ist ein kleines Mädchen mit lockigen Haaren, ausdrucksvollen Augen und hell schimmernder Haut. Außerdem hat sie lange Finger, ein Zeichen, dass sie groß und schlank wird wie ihr Vater. Und dieses Lächeln mit Zahnlücke in der Mitte macht sie noch entzückender.

Eine gute Stunde lang haben wir weitergemalt, und ich war so im Reinen mit mir und fühlte mich so ohne Makel, dass ich gar nicht mehr glauben konnte, dass ich im Leben mal im Gefängnis gewesen war. Sechs Kühe habe ich gemalt und dazu voller Inbrunst gemuht. Nach dem Malen habe ich eine Schüssel mit Wasser gefüllt und sie gefragt, ob sie »Schiffchenfahren« kenne. Nein, hat sie gesagt. Daraufhin habe ich zwei Walnüsse genommen, sie geknackt und aus den Schalen zwei Bötchen gebastelt, die wir um die Wette über das Wasser gepustet haben. Für das zweite Rennen haben wir Korken verwendet, und während ich sacht pustete, damit sie gewann, habe ich mich an die Schiffchen-Rennen mit Peppino und der ganzen Kinderbande von San Cono erinnert. Mit dem Hintern auf den Fersen haben wir stundenlang gepustet, was das Zeug hielt.

Ich habe den richtigen Augenblick abgewartet, und der war gekommen, als sie das Pusten leid war und gesagt hat, sie schwitze. Da habe ich sie, ohne Maddalena um Erlaubnis zu bitten, halblaut gefragt: »Lisa, möchtest du eine kleine Runde mit Opa auf dem Fahrrad machen?«

Sie hat ja gesagt, aber vorher wollte sie einen Fruchtsaft trinken. Mittlerweile war Maddalena im Bad, also bin ich in die Küche gegangen, habe ein kleines Keramikmesser aus der Schublade genommen, es in ein Tuch gewickelt und eingesteckt; dann bin ich ganz leise mit meiner Enkelin hinausgehuscht und habe unhörbar die Tür hinter mir zugezogen.

Wir sind zu Helin und Mei in die Bar gegangen, und ich habe Lisa auf den Tresen gehoben, um sie ihnen vorzustellen, obwohl die Kleine nicht besonders an der Bekanntschaft interessiert zu sein schien. Doch den Fruchtsaft hat sie genüsslich getrunken und mir mitgeteilt, dass er gut war, bevor sie es mit einem reizenden Bäuerchen bestätigte.

Ich habe das Rad aus dem Keller geholt, und wir sind losgefahren. Erst bin ich durch die Straße gegondelt, hin und her und her und hin, dann bin ich zu dem kleinen Park abgebogen. Lisa hatte aber keine Lust, auf dem Spielplatz zu bleiben, sie wollte noch weiter spazieren fahren und ihr Gesicht selig in die Sonne halten. Nur ab und zu klopfte sie mir mit der Hand auf die Hüfte, um zu sagen, ich solle klingeln, und bei jedem Dingdong lachte sie hellauf. Also bin ich weitergeradelt. Ich habe sie gefragt, wie es im Kindergarten gehe und ob es ihr dort gefalle. Um mir zu zeigen, wie gut sie ist, hat sie mir ein Liedchen vorgesungen, und da konnte ich vor Freude nicht mehr auf den Weg achten. Ich radelte einfach drauflos, und während sie einige herrliche Kinderreime aufsagte, atmete ich tief ein und dachte, aha, darin besteht die Ähnlichkeit, sie mag Gedichte. Viel besser, als wenn sie eine ähnliche Nase hätte oder einen ähnlichen Mund oder sonst ein unwichtiges Detail.

Schließlich geriet ich in ein Gewirr von Gassen, wo ein schirokkoartiger Wind wehte, und auf einmal tauchte der Bienenstock auf. Viale del Ghisallo, Via Mambretti, Roserio, und dann der Bienenstock. Hier und dort wirbelte der Wind trockenen Staub auf, der mich im Hals kratzte.

»Wo sind wir hier eigentlich, Opa? Wie heißt das hier?«

»Bienenstock.«

»Sind da Bienen drin?«

»Nein, keine Bienen.«

»Und wer wohnt dann da?«

»Ich wollte dir zeigen, wo ich gelebt habe, als ich aus Sizilien nach Mailand gekommen bin. Damals war ich neun Jahre alt.«

Dann sind wir vom Fahrrad abgestiegen, sie hat mir die Hand gegeben, und Seite an Seite haben wir aufmerksam erst zur einen, dann zur anderen Seite geschaut und schließlich die Straße überquert. Ich habe ihr die abbröckelnde, baufällige Fassade des Bienenstocks gezeigt, anschließend habe ich sie in den Hof geführt, wo eine Gruppe Schwarzer mit vielleicht kriminellen, vielleicht auch armen und verzweifelten Gesichtern herumstand. Früher wohnten hier nicht diese Leute, habe ich Lisa erklärt, sondern wir Arbeiter aus dem Süden, und die Mailänder verspotteten uns, nannten uns *Terroni,* Hungerleider, *Napulì* und behaupteten, wir würden ihnen das Brot wegnehmen. Mit geweiteten Augen betrachtete Lisa die verwahrlosten, kantigen Gesichter. Auf dem Bürgersteig lungerten einige afrikanische Prostituierte herum, manche mit desolater Miene, manche wie Fleischfresserinnen. Gewiss erschreckten diese Menschen meine Enkelin, doch mich freute es, denn dadurch drückte sie meine Hand noch fester und rief mich alle Augenblicke

Opa, Opa, und durch ihre kleine Hand floss eine Wärme in meinen Körper, die ich seit Jahrzehnten nicht mehr gespürt hatte, eine Wärme, durch die ich mich stark fühlte wie früher, als ich die Hand meiner Tochter hielt. Wir sind in den Hausflur hineingegangen, und ich habe ihr erklärt, ich würde sie jetzt zu meiner alten Wohnung im sechsten Stock führen, von dort sähe man einen Schlot, der immerzu qualmte. Wir sind schmutzige Treppen hinaufgestiegen, im Treppenhaus stand in den Ecken das Wasser, und die Wände schwitzten Feuchtigkeit aus. Von irgendwoher kam lautes Geschrei, ein Streit in einer unverständlichen Sprache. Lumpen und umgekippte Eimer lagen herum. Es gab Kakerlaken und Glassplitter. Über dem Geländer hingen Kleider, die nach Erde und Teer rochen. Aus einer Wohnungstür trat ein großer bärtiger Araber mit wütendem Gesicht und vielen Ketten um den Hals. Vor Schreck umklammerte Lisa meinen Arm mit beiden Händen. Da ich nicht wollte, dass sie weinte, habe ich ihr Haar gestreichelt. Sie solle in die Wohnung hineinschauen, habe ich ihr befohlen, damit sie sieht, wie eng sie ist. Im Vorübergehen hat mich der Hüne beiseitegestoßen, so dass ich beinahe das Gleichgewicht verloren hätte und die Treppe runtergefallen wäre. Die Kleine verzog angeekelt das Gesicht, als sie sich umsah, und konnte kaum noch die Tränen zurückhalten. Während wir dann wieder hinunterstiegen, habe ich ihr erzählt, wie viele Nächte ich Kopf an Füßen unter schmutzigen Decken auf verrotteten Matratzen geschlafen habe, und auch von den Sardellen, die immer einen breiigen Geschmack im Mund hinterließen.

»Hier hat sich nichts geändert, alles ist nur noch abscheulicher, denn manche Orte altern wie von selbst. Die Elendsten der Elenden kommen immer hierher, diese Orte nehmen sie auf, sind abstoßend, aber offen, grässlich, aber freigiebig. Gutmütig wie Missionsschwestern. Vielleicht ist das hier das wahre Gotteshaus, nicht der Vatikan oder die anderen Kirchen voller Gold, venezianischem Stuck und Gobelins«, habe ich gesagt und war überzeugt, dass sie mich verstand.

Draußen hat ihr Gesicht wieder Farbe bekommen. Sicherlich glaubte sie, ich wäre fertig, stattdessen habe ich sie auch noch vor die Tore des qualmenden Schlots gezerrt, und um sie zum Lachen zu bringen, habe ich mir beim Sprechen mit gespreizten Fingern die Nase zugehalten, denn dieser riesige Schlot hat seit meinem Weggang nicht eine Sekunde lang aufgehört, den Himmel einzuräuchern und die Luft zu verpesten. Lisa weinte und machte bäh, bäh, wie ich damals, als Giuvà mir aus seiner Feldflasche Wein zu trinken gegeben hat. Daraufhin habe ich ihr von meiner Arbeit als Laufbursche, der Tischdecken ausfährt, erzählt, von meinen verschiedenen Wohnungen und wie sehr ich es bedauerte, die Schule abgebrochen zu haben.

»Und stell dir vor, als ich hier wohnte, war ich erst neun Jahre alt«, habe ich gesagt, »ich war wirklich noch klein.«

Sie hat mich zweifelnd angesehen. »Aber nein, Opa!«, hat sie ausgerufen und hellauf gelacht, während sie mit den Fingern rechnete. »Mit neun Jahren ist man schon groß. Ich bin fünf, und neun ist viel mehr.« Dann hat sie beide Hände geöffnet, um noch einmal genau nachzuzählen.

Auf der Straße hat sie mich an der Ampel gefragt, ob die anderen Häuser, in denen ich gewohnt hatte, auch dort in der Nähe und ebenso abscheulich waren, doch ich habe geantwortet, dass nur der Bienenstock übriggeblieben und von den vielen Baracken, Wirtshäusern und sogar Fabriken in jener Gegend keine Spur mehr übrig sei, nur der Schlot sei noch da.

»Alles verschwunden, wer weiß, wohin.«

Während ich das Fahrrad aufschloss, beobachtete Lisa eine Gruppe zwielichtiger Gestalten, die im Kreis standen und rauchten und sich sonderbare Zeichen machten. Andere, die an uns vorbeigingen, schienen mich mit Blicken zu fragen, warum ich dieses Püppchen bloß in dieses beschissene Viertel mitgenommen hatte. Bei Knallsonne und während die Stadt wie ausgestorben dalag. Ich versuchte zu erklären, dass eine Geschichte, um gut erzählt zu werden, die richtige Kulisse braucht und dass genau solche Leute wie diese hier letztendlich die Welt bevölkern, weshalb es zwecklos ist, einen Bogen um sie zu machen oder sich zimperlich anzustellen, weil man im Leben sowieso nicht immer ausweichen oder wählerisch sein kann, und es besser ist, gleich mit der Nase auf das gestoßen zu werden, was wir sind.

Mit einer Schale Eis sind wir nach Hause zurückgekehrt, vier Sorten. Jeder von uns durfte zwei auswählen, sie hat türkisblaues Puffo-Eis und Erdbeer genommen, ich Bitterschokolade und Vanille. Maddalena hat uns mit flammenden Blicken empfangen und Lisa an sich gerissen, als hätte ich sie ihr gestohlen. Atemlos hat sie sie gefragt, ob es ihr gutgehe und was ich mit ihr gemacht hätte, und sie dann sofort umgezogen, weil sie verschwitzt war und die üblen Gerüche des Bienenstocks, des Schlots und all jener armen Leute noch an ihr hafteten, die so verdreckt und verschmutzt waren, wie arme Leute eben sind. Sie hat ihren Dinkelsalat serviert, mich während des gesamten Essens nicht angesehen und mir verboten, mit am Tisch zu sitzen. Als sie Lisa zum Mittagsschlaf hingelegt hatte, hat sie mich mit erstickter Stimme angefaucht, es sei kriminell von mir, wegzugehen, ohne Bescheid zu sagen, und bescheuert, das Kind an diesen grauenhaften Ort zu bringen. Dann ist sie, von Schluchzen geschüttelt, in Tränen ausgebrochen. Ich habe geschwiegen und konnte ihr nicht erklären, warum ich ausgerechnet beim Bienenstock gelandet war, mitten unter diesem Gesindel und in dieser Trostlosigkeit. Maddalena hat mir immer weiter gedroht, wenn Elisabetta und Paolo davon erführen, würden sie auch ihr das Kind nicht mehr geben, und dann würde sie mich verlassen und zu ihnen ziehen und nicht einmal zu meiner Beerdigung kommen. Dabei weinte sie heftig, trommelte mir mit den Fäusten auf die Brust und wiederholte immerzu, dass sie mich hasse, und ich umklammerte währenddessen das in ein Tuch gewickelte Messer und versuchte, ihr mit Blicken zu sagen, dass es nicht meine Schuld sei, wenn man vom Leben keinen Deut lernt.

Am Abend, als Elisabetta und Paolo zurückkamen, ist Lisa ihnen entgegengestürmt und dem Vater auf den Arm gesprungen. Sie hat ihm Schmatzküsse gegeben, die wie Kastagnettengeklapper klangen. Als Paolo gefragt hat, wie der Tag verlaufen sei, hat sie mit ihrer Silberstimme gerufen: »Prima! Opa Ninetto ist mit mir auf dem

Fahrrad spazieren gefahren und hat mir eine lange Geschichte erzählt!«

»Ach ja? Was für eine Geschichte denn?«

»Die Geschichte von seiner Kindheit.«

Um es besser zu erklären, ist sie dann vom Arm ihres Vaters heruntergeklettert und hat mit aufgerissenen Augen weitergeredet: »Er hat mir gezeigt, wo er gewohnt hat, als er neun Jahre alt war. Das Haus war abscheulich und schmutzig, aus den Türen kamen ganz böse Männer, aber Opa hat mich so fest an der Hand gehalten, dass ich gar keine Angst hatte und überhaupt nicht geweint habe!« Dann hat sie begeistert einen Hipp-hipp-hurra-Sprung gemacht.

Bei diesen Worten hat es in meiner Brust einen Ruck getan, ich habe gespürt, dass das Herz etwas ausgestoßen hat, das es schon viel zu lange verstopfte, ich kann nicht genau sagen, was. Und es tut mir leid, dass mich in dem Augenblick nicht der Tod geholt hat, aber nachdem sie Lisa, vielleicht für immer, wieder mitgenommen haben, war ich immer noch lebendig und blieb die ganze Nacht wach, um am Fenster der Via Jugoslavia nach einer Sternschnuppe zu suchen, doch ich konnte keine finden.

Anmerkung des Autors

Aus mehreren Statistiken geht hervor, dass das Phänomen der Kinderemigration (unter zwölf, dreizehn Jahren) in der Zeit von 1959 bis 1962 noch ein letztes Mal heftig zunahm. Es handelte sich um Kinder aus armen oder sehr armen Familien, vorwiegend aus Süditalien, die häufig nicht einmal die Mittel besaßen, um gemeinsam auszuwandern. Daher reisten die Buben (seltener die Mädchen) mit Verwandten ab oder wurden Freunden oder Bekannten anvertraut. Ziel waren fast immer die Städte des Industriedreiecks Turin-Mailand-Genua. Dort mussten die Kinder sofort beginnen, ihren Lebensunterhalt selbst zu verdienen. Sie schlugen sich mit Gelegenheitsarbeiten durch, die natürlich schwarz und vor allem schlecht bezahlt waren. Zuweilen blieben die Beziehungen zu dem Erwachsenen, mit dem sie gekommen waren, erhalten, sehr häufig aber lösten sie sich auf, vor allem, wenn es sich nicht um nahe Verwandte handelte, denn dann musste man umso schneller lernen, auf sich aufzupassen, und rasch erwachsen werden. Für die Kinder, die diesen Sprung nicht schafften, bestand die Gefahr, dass sie sich mit kleinen und mittleren Straftaten durchschlagen mussten oder ausgegrenzt wurden.

Ein wichtiger Moment war der fünfzehnte Geburtstag, mit dem es vielen von ihnen gelang, eine Stelle in der Fabrik zu finden. Damit begann ein deutlich besseres Leben, das ihnen den Eintritt in ein strukturiertes, gutorganisiertes Umfeld gestattete. Sie verdienten einen passablen Lohn und wurden anders behandelt als zuvor. Waren sie einmal eingestellt, heirateten sie innerhalb weniger Jahre und manchmal sogar Monate, kauften eine Wohnung und gründeten eine Familie.

Diese Männer sind heute zwischen sechzig und siebzig Jahre alt, manche von ihnen arbeiten immer noch. Bei meinen Interviews mit ihnen hat mich am meisten beeindruckt, was sie über ihre Kindheit erzählten: Es sei eine schwierige, aber auch abenteuerliche Zeit gewesen, voller überraschender Ereignisse und verrückter Situationen. Die Begeisterung nahm merklich ab, wenn sie von ihren dreißig bis vierzig Jahren Fabrikarbeit berichteten, häufig am Fließband. Über diese Phase gab es kaum etwas zu sagen: Das Leben wurde eintönig, die Arbeit war entfremdend, einigen bot das herrschende Klima zwar auch Anregungen, doch die meisten waren von der Fabrik enttäuscht, nicht zuletzt wegen der gelegentlich sehr naiven Erwartungen, die sie diesbezüglich gehegt hatten. Kurzum, die anfängliche Begeisterung wich einem verlegenen, nicht selten traurigen Schweigen.

Ich habe ungefähr fünfzehn Personen mit einer solchen Biographie interviewt, fast alle leben in Mailand und Umgebung, manche in Turin, ein paar in Genua. Ohne ihre Berichte und ihre Freigiebigkeit wäre dieses Buch nie zustande gekommen. Bewusst habe ich es bei den Gesprächen mit ihnen vermieden, mir Notizen zu machen, damit ihre Stimmen in mir nachklingen und sich im Augenblick des Schreibens frei in meinem Kopf vermischen konnten. Ihre Geschichten haben es mir ermöglicht, das damalige Mailand besser kennenzulernen und es mit dem heutigen zu vergleichen; eine faszinierende, lebendige Sprache festzuhalten, die aus nie verdrängten Elementen des ursprünglichen Dialekts, aus italienischer Hochsprache und aus einigen Einsprengseln der lokalen Ausdrucksweise besteht; besser in ein individuelles und zugleich kollektives Gedächtnis einzudringen: eine manchmal mythisierte, manchmal schmerzliche Erinnerung. Sie haben es mir erlaubt, ihnen eine Stimme zu geben – und das, obwohl ihre Welt, zeitlich zwar nah und noch immer gut sichtbar, so verschieden ist von meiner eigenen. Ihnen ist dieses Buch gewidmet.

Bitte beachten Sie
auch die folgenden Seiten

Donal Ryan im Diogenes Verlag

Die Sache mit dem Dezember

Roman. Aus dem Englischen
von Anna-Nina Kroll

John »Johnsey« Cunliffes Gedanken sprudeln wie ein Wasserstrahl in seinem Kopf herum und wollen sich nicht zu Wörtern und Sätzen bändigen lassen. Deshalb sagt er meistens nichts. Er schweigt, als seine über alles geliebten Eltern sterben, schweigt, als ihn die Nachbarn drängen, sein Land zu verkaufen, schweigt, als er brutal zusammengeschlagen wird und Gefahr läuft, sein Augenlicht zu verlieren. In dieser dunkelsten aller Stunden taucht Siobhán an seiner Seite auf, in deren freundliche Stimme Johnsey sich auf der Stelle verliebt. Mit ihr kehrt für einen kurzen Moment das Licht in sein Leben zurück. Doch das Rad der Ereignisse hat längst begonnen, sich zu drehen, und niemand vermag es mehr aufzuhalten.

»Die Geschichte zeigt, was die Gier aus Menschen macht, denen moralische Werte fehlen. Sie reißt mit, verstört, weckt Emotionen. Es ist aber auch ein witziges, ja aberwitziges Buch. Die Starken sind hier mal keine Helden, der Schwache gewinnt Würde. Ein unterhaltendes Buch, ein aufwühlendes Buch.«
*Frank Statzner /
Hessischer Rundfunk, Frankfurt am Main*

Die Gesichter der Wahrheit

Roman. Deutsch von Anna-Nina Kroll

Nachdem die große Finanzblase geplatzt ist, kommen in einem kleinen Städtchen in Irland gefährliche Spannungen ans Licht. Pokey Burke, vormals Chef der örtlichen Baufirma, die für Arbeit und Wohlstand sorgte, hat sich feige aus dem Staub gemacht und die

Menschen seiner Heimatstadt mit unbezahlten Gehältern und unfertigen Häusern im Stich gelassen. Die Krise hat ein Gesicht: das des Nachbarn. Als die Gewalt auflodert, ist jeder gefangen zwischen dem, was er nach außen vorgibt zu sein, und dem, was er sich in seinem Innersten wünscht. Einundzwanzig unterschiedliche Stimmen erzählen jede ihre eigene Wahrheit, und eine einzigartige Geschichte beginnt.

»Das ungeheuer facettenreiche, komplexe und berührende Sittenbild eines kleinen Dorfes, das vom Wohlstand in die Hoffnungslosigkeit rutscht.«
Österreichischer Rundfunk, Wien

»Eine fiese Geschichte, begeisternd erzählt.«
Udo Feist / Westdeutscher Rundfunk, Köln

Die Lieben der Melody Shee

Roman. Deutsch von Anna-Nina Kroll

Als Melodys Mann sich nach zwei Fehlgeburten heimlich sterilisieren lässt, beantwortet sie diesen Vertrauensbruch mit einer Affäre und wird schwanger – von einem ihrer Schüler. Das hat Konsequenzen im erzkatholischen Irland. Melody schwankt zwischen dem stillen Glück, das das werdende Leben in ihr auslöst, und der Schuld, die sie mit seiner Entstehung auf sich geladen hat. Doch die Entscheidung, die sie letztlich trifft, ist so unkonventionell wie mutig.

»Mit diesem Roman beweist Ryan, dass er unumstritten zu den besten Autoren Irlands zählt.«
The Guardian, London

Andrea De Carlo im Diogenes Verlag

»Wenn Andrea De Carlo schreibt, scheint er die Kamera durch die Feder ersetzen zu wollen, und sein Stil, weit entfernt von jedem literarischen Vorbild, erinnert an die Bilder der Maler des amerikanischen Fotorealismus.« *Italo Calvino*

»Andrea De Carlo hat sich mit Geschichten über Hoffnungen seiner Generation, die Folgen der rasanten Industrialisierung und die Schattenseiten des haltlosen Hedonismus ein großes Publikum erschrieben.«
Maike Albath / Neue Zürcher Zeitung

Vögel in Käfigen und Volieren
Roman. Aus dem Italienischen von Burkhart Kroeber

Creamtrain
Roman. Deutsch von Burkhart Kroeber

Macno
Roman. Deutsch von Renate Heimbucher

Yucatan
Roman. Deutsch von Jürgen Bauer

Zwei von zwei
Roman. Deutsch von Renate Heimbucher

Wir drei
Roman. Deutsch von Renate Heimbucher

Wenn der Wind dreht
Roman. Deutsch von Monika Lustig

Das Meer der Wahrheit
Roman. Deutsch von Maja Pflug

Als Durante kam
Roman. Deutsch von Maja Pflug

Sie und Er
Roman. Deutsch von Maja Pflug

Villa Metaphora
Roman. Deutsch von Maja Pflug

Ein fast perfektes Wunder
Roman. Deutsch von Maja Pflug

Folgende Romane sind zurzeit ausschließlich als eBook erhältlich:

Techniken der Verführung
Deutsch von Renate Heimbucher

Arcodamore
Deutsch von Renate Heimbucher

Guru
Deutsch von Renate Heimbucher